族裔 文学与文化研究系列丛书

阿瑟·密勒戏剧叙述范式研究

赵永健 著

浙江工商大学出版社 | 杭州

ZHEJIANG GONGSHANG UNIVERSITY PRESS

图书在版编目(CIP)数据

阿瑟·密勒戏剧叙述范式研究 / 赵永健著. — 杭州：
浙江工商大学出版社，2020.1

ISBN 978-7-5178-3624-7

Ⅰ. ①阿… Ⅱ. ①赵… Ⅲ. ①米勒(Miller,
Arthur 1915—2005)—戏剧文学—文学研究 Ⅳ.
①I712.073

中国版本图书馆 CIP 数据核字(2019)第 265694 号

阿瑟·密勒戏剧叙述范式研究
ASE·MILE XIJU XUSHU FANSHI YANJIU
赵永健 著

责任编辑	王 英	
封面设计	林朦朦	
责任印制	包建辉	
出版发行	浙江工商大学出版社	
	(杭州市教工路 198 号 邮政编码 310012)	
	(E-mail:zjgsupress@163.com)	
	(网址:http://www.zjgsupress.com)	
	电话:0571-88904980,88831806(传真)	
排 版	杭州朝曦图文设计有限公司	
印 刷	杭州宏雅印刷有限公司	
开 本	710mm×1000mm 1/16	
印 张	12.75	
字 数	200 千	
版 印 次	2020 年 1 月第 1 版 2020 年 1 月第 1 次印刷	
书 号	ISBN 978-7-5178-3624-7	
定 价	45.00 元	

前　言

阿瑟·密勒是二十世纪美国戏剧界的巨擘，堪与尤金·奥尼尔和田纳西·威廉斯比肩。他以丰富多变的艺术风格和悲天悯人的人文情怀而闻名于世，其作品深切关注社会底层人物，对人类命运危机富有敏锐洞见。与小说和诗歌不同，戏剧的生命力存在于当下和舞台之上，评判一个戏剧家是否"经典"，一个重要标准就在于其剧作是否常演不衰。进入二十一世纪，密勒的作品经受住了时间的考验，不断地出现在世界各地的戏剧舞台上，完成了"经典化"的过程。以 2014 年为例，英国掀起了一股密勒剧作重演热潮，三部密勒经典剧作——《推销员之死》《炼狱》《桥头眺望》——同年被重新搬上伦敦西区的舞台，其中《桥头眺望》还一举斩获 2015 年"奥利弗奖"（Olivier Awards）的三大奖项："最佳复排剧奖"、"最佳导演奖"和"最佳演员奖"。由此可见，密勒戏剧时至今日仍然有着巨大的影响力和艺术魅力。

纵观他近七十年的创作生涯，不难发现，密勒一以贯之地批判社会现实问题，却没有囿于某种特定艺术范式，而是积极探索舞台表现的各种可能性，创作出多部人物生动、结构精巧的戏剧杰作。美国优秀戏剧家托尼·库什纳（Tony Kushner）就深受密勒影响，认为当代戏剧人若想了解如何进行戏剧叙事，"就应该努力模仿密勒的戏剧。其剧作也许是迄今结构最为精妙的剧作，是大师级的作品"（Bigsby,2015b:122）。美国著名非裔戏剧家琳恩·诺塔奇（Lynn Nottage）也表示，她对戏剧创作艺术的掌握，主要是"通过研读密勒的剧作，剖析他如何巧妙地利用充满诗性的日常语言来塑造和探究人物"（2015：xiii）。然而，令人遗憾的是，迄今为止，除了几篇从形式上论述《推销员之死》和《炼狱》等几部经典作品的文章外，"仍然鲜有人关注密勒美学上的创新及其戏剧效果"（Murphy，2010:4）。鉴于此，借助戏剧叙述学的基本理念和方法，通过对密勒戏剧的情节、人物和时空这三大叙事要素深入分析，本书旨在充分地展现密勒戏剧创作的丰富性和复杂性，探究隐藏在文本结构背后的深层内涵和艺术魅力，揭示作者独特的叙述个性和价值取向。

具体而言，从戏剧情节的角度来看，密勒戏剧主要包含了"回溯式"、"意识流式"和"片段式"三种情节结构。这三种结构既表现了古希腊戏剧和易卜生戏剧对他的深刻影响，也展现出他在现代性的压力下，积极探索人类意识世界的创新精神，凸显了密勒对社会底层小人物命运的关注和对人类精神危机的探索。开场和结尾是情节结构的两个重要节点，密勒十分重视对开场情境和结尾情境的设计和营造。密勒戏剧主要有三种开场范式。在历史剧中，密勒通过建构"危机事件式"开场，有力地表达了作者对善恶斗争和人类命运的深刻思考；在现代剧的开场中，密勒或巧设家庭场景和人物对话，凸显人物与时空环境之间的张力关系，反映人物错综复杂的心理世界；同在现代剧中，将场景设在"医院"和"精神病院"等公共空间，通过对比或对立的人物关系，展现现代人之间的冷漠和隔膜，凸显社会问题的严重性。与开场场面相似，密勒戏剧结尾场面也形态各异，历时地看，整体表现出从"封闭式"到"开放式"的发展态势。在早中期戏剧中，人物冲突一般都化解于结尾，传达出较明确的道德意义，有力地揭示了主题意旨，有效地满足了读者的审美期待；在创作后期，密勒戏剧结尾更具多义性和不确定性，消弭了传统结尾的"终结感"，有效地激发观众进行主动思考，象征性地展现了后现代主义世界的混乱性和不确定性。

在人物范式上，密勒主要创造了三种罪者人物类型，分别为"拜物者"、"色欲者"和"同谋者"。密勒通常借助二元对立的人物结构关系来塑造"拜物者"。早期"拜物者"多是"父亲"形象，在中后期创作中，这种罪者人物范围进一步扩大，人物关系也更加多元，深刻地揭露了"拜物教"对美国人心灵的毒害，批判了资本主义虚伪的面目。对"色欲者"的塑造，一男两女的三角结构是常见人物关系搭配。早期这类人物大都背负着沉重罪感，通过自我惩罚进行救赎；而到了后期，这类罪者则大都不知悔改，反映了后现代语境下道德秩序缺失的生存困境。"同谋者"是密勒戏剧中较具特色的一种人物范式。作者打破了正邪对立的二元模式，将人物置于一种网状结构中，表现了人物在面对邪恶行为时的消极反应，揭示了人物身上潜伏的同谋之恶，由此强调个人对他人应负的责任。

密勒作品中的时空结构可以分为现实时空和心理时空两种类型。在写实剧中，父子、男女，以及个人与国家之间的权力关系与戏剧时空紧密勾连在一起，使现实时空具有了权力化特征。权力化的时空关系构成了一种隐喻，表达了作者对罪恶和权力一以贯之的抗争，因此具有了普遍意义。在《推销员之死》《堕落之后》和《冲下摩根山》等回忆剧中，作者通过"时空并置"、"时空交错"和"时空复现"等范式手法，借助布景和灯光等舞美手段，有效地打破了外在物理时空的局限，呈现出人物丰富多变的"心理世界"，深刻地探讨了善与恶、真实与现实、个人与社会之间对立统一的辩证关系。

本书对密勒戏剧作品中叙述范式问题的探讨，可以为国内密勒研究提供一个新的视角，丰富国内的戏剧创作、研究和实践。

本书由浙江工商大学外国语学院外国语言文学一级学科资助出版。在此，我衷心感谢浙江工商大学外国语学院诸位领导和学院学术委员会的支持。

目录 Contents

绪　论 / 001

第一节　密勒其人其作　/ 001

第二节　国内外密勒研究现状　/ 009

第三节　研究方法与研究意义　/ 026

第一章　密勒戏剧情节范式 / 032

第一节　密勒戏剧情节结构范式　/ 033

第二节　密勒戏剧开场范式　/ 050

第三节　密勒戏剧结尾范式　/ 068

第二章　密勒戏剧人物范式 / 086

第一节　拜物者　/ 087

第二节　色欲者　/ 103

第三节　同谋者　/ 114

第三章　密勒戏剧时空范式 / 127

第一节　权力化的现实时空 / 129

第二节　多样化的心理时空 / 151

结　语 / 171

参考文献 / 177

附录：阿瑟·密勒生平及著作年表 / 190

后　记 / 193

绪　　论

第一节　密勒其人其作

　　阿瑟·密勒(Arthur Miller,1915—2005)关注社会底层人物,具有悲天悯人的人文情怀,对人类命运危机富有敏锐洞见,是美国二十世纪最富影响力的戏剧家之一。密勒去世之后,英国著名戏剧学者克里斯多夫·比格斯比(Christopher Bigsby)曾如此评价:"在他去世的时候,各种各样的人突然发现,失去阿瑟·密勒就如同失去契诃夫或易卜生或斯特林堡一样,而这一点人们早该知道了。"(2006:17)英国著名导演戴维·塞克(David Thacker)则更是不吝赞美之词:"我们英国人认为他的地位只是比莎士比亚稍低一些,但要比上帝高一些。"(Brater,2007:7)

　　密勒的戏剧创作跨越了半个多世纪,为后人留下了三十多部舞台剧,其中《推销员之死》(*Death of a Salesman*, 1949)和《炼狱》①(*The Crucible*,1953)等名剧在二十一世纪里仍然散发着耀眼的光芒。密勒可谓是文艺创作的多面手。他艺术风格丰富多变,创作题材多种多样,作品数

---

　　① 此剧在国内的译名还有《熔炉》、《萨勒姆的女巫》、《严峻的考验》和《地狱之火》等。该剧英文标题本意为"熔炉"或"坩埚",指将杂质从金属中分离出去的冶炼容器。从深层意义上讲,该词喻指"炼狱",常用于指代某人经受锻炼和严峻考验的环境。在这部戏剧中,密勒重新演绎了1692年萨勒姆镇那一段驱巫史,塑造了不畏强权、饱受磨难的普洛克托这一人物形象。基于该剧的情节和主题,本文将其译为《炼狱》。

量惊人。除舞台剧之外,密勒还创作了多部电视和电影剧本,另有游记三部,长篇小说两部,短篇小说集两部。① 此外,密勒还著有自传《时移世变》②(*Timebends*,1987)。该自传文学色彩浓厚,其生动的笔触和丰富的内容引起评论界和戏剧界的广泛关注,成为了解和把握密勒的重要文献。

1915 年 10 月 17 日,密勒出生于纽约曼哈顿一个东欧犹太移民家庭。他的两个祖父都是正统犹太人,恪守犹太传统和犹太宗教。密勒每个周末都会跟随长辈参加一些古老的犹太仪式。他的父亲伊西多尔·密勒(Isidore Miller,1885—1966)和母亲奥古斯塔·密勒(Augusta Miller,1892—1961)则比较讲究实际,认同并接受美国主流价值观,积极融入美国主流社会。密勒的父亲是个商人,经营了一家成衣厂。1929 年遭遇经济大萧条,父亲的工厂很快倒闭关门,财富一夜之间化为乌有。一家人生活一落千丈,举步维艰,只好变卖家产,举家搬到布鲁克林。密勒当时只有十四岁,对这场灾难有切身的体会。“大萧条”带给美国人更多的是难以弥合的精神创伤,这也成为影响密勒创作的一段重要个人记忆,这一段经历真实而深刻地反映在《两个周一的记忆》(*A Memory of Two Mondays*,1955)、《代价》(*The Price*,1968)和《美国时钟》(*The American Clock*,1980)等剧中。

密勒小时候并不喜欢读书,而是将大部分精力都用在运动上。有趣的是,他立志要做一名戏剧家的愿望并非是在观看了古希腊悲剧之后冒出来的,而是在高中读了陀思妥耶夫斯基(Fyodor Dostoyevksy,1821—1881)的《白痴》之后萌生的。陀思妥耶夫斯基是俄国文坛上的一颗巨星,他对人物病态心理有着特殊的感悟力,擅长描写人物反常和病态行为背后复杂而微妙的深层心理活动。他对人性善恶冲突、肉体和心灵痛苦的深刻揭示对后

---

① 三部游记分别为《在俄国》(*In Russia*,1969)、《在乡村》(*In the Country*,1977)和《遭遇中国》(*Chinese Encounters*,1979),两部长篇小说为《聚焦》(*Focus*,1945)和《乱点鸳鸯谱》(*The Misfits*,1957),两部短篇小说集为《我不再需要你》(*I Don't Need You Anymore*,1967)和《平凡女孩》(*Homely Girl*,1992)

② 该书的中文版《阿瑟·密勒自传》已于 2016 年由华东师范大学出版社出版。

世作家产生了深刻影响，也对存在主义和表现主义的形成产生了一定影响。在阅读了《卡拉马佐夫兄弟》和《罪与罚》之后，密勒的眼界一下子被打开了，这让他感受到深入人物内心世界，逼视人性的阴暗面，可以产生多么强烈的震撼力。对人物矛盾而又病态的心理世界的呈现也成为密勒日后戏剧创作的一个特点。

为了读大学，密勒离开家人的庇护，同时做几个兼职，尝到了生活的酸甜苦辣，深刻体会到下层美国人生活的不易。此外，他还在工作中遭遇了反犹主义行为[①]，对美国社会暗潮汹涌的反犹情绪有了深刻的体悟。在多次申请之后，他最终如愿进入密歇根大学。在学校里，他认识了著名戏剧教授肯尼斯·罗伊（Kenneth Rowe，1900—1988），在罗伊教授的指导下对戏剧艺术有了深刻的认识。密勒聆听过罗伊教授的戏剧艺术专题课，对他关于"戏剧结构动力"（Miller，1987：227）的讲座印象颇为深刻。多年之后，密勒还清楚地记得在讲解"悲剧形式"时，罗伊教授言简意赅地总结道："戏剧的基本结构可分三大部分：以戏剧冲突开场，借助复杂化（complication），情节发展成一场危机或临近一个转折点，最终发展到冲突的解决。"（Miller，1987：34）让密勒感触最深的是，罗伊教授让密勒充分领略到了古

---

① 他曾应聘一家汽车零部件组装厂，结果因为自己的犹太身份而被拒之门外。

希腊悲剧[①]和亨利克·易卜生[②]（Henrik Ibsen，1828—1906）戏剧艺术的魅力，让他领悟到在戏剧创作中应该让人物的过去与当下及未来的命运发生冲突，从而增强戏剧矛盾和冲突的效果。在罗伊教授的指导下，密勒接连创作了几部习作，小试身手，赢得了几个校园戏剧奖项，为日后的戏剧创作奠定了基础。

毕业后，为了谋生，密勒创作了近二十部广播剧。与许多美国戏剧家[③]一样，这个经历对他而言是一种磨砺，使他对戏剧的情节架构和人物语言有了深刻的认识。他坦言自己从中"学会了如何优雅得体地压缩故事。广播剧是绝佳的简短形式（minor form）"（Bigsby，2005a：47）。大学毕业八年后，他推出了在百老汇的处女作《福星高照的人》（*The Man Who Had All the Luck*，1944）。该剧讲述了一个天生有福、事事走运的普通美国人的故事，是一部寓言式家庭剧。但不幸的是，该戏仅上演六场便草草收场。这对密勒而言不啻是巨大的心理打击。面对如此结局，他有些心灰意冷。他将自己的戏剧梦想置于一边，转而创作完成了一部反映美国反犹主义的长

---

① 初次接触希腊悲剧，密勒对其中的神话故事并不熟悉，但古希腊戏剧的形式却让他心醉神迷："我最崇拜希腊戏剧家，崇拜希腊戏剧庄重而华丽的形式，崇拜那种对称性……这种形式带有一种'现代性'和特有的庄重。那种形式从未离开过我，它在我体内燃烧。"（Roudane，1987：88）他甚至还表示古希腊悲剧"对我而言似乎是唯一存在的戏剧形式"（88）。综观密勒的戏剧作品，不难发现，受希腊悲剧的影响，他的剧作篇幅都不是很长，以两幕剧和三幕剧居多，另有多部独幕剧。其戏剧结构紧凑，形式整饬，表现出明显的平衡感。

② 密勒不仅模仿易卜生的戏剧创作手法和主题，还改编了易卜生名剧《人民公敌》，并在多篇文章中对易卜生对现代戏剧的意义和价值大加赞赏。如在《现代戏剧中的家庭》一文中，密勒探讨了易卜生与"现实主义"之间的关系，认为他将现实主义戏剧"几乎发展到了完美无瑕的地步。"（Miller，1996：70）他还曾表示他最伟大的发现是"希腊戏剧的结构……第二重要发现是易卜生，他使用同一种类型的结构模式，即过去与现在困境的相遇"（Roudane，1987：386）。

③ 美国当代著名戏剧家戴维·马麦特（David Mamet，1947— ）也受益于广播剧的创作经历。马麦特认为："广播剧对戏剧家而言是很好的训练场。广播剧让作家学会如何专注戏剧的关键要素，这一点是其他任何戏剧媒介比不了的……通过撰写广播剧，我懂得了所有伟大戏剧的奥妙……写广播剧能教会你紧抓故事不放。"（Mamet：14—15）

篇小说《聚焦》。幸运的是,这部小说获得了读者的青睐,热销九万册。小说的成功暂时缓解了他的经济困境,但他还是难以割舍对戏剧的热爱。他随后借鉴易卜生戏剧的手法和主题,创作了一部反映第二次世界大战之后一个普通美国家庭的戏剧——《都是我儿子》(*All My Sons*,1947)。该剧在百老汇首演三百二十八场,成功挤掉尤金·奥尼尔(Eugene O'Neill,1888—1953)的《送冰人来了》(*The Iceman Cometh*),摘得当年的"纽约戏剧批评界奖"(New York Drama Critics' Circle Award)。可以说,这次"咸鱼翻身式"的成功与纽约著名剧评家布鲁克斯·埃特金森(Brooks Atkinson,1894—1984)的支持不无关系。作为纽约泰斗级的剧评家,埃特金森慧眼独具,极为赏识密勒的戏剧才华,在《纽约时报》连发多篇剧评,对《都是我儿子》满是溢美之词,称赞密勒是"美国战后第一位重要的戏剧家"。在他的提携下,密勒从无名小辈一跃成为纽约知名戏剧家。多年后,密勒自己也承认:"正是布鲁克斯·埃特金森对《都是我儿子》的大力宣传使该剧得以长时间上映,帮助我获得广泛的认可。"(Miller,1987:138)

　　1949 年,他再接再厉,推出《推销员之死》,在纽约剧院连演七百四十二场,引起了社会轰动。该剧将普利策奖、纽约戏剧批评界奖、托尼奖等重要奖项收入囊中,一举奠定密勒经典剧作家的地位。《推销员之死》的剧本也热销二十万册,打破了之前剧本销售记录。自那时起,《推销员之死》一直常演不衰,享誉世界,产生了广泛的国际影响。戏剧中所蕴含的强大情感力量深深地打动了不同国家、不同语言和不同民族的观众。美国戏剧专家布兰达·墨菲(Brenda Murphy)在对该剧演出史进行了一番梳理之后,不由惊叹道:"《推销员之死》首演之后,该戏的演出在世界各地竟然从来也没有断过。"(1995:70)进入二十世纪五十年代,美国左翼势力抬头,掀起了一股反共风潮。密勒不惧强权,改编了易卜生的名剧《人民公敌》(*An Enemy of the People*,1950),并接连推出《炼狱》和《桥头眺望》(*A View from the*

Bridge，1955)等剧，对麦卡锡主义运动①进行了影射和讽刺，彰显了个人为了自由奋勇抗争、不畏强权的大无畏精神。随着这些剧作的广泛传播，密勒戏剧巨匠的地位也得到了进一步的巩固。

密勒一生中总共有过三次婚姻，其中第二段婚姻，即与玛丽莲·梦露(Marilyn Monroe，1926—1962)的婚姻广为人知。与梦露结婚之后，密勒暂时中断了戏剧创作，专心照顾她的生活起居，并为她量身打造了电影剧本《乱点鸳鸯谱》(The Misfits，1961)。最终，两人还是选择和平分手。分手后没几年，梦露选择了自杀。这段失败的婚姻和梦露自杀的阴影一直笼罩在密勒的心头，使他深感愧疚，也深刻地影响到他后来戏剧主题的设定和女性人物的塑造。与梦露离婚后，他与英奇·莫拉斯(Inge Morath，1923—2002)开始了第三段婚姻旅程。英奇虽非犹太人，却经历过死亡集中营的折磨，她的经历也激发了密勒对那段历史的兴趣。1962 年，密勒携妻前往德国毛特豪森集中营探访，随后又参加了在法兰克福举行的"二战"战犯审判会。凄凉恐怖的集中营遗址和纳粹战犯的麻木不仁让密勒深受触动，使他对犹太民族遭受的苦难和人性的复杂有了更加深刻的认识。回

---

① 麦尔锡主义运动是二十世纪五十年代发生在美国的一场白色恐怖事件。当时，参议员麦卡锡公开在国会发表演讲，声称共产主义分子已经渗透到美国社会的各个阶层。美国众议院成立"非美活动调查委员会"(The House Un-American Activities Committee)，展开了一场轰轰烈烈的肃清异己的政治运动，摆脱所谓的红色势力的侵蚀。在这种恐怖的氛围中，全国上下人人自危，纷纷与苏联和共产主义划清界限，亲人好友之间相互猜疑，秘密告发事件时有发生，一时间"背叛"成为美国国家层面的美德。阿瑟·密勒也无法幸免，成为被调查的对象。1954 年 3 月，密勒计划前往比利时参加《炼狱》的演出，却因为被怀疑是共产主义分子而未能成行。美国国会传票给他让他出庭作证，要他交出一份他所认识的共产党人的名单，密勒顶着巨大压力拒不合作，而他在戏剧上的合作伙伴艾力亚·卡赞(Elia Kazan，1909—2003)和他欣赏的戏剧前辈克利福德·奥德兹(Clifford Odets，1906—1963)却屈服于美国政府的淫威，将文艺界的左翼进步人士名单交给了政府。

国后,他焕发出新的创作激情,推出《堕落之后》①(*After the Fall*,1964)。作者巧妙地将他的家庭生活、梦露自杀、造访集中营这些经历与麦卡锡时代人人自危的历史背景勾连到一起,表达了"无辜"、"背叛"和"同谋"等深邃的主题,具有深刻的思想意蕴。形式上,这是一出回忆剧,具有极强的实验性,摆脱了现实主义的羁绊,深入人物潜意识和头脑深处,将记忆叙事推向极致。此外,他还在二十世纪六七十年代创作了《维希事件》(*Incident at Vichy*,1964)和《代价》(*The Price*,1968)等一批颇有影响力的剧作。

　　进入二十世纪九十年代,已是耄耋之年的密勒依然笔耕不辍,创作了多部具有鲜明个人特色和时代特征的剧作,较有代表性的作品包括《最后一个扬基人》(*The Last Yankee*,1991)、《冲下摩根山》(*The Ride Down Mt. Morgan*,1991)、《碎玻璃》(*Broken Glass*,1994)和《彼得斯先生的联系》(*Mr. Peters' Connections*,1998)。与探讨"父子关系"和"兄弟关系"为主的早期戏剧不同,密勒后期戏剧大都关涉两性关系,两性矛盾成为密勒二十世纪九十年代戏剧冲突的主要表现形式。这一时期的作品更具包容性,艺术手法更加多元,因触及时弊而更具社会意义。二十世纪九十年代美国戏剧市场也兴起了一股"密勒热"②。在这十年里,他成名后的几乎所有作品都在纽约百老汇演出过,这再一次验证了其作品持久的艺术魅力和永恒的艺术价值。2006年,布兰达·墨菲和劳莉·塞拉(Laurie Cella)合编的四卷本著作《二十世纪美国戏剧:文学和文化研究中的批评概念》(*Twentieth Century American Drama*:*Critical Concepts in Literary and Cultural*

---

　　①　该剧首演之后,密勒一时间成为美国观众和戏评家的众矢之的。这倒不是因为它晦涩难懂,而是因为该剧是在梦露去世之后不久推出的,舆论普遍认为密勒是想借这部"自传式"戏剧为自己开脱,洗刷"罪名"。

　　②　"签名剧院"(Signature Theater)为了向密勒表达敬意,在1998年整个演出季里不间断地上演他的剧目。美国著名戏剧学术期刊《密歇根季刊评论》(*Michigan Quarterly Review*)也于1998年出版《密勒专刊》。专刊近三百页,除了刊载多篇学术文章之外,还收录了阿尔比、西蒙、库什纳等二十位当代美国著名戏剧家和文学家对密勒的评论文章。

Studies)系统地对美国二十世纪的戏剧进行了梳理,收录了数位权威批评家的一百多篇论文。这些论文既有对不同时期戏剧发展态势的宏观评述,也有对具体作家作品的专题讨论,客观而全面地展示了二十世纪美国戏剧及戏剧批评的整体风貌。其中,专项论述密勒的论文数量高居榜首,多达十一篇(其中包括密勒自己的一篇论文)。就论文数量[①]而言,该著作有力地彰显了密勒在美国戏剧版图中的重要地位,他的学术价值也因此不言而喻。此外,成立于1995年的"阿瑟·密勒协会"[②](Arthur Miller Society)在二十一世纪举办了多场密勒专题研讨会,并创办了学术刊物《阿瑟·密勒学刊》(*Arthur Miller Journal*),在发扬光大密勒戏剧艺术及其人文思想方面发挥了重要作用。

作为美国最知名的犹太戏剧家,密勒十分关注犹太民族的命运,创作了多部与大屠杀和反犹主义相关的作品。同时,他又超越了犹太族裔性,真实生动地将不同历史时期普通美国人的生活图景呈现在舞台上,表达了他对平等、自由和民主等普世价值观的向往与追求。正如著名黑人作家拉尔夫·埃里森(Ralph Ellison,1914—1994)所评价的那样,密勒通过戏剧艺术,"重现了人类境遇丰富的多样性,矢志维护着民主愿景……赋予世人以'民族自我意识'的宝贵财富"(Bigsby,1990:1)。

---

① 其他讨论较多的作家有田纳西·威廉斯(九篇)、爱德华·阿尔比(八篇)和尤金·奥尼尔(七篇)。

② 该协会成立于宾夕法尼亚州的密勒斯维尔大学举办的"第二届国际阿瑟·密勒大会"上,并于1999年发行了协会第一期《时事通讯》,刊发密勒戏剧的出版、演出、学术活动等信息,连续发行了十一期,一直到2005年结束。2006年,该协会与圣弗朗西斯学院(St. Francis College)携手创办《阿瑟·密勒学刊》,为世界密勒研究者进行学术交流提供了一个更高的平台。具体信息详见网站 http://www.ibiblio.org/miller/。

第二节　国内外密勒研究现状

　　英美戏剧界对密勒的关注从二十世纪五十年代初就已开始,而真正意义上的学术研究开始于 1961 年,标志性成果是丹尼斯·威兰(Dennis Welland)的专著《阿瑟·密勒》。该书的出版正式拉开了美国密勒研究的序幕。在随后五十多年里,美国出版了几十部密勒总体性研究著作,代表性著作出现在二十世纪九十年代末。比格斯比主编的《阿瑟·密勒剑桥手册》(*The Cambridge Companion to Arthur Miller*, 1997)是第一部密勒研究著作,极其权威。该书共十五章,由多位密勒研究专家执笔,详细评述了密勒从二十世纪四十年代初出茅庐一直到九十年代末的戏剧创作历程。2005 年,比格斯比出版专著《阿瑟·密勒批评研究》(*Arthur Miller:A Critical Study*),历时地审视了密勒六十多年的创作生涯,是第一部真正意义上的整体研究著作。略显不足的是,作者在论述过程中极少引用和评价其他研究成果,没有与学界形成有效的对话。另一本较有代表性的著作是苏珊·C.W.艾博森(Susan C. W. Abbotson)的《阿瑟·密勒批评指南》(*Critical Companion to Arthur Miller*, 2007)。这是一部百科全书式的著作,图文并茂地将密勒生平历史、文学创作、戏剧批评有机地结合在一起,为各个层次的读者提供了"一站式服务"。此外,还有一部整体性研究著作也值得我们关注——特里·奥顿(Terry Otten)的《阿瑟·密勒戏剧中天真的诱惑》(*The Temptation of Innocence in the Dramas of Arthur Miller*, 2002)。该著作围绕"天真"这一核心词,对密勒文学创作进行了系统考察。作者认为,密勒戏剧人物因为盲目追求"天真"而成为受害者,他们没有意识到,"比邪恶行为还邪恶的是自认无罪,这种自欺欺人的行为掩饰了自我意识中作恶的潜能"(Otten:24—25)。通过对密勒早、中、晚三个时期多部戏剧作品的分析,作者认为,对于"天真的诱惑"这一主题,密勒的基本立场是"天真是邪恶的本源,能够颠倒黑白,冻结自由意志"(247)。该著不仅涵盖了密勒的几乎所有剧作,保证了对"天真"主题进行论述的系统性,还旁征博引地罗列和分析了大量学术观点,展现出作者开阔的研究视野。不过,也恰恰是因为作者研究的"广博",使得这部主题研究专著的深度略显不够。

正所谓"人生如戏,戏如人生",这句话用在密勒身上是再恰当不过了。他亲身经历过美国反犹运动、经济大萧条、麦卡锡主义等重大历史事件,其跌宕起伏的人生经历堪比一出历史大戏,深刻地影响到他的戏剧创作。进入二十一世纪,关于密勒研究的一大特征是涌现出多部传记性著作。马汀·古特弗莱德(Martin Gottfried)的《阿瑟·密勒传》(*Arthur Miller: His Life and Work*,2003)虽没有获得密勒授权和承认,但他以时间为序将密勒的个人生活与戏剧创作有机地结合起来,勾勒出这位大戏剧家不同寻常的戏剧人生。杰弗雷·麦尔斯(Jeffrey Meyers)的《天才和女神》(*The Genius and the Goddess*,2009)则记录了密勒与梦露相识、相知、相爱再到分手的全过程,披露了许多鲜为人知的秘密,并阐述了梦露如何化作密勒的灵感来源,深刻地影响他的戏剧艺术。迄今为止,最权威的密勒传记当数克里斯多夫·比格斯比(Christopher Bigsby)的《阿瑟·密勒:1915—1962》(*Arthur Miller:1915—1962*,2010)和《阿瑟·密勒:1962—2005》(*Arthur Miller:1962—2005*,2011)。可以说,当今世界没有谁比他更适合撰写密勒的传记。比格斯比是英国东英吉利亚大学教授,在美国现当代戏剧研究方面造诣不凡,是当今世界顶尖的密勒研究专家。他与密勒私交甚笃,曾多次采访密勒,获得了很多第一手材料。这两部传记加起来总共一千三百多页,巨细无遗地记录了密勒的精彩人生,其翔实的第一手资料和生动的笔触为密勒研究增添了新的素材。

上述研究著作为我们从整体上研究密勒戏剧打下了基础,但不难发现,这些著述大都是主题研究,尚未有人对密勒戏剧形式进行过系统梳理和深入探讨,为我们从叙述学角度探讨密勒戏剧的形式特征留出了余地。

除了对密勒进行整体性研究之外,国外学者还借助多种文学批评理论对密勒戏剧进行了多维研究。限于篇幅,本文就国外密勒研究中一些较有争议的和热点学术话题进行耙梳、整理和分析。

　　密勒创作了三十多部舞台剧,其中大部分都被归为悲剧①。对密勒戏剧悲剧性的讨论成为二十世纪密勒批评的重头戏。此外,密勒本人也多次撰文阐述自己的悲剧观,他的主动参与使这场讨论更加精彩。

　　关于其戏剧悲剧性的讨论大都集中在他的名作《推销员之死》上。可以说,在美国戏剧史上还没有哪一部戏剧像《推销员之死》一样引起如此大的争议。关于该剧是不是悲剧,赞成者有之,反对者亦有之,时至今日仍无定论。该剧首演之后,阿特金森在《纽约时报》上撰文对其大加赞赏,在标题中将其定位为"普通人的悲剧"(Atkinson,2006:27),这也是第一位将该剧归为悲剧的学者。著名学者雷蒙·威廉斯(Raymond Williams)则将《推销员之死》看作是一场"自由主义悲剧"(liberal tragedy),认为主人公威利"不是一个被挫败了的英雄版的解放者,而是一个与全社会一样的循规蹈矩的人……他使自己蒙受悲剧不是因为反对谎言,而是因为生活在谎言之中"(2006:98)。

　　在对《推销员之死》的悲剧价值表示赞同的叫好声中,也不乏表示质疑的批评声音。阿尔文·惠特利(Alvin Whitley)在文章《阿瑟·密勒:创作现代悲剧的企图》(*Arthur Miller：An Attempt at Morder Tradegy*)一文中声称密勒的悲剧概念"行不通",认为"他是在延伸对悲剧的传统诠释,来拥抱不同的情感效果……在个人尊严这个基本问题上,威利·洛曼也许在哈姆雷特开始的地方就结束了"(1953:262)。此外,在比较研究中,威利常被拿来与《俄狄浦斯王》、《李尔王》和《奥赛罗》等名剧中的悲剧人物进行比较。但哈罗德·布鲁姆(Harold Bloom)却对洛曼这个人物颇有微词,认为"洛曼与李尔王之死具有的共同之处是'年迈'。除此之外,没有其他相似

---

　　①　密勒大部分戏剧可以被归为悲剧,只有为数不多的几部算得上是喜剧,其中包括《创世纪及其他》(*The Creation of the World and Other Business*,1972)和《冲下摩根山》。此外,他还将《两个周一的记忆》称作是"一部哀婉动人的喜剧"(Miller,1996:163),将《最后一个扬基人》称作"关于悲剧的喜剧"(Miller,1994b:540)。

之处。密勒对于古典和莎士比亚悲剧缺乏理解,他完全传承于易卜生"(1991:1)。还有论者认为洛曼根本不是什么悲剧人物,不过"是个悲情人物,是个堕落人物。威利·洛曼的问题……在于他从未从追求某个理想开始……他鼓励他的儿子坑蒙拐骗。他根本没有道德价值观"(Roudane,1987:29)。

受到批评家们的质疑后,密勒在1949年连发两篇文章——《悲剧和普通人》(*Tragedy and the Common Man*)与《悲剧的本质》(*The Nature of Tragedy*),积极为自己辩护。他认为,威利是悲剧合适的话题,"在悲剧的最高意义上,普通人跟国王一样,都是适于作悲剧描写的对象"(1996:3)。他还在剧本前言中写道:"从俄瑞斯忒斯到哈姆雷特,从美狄亚到麦克白,戏剧根本性的争斗是个人试图在社会中获得他'应有的'位置……悲剧是人类强迫自己评价自己所带来的后果。"(Roudane 1987:15)不过,在悲剧性这一问题上,密勒本人的观点似乎并不坚定。他曾表示,自己"一开始并没有打算'写一出悲剧',只是展示我所看到的真实"(Miller,1996:144),还认为《推销员之死》是一部"很难归类的戏"。他在1977年为自己的戏剧论文集写的前言中还说:"我常常希望自己从未写过任何关于悲剧主题的文字……但是木已成舟……我还未看到一个令人信服的解释,能够说明为何悲剧模式在现在已经落伍,我也不想再写一个。"(1996:lv)1983年,在被问及《推销员之死》是不是索福克勒斯式的悲剧,密勒似乎不再坚持己见,而是认为悲剧并没有唯一的定义,存在多种悲剧。他还表示:"我认为该剧的确产生了悲剧感情,至少在很多人身上如此。我想说这算得上是一种悲剧。其实,我并不急于称其为悲剧或其他什么,这个标签对我而言并不重要。"(Roudane,1987:361)在悲剧性问题上,密勒态度上的转变,从某种意义上说,也反映出该问题的复杂性。密勒虽然深受古希腊悲剧观的影响,但他在形式上并不循规蹈矩,而是极富创新精神,这也是他的作品在悲剧性问题上引发争议的一个重要原因。另外,评论家们往往只关注密勒戏剧的悲剧主题,忽略了对其悲剧形式的考察。

密勒新颖的戏剧表现形式也引起了许多学者的关注。德国学者彼得·斯丛狄（Peter Szondi）在《现代戏剧理论（1880—1950）》[Theorie des modernen Drama(1880—1950)]中高度评价了密勒的《推销员之死》，认为作者从《都是我儿子》到《推销员之死》实现了"从模仿者发展为革新者"（2009：142），而这种戏剧形式上的巨大转变通常是在"世纪之交的剧作家和当代剧作家"（143）之间才会出现的。在《推销员之死》中，"回忆成为舞台性的形式原则"（147），既揭示了外在现实，又表现出人物的内在心理。斯丛狄的评论是较早对《推销员之死》的戏剧形式加以肯定的评论。

美国著名戏剧学者布兰达·墨菲认为密勒受威廉斯的《欲望号街车》的启发，创造出了一种新颖的戏剧形式，并称之为"主观现实主义"（subjective realism），这种戏剧形式成功地"将表现主义的主观性与现实主义所产生的客观性幻觉结合在一起"（1995：5）。她进一步解释道，在这种戏剧中，"有一系列事件被观众认为是戏剧的客观现实，而作者却通过某个人物起中介作用的意识呈现出来"（5）。她还夸赞这出戏的时空颇具特色，其戏剧场面是靠联想联系起来的，而不是按照时间顺序连接在一起。此外，墨菲还表示，《推销员之死》包含了三个认识论层面："威利对过去的幻想、威利对现在的感知和观众对当下舞台现实的感知。"（1995：4）她的这些观点较为准确地反映了该剧的艺术特征。著名评论家雷蒙·威廉斯也给出了积极的评价，认为该剧"是对自然主义物质的表现主义再现，其结果并非什么杂合体，而是一种富有冲击力的独特形式"（2006：41）。换言之，密勒借用了表现主义技巧，但又巧妙地将其与现实生活场景结合在一起，形成了独具魅力的审美范式。

在研究密勒戏剧形式的论述中，奥姆·奥沃兰（Orm Overland）的《行动及其意义：阿瑟·密勒在戏剧形式上的挣扎》（The Action and Its Significance：Arthur Miller's Struggle with Dramatic Form）也很有代表性。作者对密勒早期和中期作品进行了回顾，认为密勒在作品受到评论界质疑和否定之后，一直在形式上不断调整，摇摆不定，以求清楚地表达自我，获得戏剧界和观众的认可。他认为密勒提出的社会剧和家庭剧及现实主义戏剧与表现主义戏剧的理论观点"应该被视作他意欲清楚表达自己的合理化尝试"(1982:47)。作者还认为密勒在早期戏剧中对"叙述因素"和"叙述者"的启用并没有获得最佳效果,而现实主义戏剧是他"最拿手的戏剧模式"(47),奥沃兰希望密勒尊重批评界和观众的意愿,回归传统,因为正是现实主义手法"使其跻身当代优秀戏剧家之列"(47)。奥沃兰并未从叙述功能和效果上探察密勒戏剧形式的范式特征,不免存在一定的主观性。

"犹太性"是密勒戏剧另一个被广泛关注的学术话题。密勒是美国最富影响力的犹太戏剧家,其族裔身份和意识在戏剧中的"表征"自然成为批评家关注的焦点。密勒创作过多部以大屠杀和"美国反犹主义"为主题的作品,但他早期代表作中人物的族裔身份并未言明,由此引发了评论界的热议。《推销员之死》又一次成为讨论的焦点。艾伦·戈特曼(Allen Guttmann)研读了密勒的《推销员之死》等作品之后,将他与塞林格等犹太作家归为一类,认为密勒不过是"名义上的犹太作家,而不是……真正意义上的犹太作家"(1971:13)。还有一些学者认为密勒数典忘祖,为了扬名立万故意掩盖人物的族裔身份。其中,莱斯利·费德勒(Leslie Fiedler)的观点较有代表性。他认为密勒创作了"隐蔽式的犹太人物。这些人物在习惯、言辞和生活条件等方面表现出典型美国犹太人特征,但他将他们呈现成另外一种样子——普通美国人,《推销员之死》就是明证……这种伪普遍化的做法体现了艺术信仰的丧失……作品失去了真实性和感染力"(1964:91)。

虽然密勒在早期戏剧中确实没有言明主人公的族裔身份,但是,在本文作者看来,上述观点具有一定的局限性,遮蔽了密勒戏剧中蕴含的深刻犹太性。学界割裂了文本与当时历史语境之间的关联,没有深入探究密勒如此创作的背后深刻的社会原因。密勒早年创作了多部犹太家庭剧,还出版了一部反犹题材小说,很早便对犹太民族的命运给予了关注。二十世纪四五十年代,反犹主义和麦卡锡主义在美国风起云涌,密勒其时初出茅庐,羽翼未丰,尚未在戏剧界站稳脚跟。为了明哲保身,他不愿过度彰显个人的民族文化身份,隐去人物的犹太身份是不得已而为之的做法。反过来看,他对人物族裔身份语焉不详,却赋予人物语言和思维方式以明显的犹太特征,这其实已经间接地表达了他的民族态度。

　　进入二十一世纪,国外学界开始正视威利·洛曼的族裔身份问题。在多次观赏戏剧《推销员之死》之后,哈罗德·布鲁姆认为这出戏的名字应该是"犹太父亲之死"(2007:vii)。他指出,威利的痛苦具有普遍性意义,这是因为"他的美国悲剧中隐含着某种古老的犹太范式······其悲剧只有被置于弗洛伊德提出的压抑世界中才有意义,而这也是标准的犹太记忆世界"(2007:5)。换言之,威利象征着大流散生活中的犹太人原型,其社会地位暗合了犹太民族在美国社会中的位置,他一家的命运也在某种程度上是犹太民族命运的隐喻。犹太学者朱里斯·诺维克(Julius Novick)在其专著《金门之外:美国犹太戏剧和美国犹太经验》(2008)中认为,身为犹太人的威利为了融入主流社会,将"有好人缘"作为自己的处世哲学,却又处处碰壁,无所依托,展现了他努力同化而不得的痛苦。

　　除了塑造犹太人物,密勒的犹太性更多地体现在他对大屠杀主题的钟爱上。对于密勒和大屠杀之间的关联,学界也进行了热烈的讨论。埃里克·斯特林(Eric Sterling)在为《大屠杀文学百科全书》(Encyclopedia of Holocaust Literature)编写的"阿瑟·密勒"词条中表示,在以大屠杀为创作主题的戏剧家中,密勒的显著特点是他聚焦于"良心和道德责任的主题"(2002:125),旨在谴责那些对受难犹太人冷眼旁观、无动于衷者,认为他们扮演了纳粹同犯的角色。值得一提的是,作者还将《炼狱》与大屠杀联系在一起,认为"萨勒姆驱巫运动"与大屠杀存在相似之处,两者的发生与掠夺和霸占他人财物的"经济机会主义"(Patterson,2002:126)不无关系。比格斯比在著作《记忆和想象大屠杀:记忆的链条》(Remembering and Imagining the Holocause:the Chain of Memory)中,从"记忆"的角度切入,探讨了一些代表性大屠杀文学作品中大屠杀与记忆的关系。作者认为在密勒的戏剧中,对过去的记忆"是因果关系观念的基础,也是引导个人和社会为自我行为负责的道德观的基础。对他而言,我们承载着过去,记忆是面对'否认'这一行为时挥舞的利剑"(Bigsby,2006:218)。史蒂文·森托拉(Steven Centola)在《阿瑟·密勒和可能的艺术》(Arthur Miller and the

Art of Possibility)一文中则认为,密勒之所以如此热衷于书写大屠杀,是因为"艺术虽不能保证人类的幸存,却有助于明确和证明人类生存的价值"(2007:212)。这些评论较为准确地反映出密勒对大屠杀主题的态度。借助大屠杀主题,密勒对犹太民族的消极反抗进行了反思,同时也超越了自身的犹太性,使这一主题具有了普遍意义。

对于密勒的犹太性,内森·艾布拉姆(Nathan Abrams)认为:"在表现犹太性方面,密勒是复杂而又变动不居的,总是随着时间和情境的变化而变化。"(2003:708)综观密勒的戏剧创作,不难发现,这个观点有几分道理。但不管密勒的犹太性如何"变动不居",有一点我们必须承认:他对过去历史的关注、对道德伦理的思考、对人性善恶的探究贯穿于他戏剧创作始终,而这些主题与犹太文化有着千丝万缕的联系。密勒虽然没有刻意书写犹太人的生活,但他的犹太思维方式对其文学创作产生了持续不断的影响力,润物细无声般地渗透在他的戏剧艺术肌理中。

"人物研究"是密勒研究中另一个热点话题。密勒笔下主人公男性居多,"父子"和"兄弟"这两种男性关系是他早中期戏剧创作的核心人物关系,父子反目、兄弟阋墙也成为他戏剧中主要的冲突矛盾。对于他笔下的男性形象,学界大都从心理分析、文化批评、比较研究、男性气概等角度加以关注。詹姆斯·罗宾逊(James Robinson)在文章《〈都是我儿子〉和父亲权威》(*All My Sons* and Paternal Authanity,2007)一文中,从犹太文化角度入手,考察了《都是我儿子》中的父子关系蕴含的犹太文化意蕴。戴维·萨福兰(David Savran)的《共产党人、牛仔和同性恋者:阿瑟·密勒和田纳西·威廉斯的作品中的雄性气概政治》(*Communists, Cowboys, and Queers: the Politics of asculinity in the Work of Arthur Miller and Tennessee william*)是一部较有影响力的著作。该书对两位作者剧作中不同人物所具有的男性气概进行了深入而全面的比较,认为"密勒的主人公都渴望得到冷战式的大男子气概"(1992,41)。

比较之下,密勒笔下的女性角色在密勒研究(尤其是早期)中受到的关注远远不够。随着二十世纪六十年代妇女解放运动和女性主义批评浪潮的兴起,"性别研究"成为密勒研究中一个重要研究维度。在这种学术思潮的带动下,批评家们纷纷开始关注密勒剧作中的两性关系,具体入微地探讨密勒笔下女性角色。

批评界对密勒的女性人物多是负面评价,批评最多的人物当属《推销员之死》中的琳达。普遍存在的一种观点是,威利的失败与琳达不无关系。她的沉默、保护欲和过度的爱使威利无视自己的缺点和失败,最终导致了威利的毁灭。1968 年,盖琳·布利克兹(Guerin Bliquez)撰文对"琳达"进行了批判,这应该是密勒女性人物研究中最早的一篇文章,具有一定的代表性。作者认为,琳达没有帮助威利认清现实,反而消极地加以默许,支持他追逐虚妄的"美国梦",最终带来毁灭性的结果,因此,威利"既是他自己梦想的受害者,也是琳达梦想的受害者……琳达支持的不是威利而是威利的梦想"(2006:123)。萨福兰则宣称琳达是"当代美国戏剧中最顺从的女性角色"(Savran,1992:56)。哈罗德·克勒曼(Harold Clurman)认为:"密勒戏剧中的女性人物通常都是男性原则的道具,没有女性,男人会犹豫不决,迷失方向。"(Roudane,1987:139)

当然,也有不少批评家持相反的观点,认为琳达虽是一个家庭主妇,却意志坚定,忍辱负重,无私奉献,成为整个家庭稳定的基石,"安慰并开化了丈夫和孩子们"(Roudane,1995:106)。珍妮特·巴拉奇恩则认为,密勒并没有明显地表达出性别歧视的意识,《推销员之死》"准确地刻画了使女人居于次要地位的战后美国文化……该剧强烈要求呈现美国女性的新形象"(Balakian,1995:115)。但总体来看,贬低女性人物的评论要远远多于正面的评论。

不管怎么说,密勒在人物塑造上确实存在重男轻女的倾向,这其实间接反映出他的犹太思维方式。他从小生活在正统犹太家庭,深受犹太父权文化的熏陶,对此有着深刻的童年记忆,在作品中凸显父子关系和兄弟关系也就不足为奇了。但客观地说,两性关系也是他戏剧中十分重要的关系,甚至在他后期戏剧中成为重头戏。而且,密勒笔下许多女性人物常常发挥着积极、正面的作用,代表着理性和秩序,甚至有的人物还表现出一定的反叛精神和民族意识(如《桥头眺望》中的凯瑟琳和《碎玻璃》中的西尔维亚)。

二十世纪六十年代以来,美国主流批评界基本上认为密勒是一位擅长利用"普通人的语言"(language of common people)描写美国"家庭生活"(domestic life)的"社会戏剧家"(social dramatist)。二十世纪下半叶密勒受到美国学界的冷落很大程度上归因于对他的这种误解。而讽刺的是,密勒在欧洲尤其在英国剧迷甚众,拥趸无数,受到了极高的礼遇。1999年,伦敦皇家国家剧院在英国的剧作家、演员和戏剧专业人士中做过一次调查,以评选二十世纪最伟大戏剧家和戏剧,结果密勒被选为"二十世纪最重要的戏剧家",《推销员之死》和《炼狱》也成功入选二十世纪十大最优秀戏剧之列。(Otten,2002:ix)两国批评界这冰火两重天的景象也引起美国当代评论家的反思,一些批评家在反思前人研究的基础上,对密勒其人其作重新进行审视,突破传统的批评范式,出版了几部为密勒"正名"之作。

对话剧这种以人物对白为主要表现形式的艺术样式而言,语言扮演着不可或缺的角色。早期批评家对密勒戏剧的批评常聚焦于剧作的社会意义和思想内涵,对其语言文体特征的关注相对不高,相关的研究也多有贬损,大都是负面评价。从寥若晨星的评论来看,否定者大都认为密勒戏剧中充满陈词滥调和市井俚语,人物语言平淡无奇,缺乏诗意和文学性。在论及密勒和威廉斯的语言艺术时,阿瑟·奥博格(Arthur Oberg)进行了这样的比较:"密勒的艺术富有男子气概,粗犷豪放;而威廉斯的艺术则充满诗意,精致巧妙。"(1967:303)事实上,这都是批评界先入为主、一厢情愿的想法,忽视了语言表象之下蕴含的诗性之美。多丽斯·莱辛(Doris Lessing)就十分欣赏密勒,尤其喜欢《推销员之死》,认为密勒富有创新精神,"和德莱塞、斯坦贝克、多斯·帕索斯和海尔曼一样都不受约束地用一种新的语言写作"(1990:63—64)。2002年,斯蒂芬·马里诺(Stephen Marino)的专著《阿瑟·密勒戏剧的语言研究》(*A Language Study of Arthur Miller's Plays*)通过文本细读针锋相对地驳斥了传统偏见。他在书中考察了密勒不同时期的八部代表作,挖掘和聚焦于人物口语表达中隐匿的"诗性元素",探讨了密勒戏剧语言的审美价值和修辞意义,认为他的修辞技巧与戏剧的悲剧冲突和社会主题紧密联系在一起。作者富有创见地总结:"通过巧妙地将象征、意象和隐喻这些修辞手段与散文式口语对话结合在一起,阿瑟·密勒创造了一种独特的戏剧表达,使他成为二十世纪美国戏剧史上一位重要的语言文体家。"(Marino,2002:3)马里诺的这部专著对密勒戏剧诗性语言进行了深入和精当的总结与概括,具有开创性意义。

　　其实,密勒本人对语言十分重视,曾多次撰文阐发自己对戏剧语言诗性价值的认识。他的一个基本观点是:伟大的戏剧都是诗性戏剧,而诗性戏剧中的人物必须与外在世界相互关联,换言之,戏剧必须超越社会基本构成单位——家庭,为揭示社会主题服务。而且,密勒并非如评论界所言,只会使用散文体语言。他成名前创作过多部诗剧,在创作《炼狱》和《桥头眺望》的时候,也采用了大量的诗剧的语言。他富有创新精神,一直都在努力寻找自己的文体风格,其多变的戏剧形式也决定了其语言充满多样性和丰富性。论及密勒对后世的影响,著名密勒专家马修·罗达内(Matthew Roudane)高度赞扬了密勒戏剧语言的伟大,认为"他的语言激活了他的舞台,也因此解放和影响了他的同代人"(2006:367)。

　　密勒常被冠以"社会剧作家"的名号,其戏剧的"社会意义"也成为学界讨论的热门话题。实际上,密勒是一位具有深刻政治意识的作家。他不仅借助戏剧在舞台上表现"麦卡锡主义""纳粹大屠杀"等重要政治事件,还积极投身于美国的政治生活。进入二十一世纪,他的政治兴趣愈加浓厚,发表了多部政治倾向明显的作品①。2008年,杰弗里·梅森(Jeffrey Mason)的《石塔:阿瑟·密勒的政治戏剧》(*Stone Tower: The Political Theatre of Arthur Miller*,2008)对这一观念加以驳斥,从权力关系入手探讨密勒的政治观及其戏剧的政治性。在作者看来,"社会戏剧"一词"让我们理解了个人与社会的关联性,却没有揭示这种关联性的发生机制。"(Mason,2008:2)作者借鉴了福柯话语权力等理论,认为密勒多部作品超越了社会戏剧的界限,试图探索人与人、人与社会关系中的权力结构。该著作首先以史料和密勒非戏剧文本为基础探讨了密勒的社会政治经历和他的政治观,其中不乏一些具有新意的观点。例如,作者认为二十世纪的五十年代密勒并非如外界所言对国会表现出绝不服从的强硬态度,而是选取了一条中间道路。他既不像导演艾利亚·卡赞那样完全妥协,也不像丽莲·海尔曼那样严厉抵制,而是进行了温和的反抗,表现出其政治立场的矛盾性和复杂性。接着,作者通过对《都是我儿子》和《推》的分析探讨密勒如何借助家庭矛盾来展现政治情境,然后又论述了在《炼狱》和《大主教的天花板》(*The Archkishop's Ceiling*,1977)中个人如何反抗政府权威,表达自我的政治诉求,最后又从大屠杀、性别和暴力三个方面入手讨论了密勒多部戏中隐含的人物权力关系和政治话语表现。该著对密勒的分析深入、全面,但有些观点值得商榷,例如,在谈及密勒女性人物时,作者从"性别政治"的角度将密勒笔下的女性人物分成四类:"妻子"、"新娘"、"情妇"和"无赖"。作者认为密勒"将女性看作是他者,要么是缺乏深度和温情的纸娃娃,要么是混乱和邪恶的源头……密勒将女性简单化,未能展现两性之间带有启示性的交

---

① 2000年,密勒散文集《回廊里的声音》(*Echoes Down the Corridor*)问世,其中多篇与美国社会政治生活关系紧密。密勒在序言中直言不讳:"翻阅我在过去半个世纪里发表的几十篇散文,我惊叹于竟然有如此多文章是关于那个时代的政治生活。"(2000:viii)2001年,密勒出版了一本论述政治与表演之间关系的小书——《论政治和表演的艺术》(*On Politics and the Art of Acting*,2001)。这部不足百页的小书记录了他对美国政治家的"政治表演"的深刻洞见。翌年,他创作的政治讽刺剧《复活布鲁斯》(*Resurrection Blues*,2002)在美国首演。

流"(Mason,2008:258)。密勒笔下的女性人物众多,其中不乏理性独立、具有反抗精神的女性形象,梅森的这一结论未免有些主观。但总体观之,该著充满新意,具有借鉴价值。

与国外密勒研究相比,国内密勒研究晚了近二十年。1962年,梅绍武在《外国戏剧资料》上对密勒作品进行了简要介绍;后又在1979年,《外国戏剧资料》头两期连发两篇文章介绍密勒的九部戏剧。梅绍武也因此成为国内研究密勒的开路先锋。

早期国内密勒研究也反映了密勒当时与中国文化界的互动。密勒与中国有着不解之缘,曾先后两次携家人造访中国,与中国戏剧界和文化界进行了广泛的交流,有效地促进了中美文化之间的交流。1978年,密勒初次访华,其间游历了北京、上海、广州等地,观赏了中国传统戏曲,并与夏衍、曹禺、于是之等文艺界人士进行了座谈。1981年,在密勒的建议下,著名戏剧家黄佐临将《萨勒姆的女巫》首次搬上中国舞台,在上海人民艺术剧院连演五十多场,引发了不小的轰动。1983年,在曹禺和英若诚的邀请下,密勒来华执导他的名剧《推销员之死》。这是国内首次邀请国外戏剧家担当导演,此次演出非常成功。曹禺、王佐良等人纷纷撰文阐发观剧感受,对该剧不吝赞美之词,引发了国内戏剧界的一场大讨论[①],影响了孟京辉等一批中国现当代戏剧家。

随着1983年《推销员之死》在中国演出的成功,国内掀起了一股"密勒热",其作品真正开始进入国内学界的视野。综观二十世纪国内密勒研究,这方面的学术文章大致可分成两类:一类是总论式文章,主要对密勒其人其作进行概括式的介绍,常常将密勒的文学创作与他的生平结合起来进行考察,揭示他的戏剧作品的主题特征和悲剧思想;另一类则是具体的个案研究,大都聚焦于《推销员之死》这部代表作,探讨该剧深刻的悲剧意蕴、新颖的艺术形式和独特的美学价值。

---

① 《它山之石——〈推销员之死〉座谈会纪要》,《戏剧报》,1983年第7期,第44—47页。

　　较早对密勒戏剧整体进行论述的文章是郭继德的《阿瑟·密勒的戏剧创作》(1984)。郭先生首先简要介绍了密勒的悲剧观,然后对其八部戏剧进行了主题分析。他将密勒戏剧主题分成三类,即"经济大萧条"、"反政治迫害"和"伦理道德",揭示了密勒早中期戏剧的主题旨趣。最后,他又以《推销员之死》为例探讨了密勒如何借鉴表现主义和象征主义手法展现人物丰富的内心世界。这一类文章还有隋振华的《阿瑟·密勒的戏剧生涯》(1989)、陈许的《当代美国戏剧泰斗——阿瑟·密勒》(1998)。

　　《推销员之死》在中国的上演对当时国内戏剧界和文化界而言是不小的震撼,其深刻的悲剧思想和新颖的戏剧形式成为国内学者十分关注的话题,这也反映了当时国内戏剧界的真实需求。当时国内戏剧界急需外来营养来丰富戏剧事业,因此对国外戏剧艺术形式的评介成为学界的一项重要工作。《推销员之死》中过去与现在并置的新鲜戏剧手法也自然成为学者们关注的焦点。王勇的《新颖的时空处理和心理描写》(1983)结合作者自己的观感,探讨了密勒如何将威利的"过去"和"现在"两条贯穿全剧的主线有机地交织在一起,从而有效地揭示了造成他的毁灭的原因。祁寿华的《论〈推销员之死〉的艺术结构及其悲剧意义》(1987)通过考察作品内部结构的多个层次,探讨了该剧的悲剧意义。洪增流、张玉红的《评〈推销员之死〉中的表现主义》(1999)则讨论了密勒如何采用"时空交错""梦幻叙事"等表现主义手法,突破传统现实主义的局限,真实地表现了人物内心冲突。

　　除学术论文之外,相关的美国戏剧史著作也自然少不了对密勒及其戏剧创作的介绍。郭继德先生是国内研究美国戏剧的先驱和领军人物,他本人与密勒的私交甚好,在美访学期间与密勒有过多次接触。他的《美国戏剧史》(1993)是国内第一部系统介绍美国戏剧的著作,有着较广泛的学术影响力。他在书中单辟一章对密勒的戏剧创作和戏剧思想进行了评述。在整体梳理密勒戏剧观和戏剧艺术特征之后,郭先生着重对《推销员之死》和《炼狱》这两部密勒的代表作进行了评析,从作品主题和艺术手法等方面阐释了密勒的戏剧思想。他还介绍了密勒与中国戏剧之间的关系,并将他赴美访问时对密勒的访谈附于书后,帮助读者更深入地了解密勒的思想。

此外，二十世纪九十年代国内还出版了两部美国戏剧通史著作——汪义群的《当代美国戏剧》和周维培的《当代美国戏剧》（1999），这两部著作都对密勒早期剧作进行了简明扼要的介绍。

整体而言，二十世纪国内学界虽然已意识到密勒戏剧的价值，但学术性略显不够。介绍性文章多，原创性文章少；印象式评价多，理论性解读少。许多著述对他的悲剧思想和戏剧艺术仅仅是蜻蜓点水，点到为止，没有深入探究下去。这与当时改革开放时间尚短，研究资料匮乏等原因不无关系，是历史语境使然。

进入二十一世纪，国内学界对密勒研究的热情逐渐升温，论文数量大幅度提升，研究深度和广度也有不小的进步。除了在人物塑造、悲剧主题、精神分析和舞台技巧等传统领域继续挖掘之外，这段时间的研究也不乏一些亮点，出现了一些新动向。不少论者不再拘泥于对密勒戏剧本体的研究，而是借助新的批评理论（如生态批评与伦理批评）和跨学科的批评手段重新审视密勒作品，对密勒进行多维度的解读，给出了不少富有新意的见解。

《推销员之死》的戏剧结构和舞台手法一直备受国内外学者的关注。进入二十一世纪，国内学者对此依然兴趣不减，积极地从理论上对其进行概括总结。孙惠柱认为，密勒借助电影蒙太奇表现手法，将纯戏剧式、史诗式、散文式和诗式四类戏剧结构形式特点熔于一炉，在《推销员之死》中创造出别具一格的"电影式结构"（2011：50）。张兰阁则从"范型"的角度出发，借鉴西方结构主义的研究方法和理念，创造性地提出"时空心理剧"这一概念，认为密勒是这种戏剧范型的领军人物，这一类戏剧"以回忆为主要功能，吸收了表现主义和意识流手法，以自由时空直观地表现人物的心理活动"（2009：173）。他以《推销员之死》、《堕落之后》和其他中外回忆剧为例，对这一类型戏剧的语义范围、悲剧特征、叙事特征、舞美艺术等进行了较深入的分析。此外，还有论者分析了《推销员之死》戏剧版成功和电影版失败背后的原因，认为"无论是何种形式的艺术改编，都不可偏离原作的主题和意境，而应最大限度地激发观众在心理上及感官上的共鸣，充分再现原作的思想内涵和审美价值"（郭勤,2003:88）。

值得一提的是,近年来也开始有学者从犹太文化和犹太历史的角度对密勒戏剧进行考察。乔国强教授在其专著《美国犹太文学》中单辟一节,对密勒戏剧与犹太文化和美国社会现实之间的互动关系进行了论述。在分析了《都是我儿子》和《推销员之死》之后,作者精辟地提出,密勒"写来写去,仍然无法彻底摆脱他本民族的思维方式。他笔下的人物并不都是尽善尽美的,而是仍然有着犹太文学传统中'背运'的人和'傻瓜'的特点"（2008:197）。此外,乔国强教授还用不少笔墨,从历史、权力和道德等视角对密勒的名剧《炼狱》进行了细致入微的分析,深刻地揭示了这部戏剧的社会价值和文学价值,还以"普罗科特"和"艾比盖尔"为例论述了"西方戏剧/文学作品中人物的道德情感及其命运发展的两个基本'程式'",并认为这两种"程式"是"犹太人最基本的有关道德的思维定式和价值取向"（205）。乔国强教授的论述准确精到,其"程式"观点为本文的研究有借鉴作用。吾文泉的《阿瑟·密勒戏剧的犹太写作》则从犹太道德观、灾难意识和流散情结三个方面,选取密勒早、中、晚期的戏剧代表作,对其中的犹太性进行了深入挖掘和分析。

除了用新文学理论来重新解读密勒戏剧之外,国内学者积极突破传统研究范式,借助其他学科理论对密勒进行跨学科研究,丰富了密勒研究成果。上海大学俞建村教授借鉴谢克纳的"人类表演学"理论,考察了密勒笔下人物的"社会表演意识",其分析与结论令人耳目一新。他在《威利·娄曼与他的社会表演》（2008）中提出,威利的悲惨遭遇不能完全归咎于社会,还在于主人公具有强烈的社会表演观念并深陷其中。密勒描绘了一出社会表演悲剧,似乎要传达这样一个道理:"一个只会待在社会表演世界而不能自拔的人,人生对他来说永远只有悲剧的存在。"（2008:74）俞教授的另一篇论文《前台、后台与真诚——从社会表演学看〈萨勒姆的女巫〉的悲剧情由》（2011）则分析了《萨勒姆的女巫》中前台、后台及沟通前后台的"真诚"与这场悲剧的内在关联。此外,还有不少研究者借助"语言学"和"翻译学"的理论观点（如目的论、阐释学、功能性理论、操纵论、释意派理论、接受美学)考察密勒的作品,对密勒戏剧的中译本进行了多维度分析,提出了不少洞见,因篇幅所限,这里就不一一介绍了。

　　国内外近六十年的批评实践已经充分验证了密勒戏剧的复杂性和丰富性,有力地向我们展示了密勒戏剧研究的巨大潜力。但综观国内密勒研究,不难发现,仍然存在一些不足,仍有很大的发展空间。首先,国内密勒研究缺乏整体性和系统性。密勒具有旺盛的创作力,是个多产的戏剧家,创作时间持续半个多世纪。但遗憾的是,国内研究多是零打碎敲,不成体系。没有整体意识,只会导致对他的作品产生碎片式、片面化的理解,出现"只见树木不见森林"的问题。与之形成对比,国内关于奥尼尔和威廉斯的整体研究成果颇为丰硕①。同为美国二十世纪戏剧巨匠,关于密勒的整体研究成果如此之少,有些说不过去,这与他较高的艺术造诣和重要的历史地位不相匹配。事实上,唯有借助新理论、新视角全面地考察密勒不同时期的作品,对之进行贯通的分析,才能更准确地认识和理解密勒其人其作,才更有可能触及密勒戏剧艺术的本质。其次,选题较为集中,研究成果有一定重复性,研究范围相对狭窄,其独幕剧和后期剧作较少有人涉及,相关成果寥寥无几。国内半数以上的密勒研究论文都围绕着《都是我儿子》、《推销员之死》和《炼狱》等几部早期作品进行论述,且多是主题研究,缺乏新理论、新视角的介入,忽视了他多部哲理性颇浓的独幕剧和二十世纪九十年代以后的剧作。我们可以借助叙述学和符号学等理论视角对密勒戏剧的形式(尤其是中后期戏剧)进行全面考察,结合他的戏剧主题挖掘其艺术内涵和美学特色,梳理和揭示他的戏剧范式,从而更加客观地理解和把握密勒的戏剧艺术,更深刻地理解密勒的戏剧思想。

_____

　　① 　以博士论文为例,根据中国知网的数据显示,截止到 2019 年 10 月 12 日,专题研究奥尼尔的论文共九篇,研究主题包括欲望、生态、创伤、性别、悲剧性、精神分析、表现主义戏剧观等;研究威廉斯的博士论文共四篇,研究主题包括欲望、精神分析、父亲形象、同性恋研究等。

第三节　研究方法与研究意义

　　"范式"(paradigm)是自然科学和人文学科中出现频率较高的一个理论术语,最早由美国学者托马斯·库恩在《科学革命的结构》(The Structure of Scientific Revolutions,1962)一书中提出。库恩虽然没有在书中对该词给出严格统一的界定①,但他的基本观点是:在某一历史时空下,任何一个科学发展阶段都存在特定的内在结构,而体现这种结构的模型或模式就是范式,即范式是一个"公认的模型或模式"(1962:19)。

　　借助库恩对"范式"的界定和阐释,我们也可以在文学作品中找到"叙述范式",而"叙述范式"不仅表现为某个"作家共同体"共有的创作模式,也可以缩小范围至作家个体。一个作家在成熟之后,形成特定的文学观和世界观,自然会在创作中形成某些特定的范式特征。反过来说,范式的形成也标志着一个作家在创作上的成熟。

　　那么何谓"叙述范式"呢?在本文作者看来,"叙述范式"是指从叙述文本的情节、人物、时空等叙述要素中提炼和抽绎出来的某种规律性结构,与作者在道德、伦理、身份和意识形态等方面的价值取向紧密勾连在一起,是一种带有意蕴的结构形式。这种结构形态在同一类文学文本中具有普遍性意义。

　　说到"结构",我们自然会想到"结构主义"。在西方众多理论中,可以说,"结构主义"对结构这一概念阐释得较为透彻。"结构主义"是一个颇为庞杂的理论体系,思想流派支脉众多。对于结构主义的内涵,美国学者罗

----

　　①　库恩提出的"范式"一词的多义性在《辞海》(第六版)对"范式"的定义中也有所体现:"亦称'规范''范型'。美国科学哲学家库恩用语。1962 年在《科学革命的结构》一书中提出,用来解释科学革命。与'科学共同体'概念相联系。大体上是指科学共同体成员所共有的'研究传统'、'理论框架'、'理论上和方法上的信念'、科学的'模型'和具体运用的'范例',还包括自然观或世界观等。"

伯特·休斯在其专著《文学结构主义》中给出了浅显易懂的阐释。他认为，结构主义"是在事物之间的关系中、而不是在单个事物内寻找实在的一种方法"（1988：5）。在结构主义者眼里，世界是由各种关系而不是由孤立的各种事物构成的，这是结构主义的首要原则。也就是说，在观照文学作品时，结构主义者会将文本视作一个各组成要素之间相互关联的整体结构，用"系统"的眼光来考察文学文本结构各要素之间的关联。

关于"结构"的本质，也有过诸多讨论，其中较为权威和全面的定义是由瑞士心理学家让·皮亚杰（Jean Piaget）给出的。他认为，结构"是一个由种种转换规律组成的体系。这个转换体系作为体系（相对于其各成分的性质而言）含有一些规律……一个结构包括了三个特性：整体性、转换性和自身调整性"（2012：2—3）。这三种特性构成了一种贯通、联动的结构机制。皮亚杰将该理论用于心理学、语言学、神话学等多个学科领域，展现出它的普适性价值。

在谈到结构主义存在的局限时，休斯（Robert Hughes）认为，结构主义研究有时会犯一个错误，即"'形式主义谬误'（formalistic fallacy）……就是缺乏对文学作品的'意义'或'内容'的关注"（1988：16）。也就是说，人们大都认为，结构主义是一种科学批评范式，完全依靠科学的归纳、分析和实证等科学方法来进行文学批评，这种研究的一大"恶果"便是过于强调形式与内容是封闭一体的有机体，忽视了文本意义的丰富性和文本的互文性等开放维度。其实，这是许多人对结构主义的误解。从方法论上来讲，结构主义并非自我封闭"躲进小楼成一统"，而是一种具有开放性和包容性的研究方法。皮亚杰在对结构主义进行总结时说：

> 结构的研究不能是排他性的，特别是在人文科学和一般生命科学范围内，结构主义并不取消任何其他方面的研究。正好相反，结构主义的研究趋向于把所有这些研究整合进来，而且整合的方式是和科学思维中任何整合的方式是一样的，即在互反和相互作用的方式上进行整合……对结构的探求，只能在多学科之间

的协调上取得出路……结构主义真的是一种方法而不是一种学说,或者说如果它成为学说的话,那结构主义就要引出大量的学说来……作为方法论,结构主义是开放性的。(2012:118—123)

换言之,结构主义并非一种严格意义上的哲学体系,而是一种具有跨学科特征的方法论体系,是一种科学地观照世界的方式。结构研究没有排他性,而是多学科协调研究的结果。对于结构主义和催生于结构主义的叙述学之间的关系,乔国强教授颇有洞见地指出:

> 叙述学始终在结构主义的理论框架之内进行转换和调整。那些新出现的发展方向或研究领域其实不过是由叙述学的'母结构'衍化、发展而来的……叙述学这种基于形式研究的独立学科无论发展到何种田地或向何处发展,它都还是寄寓于'结构主义'的框架之内,至少无法摈弃'结构主义'的基本研究方法。(2014:214)

在结构主义思想的观照下,如果将戏剧看作一个整体结构的话,那么各个要素则可以看作"子结构"。作为一种叙事样式,戏剧含有三大叙事要素:人物、情节和时空。从戏剧情境的角度来说,这三者也是戏剧情境的三个基本构成要素,因此如此划分,也符合戏剧本身的艺术规律。这三大要素互有差异,具有独立的功能与价值,同时要素之间亦有着紧密关联,一个要素的存在必须以另两个要素为条件展开与完成。在具体的戏剧作品中,这三大要素按照某种组合规则构成一个复杂而有序的网状结构,一个具有内在连贯性的整体结构。

在论述结构主义时,乔纳森·卡勒认为:"如果人的行为或产物具有某种意义,那么其中必有一套使这一意义成为可能的区别特征和程式的系统。"(1991:25)从某种意义上说,卡勒这里所言的区别性系统便是"范式"。文学创作的终极目的必然是追问意义,而从叙述范式入手可以更好地认识和把握文学创作的系统性特征。密勒自然也不例外。密勒创作周期长（近六十年），创作作品多（近三十部戏剧），很可能在有意无意中遵循了某些范式规律。因此，在结构主义方法论的指导下，本文首先假设密勒戏剧创作中存在范式特征，并通过具体文本分析来检验。如果存在范式，那么在叙述形式上又具有何种规律特点？

艺术是一种形式的创造。在众多艺术样式中，戏剧是一门格外重视形式的艺术。密勒本人就十分重视戏剧形式问题，曾多次在不同文章和场合强调形式的重要性。他认为，形式"是一个深邃的问题，也许比我们意识到的还要深刻"（1996：71）。1999 年，他在与著名作家欧茨和多克托罗交流的时候重提形式的意义："形式极其重要，就算你决定让戏剧不具备任何形式也是如此。"（Marino，2000：5）密勒还对形式做过一个简单的概括："形式是一种选择，是对主题所要求的事件和情感的选择。"（Roudane，1987：366）换言之，戏剧形式的选择应能恰如其分地反映戏剧的主题旨趣，以及人物和作者的思想感情。他还表示："每一种形式，每一种风格，为了发挥其特殊的优势，都要付出代价。"（1996：80）也就是说，形式没有高低贵贱之分，世界上不可能存在能一劳永逸地解决一切问题的完美结构。这是密勒对戏剧形式的根本认识。从他的戏剧创作中不难发现，他也确实是如此实践的。他从不固守某种戏剧风格和类型，而是积极根据戏剧主题和内容选择最佳的戏剧形式。与密勒有过多次合作的艺术总监乔·道林（Joe Dowling）曾表示，密勒"在追求不同戏剧形式来表达观点方面从不妥协。不存在什么'典型'的密勒戏剧。从早期受易卜生影响的自然主义到《皮特斯先生的联系》内省式的自我剖析，他总是能找到适合材料的形式"（Bigsby，2005b：51）。

但颇为讽刺的是，学界对密勒的戏剧艺术总是带有一种偏见。虽然密勒的《推销员之死》因形式新颖而获得空前成功，但在《都是我儿子》、《炼狱》和《桥头眺望》等早期经典写实剧的影响下，再加上二十世纪下半叶各种实验性戏剧风行美国,密勒在创作中后期似乎受到了美国学术界的"歧视"①,被视为"无可救药的现实主义者……与时代格格不入"(Bigsby,2005a:1)。进入二十一世纪,美国学界突破传统批评范式,借助新理论从语言、政治和互文性等角度对其剧作进行重新阐释,出版了几部"正名之作"。但正如美国著名戏剧学者布兰达·墨菲所言,"仍然鲜有人关注密勒美学上的创新及其戏剧效果"(2010:4),对其戏剧形式进行贯通性的深入研究更是少之又少。

鉴于此,本书以叙述学理论为基础,借助性别研究、精神分析学、宗教学和原型理论等理论方法,从叙事三大要素——情节、人物和时空入手,深入考察密勒戏剧的范式特征,以期揭示密勒戏剧形式背后的内涵和意蕴,对密勒独特的叙述个性和戏剧思想进行深入而全面的解读。

本书将分别论述密勒戏剧中的情节范式、人物范式和时空范式。具体地说,第一章主要研究了密勒戏剧的情节范式。第一章首先在文本细读的基础上对密勒戏剧的情节进行分类,分别为"回溯式结构"、"意识流式结构"和"片段式结构"。这三大情节范式各具特色,有效地表达了不同主题旨趣。第一章在宏观上对密勒戏剧情节结构进行论述之后,又从微观上聚焦于戏剧情节的两个重要节点——"开场"和"结尾",从情境要素入手,深入分析两者的范式特征。第二章聚焦于密勒戏剧的人物范式。密勒笔下人物众多,若从范式角度来看,过往学者对其人物分类研究似乎没有暗合他的道德观和宗教观。而综观密勒戏剧艺术,不难发现,他绝大部分戏剧都直接或间接地涉及邪恶和罪责等母题。鉴于此,本文作者在文本细读的基础上,尝试将密勒众人物形象分成三大人物范式,分别为"拜物者"、"色

---

① 对于美国戏剧界和学界的揶揄和批评,密勒曾经抱怨道:"回忆过去,显然除了《推销员之死》之外,我的每一部戏剧一开始基本上都会遭受糟糕、冷漠甚至嘲讽的评论。除了一开始布鲁克斯·阿特金森,然后是哈罗德·克勒曼之外,我作为剧作家没有得到什么主要剧评家的支持。一直以来,主要是演员和导演让我的作品不断出现在公众面前,而公众则通过观剧向我表达了他们的厚爱。只有在海外和纽约之外的一些美国地方,戏剧批评才支持我的戏剧。"(1987:534)

欲者"和"同谋者"。这三大人物范式深刻地表达了密勒对人类善恶和堕落世界的思考。第三章则讨论了密勒戏剧的时空范式。戏剧与其他文学体裁不同,必须严格遵守规定的演出时间,并受到舞台空间的限制,把戏剧冲突压缩在有限时空内完成。在叙述学理论的基础上,第三章借鉴叙述学、性别理论和权力话语等理论方法考察密勒如何通过对时空的剪裁、衔接、组合及构架,沟通作品形式和内容之间的联系,传达自己独特的时空观和美学思想。

本书借鉴叙述学理论,围绕"叙述范式"这一关键词,对其戏剧作品重新解读,突破了以往密勒批评对其作品中悲剧性、社会性、美国梦、犹太性等主题研究模式,较为客观地揭示了密勒这位戏剧大家的叙述特色和戏剧思想。

"叙述范式"常常与"作家共同体"联系在一起,这种研究具有广泛的"有用性"。而本研究主要是解决一个"准确性"的问题,即针对密勒戏剧所进行的范式研究。换言之,本书所言的"范式"是相对狭义的范式,专门用来分析密勒戏剧,并在此基础上,经过完善,可以拓展和推衍到其他同类戏剧家,用于同类戏剧形式研究。从这个意义上说,本研究具有较强的针对性,通过揭示密勒戏剧叙述结构规律,也为揭示同类或同时代戏剧家的叙述范式打下了良好基础,因此是一种有意义的研究,具有一定可持续性。

以叙述范式为切入点对密勒戏剧进行研究,在国内并不多见,国外学者也较少涉足。由于戏剧叙述范式研究具有可操作性,所以本书研究不仅能够为文学研究者重新解读戏剧经典,为戏剧批评的学术建设提供一些借鉴,而且对我国推进戏剧创作和批评具有一定的现实意义,是一种具有一定开拓精神的创新型研究。

第一章 密勒戏剧情节范式

密勒十分重视戏剧结构的有机完整性。他曾在一次演讲中表示，只有当艺术"内部和外部都形成有机体"（1996：179）才算是美好之作。他进而表示自己之所以进行戏剧创作，是因为"在戏剧形式中，一切事物都必须是有机的、被深刻组织起来的、并以生活中某种核心问题为中心而相互连接在一起的"（179）。为此，他反对以荒诞剧①为首的实验派戏剧的反传统戏剧观。这种鲜明立场在他于1999年发表的《代价——过去的力量》一文中得以清楚表达。他在文中回顾了自己在二十世纪六十年代创作《代价》一剧的缘起，重申了传统戏剧观的价值和意义，旗帜鲜明地对二十世纪五六十年代开始在美国戏剧界名噪一时的荒诞剧进行了批判："在六十年代，具有可辨认的人物，而且具有开端、中间和结尾的戏剧常被称作是'佳构剧'或荒唐地被认为是'过时的'，这种观点是荒谬的……开端、中间和结尾不仅仅是戏剧规则，还是对起伏的人生状态的一种复制，这种戏剧观在六十年代已经十分鲜见了。"（2000：297）可以说，密勒这种正统戏剧理念始终贯

---

① 二十世纪在美国最受欢迎的荒诞剧当属《等待戈多》（*Waiting for Godot*，1953）。二十世纪五十年代末该剧被引入美国百老汇之后，习惯了家庭佳构剧的美国观众一时间有些无所适从，但美国戏剧界对新鲜事物接受能力强，很快认可并接受了这种戏剧形式，以"荒诞剧"为首的实验主义戏剧旋即风靡美国戏剧界。这股荒诞戏剧风也影响了密勒二十世纪六十年代以后在美国的接受。推出《都是我儿子》后，密勒一直被美国学界视为传统型的"现实主义剧作家"，这种刻板印象深刻地影响了他的戏剧生活。二十世纪六十年代密勒复出之后推出的《堕落之后》和《代价》等剧，遭到美国戏剧界的冷遇，成为众矢之的，也自然不难理解了。

穿于他的创作中,这也为我们系统地考察其戏剧情节范式,以及戏剧开场和结尾范式特征提供了可能。

任何叙事作品都少不了"开端"和"结尾"。开端和结尾在戏剧中占据着"优势位置"(Richardson,2007:146)。美国学者贝克也认为,戏剧的开端和结尾"具有突出、强调的作用"(2004:178)。戏剧开端和结尾对戏剧"整体感"的产生发挥着重要作用。这一点亚里士多德早已有所论述。亚里士多德强调情节的整一性,而完整的事物必然由"起始、中段和结尾组成"。他进而指出:

> 起始指不必承继他者,但要接受其他存在或后来者的出于自然之承继的部分。与之相反,结尾指本身自然地承继他者,但不再接受承继的部分,它的承继或是因为出于必须,或是因为符合多数的情况……组合精良的情节不应随便地起始和结尾,它的构合应该符合上述要求。(2012:74)

亚里士多德在这里强调了开端和结尾与情节其他部分之间存在着某种逻辑关联,但他的表述过于简单,没有对两者的内涵和外延进行详细阐释。进入二十世纪,开端和结尾逐渐引起了叙述学界的重视,出现了一批学术成果。在当代叙述学家眼里,"叙述开端是我们初次与叙述世界相遇的地方,在那里建构出其关键特征;而叙述结尾则是我们获得对叙述文本最终阐释的地方"(Bridgeman,2007:57)。对密勒戏剧叙述开端和结尾的形式及功能进行研究,归纳和总结出其范式特征,无疑可以更好地理解这位戏剧大师的美学思想和价值取向。

第一节　密勒戏剧情节结构范式

密勒认为:"戏剧如同政治是一种无限可能的艺术。"(2000:312)密勒尊重戏剧传统，强调传统和过去的重要性。但另一方面，他并非脑筋古板、因循守旧之人，而是有着强烈的实验精神和创新意识。密勒不囿于某种特定艺术类型，喜欢探索舞台表现的各种可能，在情节结构上呈现出丰富多元的艺术特征。"回溯式结构"、"意识流式结构"和"片段式结构"这三种情节范式各具特色，有效地表达了不同主题旨趣，表现出他丰富的戏剧美学思想。

一、回溯式结构

所谓"回溯式结构"，指戏剧情节以自然时序为轴，事件按照因果关联渐次展开，通过人物对话或独白回溯前史来获得推动情节发展的动力。这种结构重视情节的埋伏照应，强调"前因后果"，围绕着"戏剧冲突"建构情节，追求结构的有机整一，是一种经典的情节范式。

该结构并非密勒原创，早在古希腊戏剧中就已出现，最极致的表现就是索福克勒斯的《俄狄浦斯王》[①]。此外，易卜生也借鉴这种戏剧结构，创作了多部经典现代剧。在传统佳构剧[②]形式基础上，易卜生做了一个改动，那就是"将'攻击点'（point-of-attack）置于戏剧后半部分，使得先行事件逐渐透露出来"（Schroeder，1989：24—25）。施罗德这里所言的"攻击点"是指用

---

　　① 众所周知，索福克勒斯将俄狄浦斯"弑父娶母"这一核心事件置于舞台情节之外，从俄狄浦斯追查杀害先父凶手这一事件写起，将决定他命运的几十年"前史"被压缩在一天里进行揭示。随着剧情步步推进，事件不断发生激变，真相最终水落石出，情节迅速发生逆转，全剧以俄狄浦斯刺瞎双眼流放他国而告终。

　　② 佳构剧具有精巧的内部情节结构，其历史可以追溯到十九世纪，由法国戏剧家奥古斯丁·尤金·斯克里布（Augustin Eugène Scribe，1791—1861）率先提出。著名戏剧理论家理查德·吉尔曼（Richard Gilman）将"佳构剧"简单地定义为："通过将富有逻辑地促成高潮的事件联结起来而展开'故事'。"（1999：203）佳构剧通常是围绕着某一个"误会"来建构情节，事件与事件之间存在着强烈因果逻辑，主人公克服各种障碍和困难，直到最后一刻才知晓内幕实情，结尾处也常常充满轰动效应。尽管戏剧评论家和观众已经接受了这种戏剧形式，但它也确实存在许多问题，例如语言不够精到，人物形象类型化，主题思想缺乏深度，缺乏社会批判性，等等。

来引发和推进故事情节的"重要事件"。这也是密勒戏剧的主开场方式，即采用"直入正题"的方式在情节接近转折的时刻开场，围绕一个决定主人公命运的"致命秘密"（fatal secret）展开叙事①。

　　密勒在多部戏剧中采用了这种情节结构，其成名作《都是我儿子》颇具代表性。如果从头讲起，该剧情节铺排如下所示：凯勒将问题零件卖给美国空军→二十一位空军飞行员遇难→凯勒栽赃嫁祸于合伙人迪弗尔，使其锒铛入狱，成为凯勒的替罪羊→凯勒小儿子拉里得知真相，驾机自杀→拉里死后，未婚妻安妮转而爱上拉里的哥哥克里斯→三年后，克里斯邀安妮回家，向父母提婚，婚事被拒→安妮弟弟乔治探望狱中父亲，得知真相，造访凯勒家，欲为父复仇，被凯勒夫妇化解→安妮为嫁克里斯，出示拉里遗书→凯勒自杀。细读文本就会发现，密勒在剧中并没有从头道来，而是选择将开场置于危机即将开始之处——即安妮和乔治造访凯勒家，将危机在高潮处引爆，营造出强烈的戏剧性。

　　为了更好地理解该剧结构，本文作者这里借用德国戏剧理论家古斯塔夫·弗莱塔格的"情节金字塔结构"对之加以描述。弗莱塔格根据传统悲剧情节展开方式，建构了一个重要的戏剧结构范式——"情节金字塔结构"。该结构由五部分构成：说明→复杂化→高潮→逆转→结局。这一结构能较准确地反映传统情节剧的结构特征。将此结构套用在《都是我儿子》上，其情节走向大致如下：

　　　　说明：凯勒与邻居和家人在后院聊天，提及拉里失踪的重要

---

①　对于这种戏剧结构安排，密勒本人也做过精彩的论述："舞台行动是过去逐渐达到高潮的过程——通过情节发展、人物塑造、复杂化等手段——通过第一幕，你要讲述带来某个具体的两难境地的历史因素，这一两难境地在第二幕中出现危机，危机在第三幕发展达到高潮。这意味着，你要将各种意义信息从各种地方拼凑起来，渐次地展现出戏剧事件的惊奇因素（wonder）——表面上毫无关联的事件被某个致命因素联系到一起——不管它是将戏剧联为整体的某个人物的致命缺陷，还是社会本身的致命弱点，一切都被联系在一起。"（Roudane，1987：384）

信息。

复杂化：安妮的造访打破了凯勒一家的平静生活，引出了克里斯与父亲之间激烈的冲突。随着乔治的出现，戏剧情境更具张力，父子矛盾冲突不断升级，驱动全剧情节的"致命秘密"逐渐显现。

高潮：与克里斯订婚要求被拒后，安妮被逼无奈，只好出示拉里的遗书，将"拉里自杀"的秘密和盘托出，情节迅速导向"高潮"。

逆转：凯勒得知了拉里的真实死因，"发现"了自己的罪行，戏剧情势随即发生"突转"。

结局：绝望中，凯勒选择自杀谢罪。

阿契尔曾提出戏剧创作"要预示，不要预述"（2004：149）的原则，认为这一原则可以持续吸引观众的兴趣。在《都是我儿子》中，密勒对观众有所保留，没有过早地揭示"致命秘密"，只是给出某种隐约的暗示，有意延宕儿子拉里的死因，直到最后一刻才予以揭晓，释放出巨大能量，获得了不错的叙述效果。

整个情节结构遵循有机统一性，围绕着"凯勒售出问题零件，迫使拉里自杀为父谢罪"这个秘密进行，所有情节事件都指向这一"前史"。这一秘密虽已过去多年，却如同悬在凯勒一家头上的利剑，从幕启至幕落一直深刻地影响着剧中所有人物。安妮和乔治掌握着凯勒三年前的罪证，开场后两人的突然造访打破了凯勒一家生活的平衡，严重危及凯勒的命运，进而引导了凯勒与克里斯父子之间矛盾的爆发。戏剧的总体情境模式因此可以简单概括为：试图揭秘→保密→成功揭秘。揭秘和保密两股力量相互对抗，呈胶着状态，构成强有力的叙述张力，既促成人物之间不断发生冲突，同时也制造出巨大的悬念。戏剧结尾，安妮出示拉里遗书成功揭秘，戏剧行动随之达到高潮，而且因为她和凯勒在"拉里自杀"这一前史事件上的"知悉差异"（discrepant awareness），使凯勒如同弑父的俄狄浦斯王一般一下子"顿悟"了自己无可饶恕的罪恶。最终，凯勒饮弹自尽，以死谢罪，成功实现"突转",达成更高阶段的和解。

回溯式结构的一大优势是,情节结构紧凑,无须从头开始,无须太多场面铺垫,在人物"回溯历史"的过程中,情节发展不断积累戏剧情势,能较容易地导向高潮,最终结局可以产生强烈的情感震撼力。这种基于前史而搭建起来的情节结构是一种"锁闭式结构"。对于这种结构,密勒曾给出过一些精辟的比喻。密勒回忆创作《都是我儿子》时,为了获得最佳效果,他每天得空就会修改剧本,最终将它的结构改得"像鼓一样紧"(1987:271)。他还表示:"《都是我儿子》的惊奇在于展示了一个过程,每一步都会留下一个针眼,最终织出一张织锦展现在我们眼前。"(1996:135)确实如他所言,这部戏剧起承转合自然流畅,事件前呼后应,环环相扣,扣人心弦。在以色列,《都是我儿子》演出效果轰动,风头甚至盖过《推销员之死》,并入选中学课本,成功"经典化"(Brater,2007:21)。

与之相似,密勒于二十世纪六十年代创作的家庭剧《代价》也围绕主人公的一个秘密事件来建构全剧。主人公维克多干了一辈子警察,却对自己的职业心生厌恶,毫无成就感和幸福感。他低落的心情与他生活清苦有关,而这一切可以说是由已过世多年的父亲弗朗兹一手造成的。维克多年轻时,父亲是一位成功商人,却因经济大萧条而一蹶不振。为了照顾破产的父亲,维克多无奈中途辍学,专心赚钱养家。几十年后,在处理老宅的旧家具时,哥哥沃尔特与维克多发生争吵,并吐露了影响维克多一生幸福的秘密:大萧条期间,父亲并未落魄到一文不名,而是偷偷藏匿了四千美元的私房钱。这些钱足以供维克多念完大学,保证他有一个美好前程。得知真相后,维克多又惊又恼,但在二手家具商所罗门的启发下,他悟到了人生中任何选择都会付出代价的道理,最终还是选择接受了这个沉重的"代价"。维克多虽然最终"发现"了父亲的秘密,剧情却没有模式化地发生"突转",从而展现了生活的无奈和惆怅,为观众留下思考和回味的空间。

此外,密勒笔下还有一些剧作不仅依靠"致使秘密"来提供叙事动力,还借助某桩发生不久的"突发性事件"来引发开场戏剧动作,使情节更显精细巧妙。密勒名剧《炼狱》就是一个颇具代表性的例子。该剧以 1692 年美国萨勒姆小镇驱巫事件为蓝本创作而成。驱动整部戏剧情节发展的前史是：普洛克托与仆人阿碧盖尔通奸，被妻子伊丽莎白发现，伊丽莎白将阿碧盖尔逐出家门。阿碧盖尔怀恨在心，召集女伴们在森林里围着篝火裸身跳舞，施念咒语，想要除掉伊丽莎白。不料，她们被经过的帕里斯牧师发现，许多女孩为此受到惊吓，昏厥过去。在这一紧迫事件的驱动下，普洛克托夫妇及镇上的其他居民都卷入了一场非正义的"驱巫事件"。该戏虽然人物众多，但情节主线围绕着普洛克托、伊丽莎白和阿碧盖尔的三角关系展开。作为"近前史"，"森林跳舞事件"是引发戏剧冲突的导火线，而推动整个情节不断向前发展的则是"远前史"——"普罗科托与仆人的通奸"，他在法庭上的认罪也促成戏剧情节发生突转。整出戏剧情节发展大致如下：

阿碧盖尔到叔叔帕里斯家看望妹妹贝蒂，她与帕里斯共同回溯了女孩森林跳舞事件→普洛克托上场，与旧情人阿碧盖尔见面，阿碧盖尔回溯了两人的情史→随着赫尔牧师等人的上场，阿碧盖尔与小姐妹们歇斯底里地演戏，拉开了迫害镇上居民的序幕→普洛克托回到家中，妻子伊丽莎白又一次回溯了他与阿碧盖尔的情事→阿碧盖尔通过玛丽栽赃嫁祸于伊丽莎白，伊丽莎白被捕→普洛克托带着女仆玛丽到法庭为妻子翻案→阿碧盖尔等人被带进法庭，与两人对峙→阿碧盖尔想污蔑玛丽，普洛克托当面痛斥，并承认与她犯下奸情，阿碧盖尔则矢口否认→伊丽莎白被带进接待室作证，为保住丈夫名声，伊丽莎白选择了撒谎→阿碧盖尔与女伴们再次装神弄鬼，污蔑普洛克托是巫师，致使普洛克托银铛入狱→在伊丽莎白的劝说下，普洛克托愿意与审判者们妥协"认罪"→普洛克托发现自己被骗，不愿在悔罪书上签字，将其撕毁→普洛克托大义凛然地奔赴刑场，舍生取义。

这出戏共分四幕，按照自然时序发生在四个不同的地点，人物关系也颇为复杂。但在"前史"的强力推动下，剧情有条不紊地展开，人物之间关联紧密，矛盾冲突尖锐而激烈。主人公最终以悲剧性命运结束，给人以震撼的效果。普特南和以副总督为首的审判者们对萨勒姆镇上百姓的迫害和对土地的侵占构成情节副线，与普洛克托、伊丽莎白和阿碧盖尔三人的矛盾主线犬牙交错地勾连在一起，反映了广阔而深远的社会历史生活，有力地抨击了当时的神权统治及二十世纪五十年代的麦卡锡主义运动。

不同于小说，戏剧必须遵循集中性原则，因为"戏剧中的故事呈现方式主要是场景展现，这就很难以节略形式叙述故事，再加上演出长度还要受到观众的接受水平和耐力的限制，这就使得戏剧中的故事必须在长度上有所限制"（普菲斯特，2004：259）。将"因果性"和"线性叙事"紧密联系在一起的"回溯式结构"便能充分满足这一要求。采用这种结构范式，戏剧一开场便直接进入激变中心，事件之间勾连紧密，直线推进，层层加码，适合短时间内展现具体社会问题，表现现实题材中的善恶争斗。情节背后蕴含着明确的道德教谕，能较快地达到理性的宣传效果，产生强大的道德感召力和情感冲击力，这也正是密勒想要获得的叙事效果。借助这这一结构，密勒能够较好地表达资本主义、反犹主义和麦卡锡主义等社会政治制度和社会运动对普通人产生的深刻影响。

密勒曾坦承："每一种形式，每一种风格，为了达到其特殊目的，都要付出代价。"（1996：71）回溯式结构也确实存在一定的局限和不足，问题主要出在对时空的过度限制上。著名戏剧学者普菲斯特认为："对时空的过度限制会导致两种情形，一是各种不同的人物都在同一个地点频繁见面，以至于整个事件也会变得越来越不可信……二是事件的更替太频繁，以至于违背了一般的常识和事理。"（2004：323）为了保证结构的"有机整一性"，剧作家需要殚精竭虑地精心安排人物矛盾冲突，常常借助"巧合"、"误会"和"突发事件"来推进情节；并且主要通过语言和动作等外部因素来展现人物之间的矛盾冲突，较难探索和挖掘人物丰富的内心世界，很难立体地展现人物形象。以《都是我儿子》为例，该剧不仅结构上借鉴了易卜生戏剧，而且多处叙述手法亦明显带有易卜生的痕迹，为此受到不少学者的批评。除了结尾太仓促之外，拉里遗书的突然出现引发情节逆转的这一手法[①]也常常被人诟病，被认为出现得太过突兀，缺乏说服力。但不管怎样，这种结构精巧的情节范式还出现在密勒的《维希事件》、《代价》、《争取时间》（*Playing for Time*，1985）、《大主教的天花板》和《碎玻璃》等优秀剧作中，展现出其持久的戏剧魅力。

二、意识流式结构

密勒认为，《都是我儿子》让他自己被贴上了"现实主义者"的标签，而《都是我儿子》并不是他戏剧创作的主导风格（Bigsby，2005a：289）。在戏剧创作生涯中，密勒一直都在努力寻找形式上更自由、更能真实反映人物内心世界的叙述结构。在推出《都是我儿子》之后，密勒半开玩笑地说该剧已经用尽他对希腊、易卜生戏剧形式的一生兴趣（1987：144），并表示迫切想创作出能够反映"观点和情感共时性存在……并能自由地互相冲突"（144）的结构形式。另外，密勒在情节结构上变革的努力，在某种程度上，也反映了时代的要求和社会结构的变迁。在现代性压力下，人类的生存空间受到现代生活的挤压，传统情节结构已经无法准确地描摹现代人的内心世界，传统写实剧遭遇了一场形式危机。从二十世纪四十年代开始，艺术家更加关注生命本体，更愿意探察人物深层意识世界，一种将人物内心直呈于舞台之上的新颖戏剧形式应运而生。威廉斯推出的回忆剧《玻璃动物园》（*The Glass Menagerie*，1944）无疑有开山之功。在他的启发下，密勒借鉴表现主义手法，创造性地推出《推销员之死》、《堕落之后》和《冲下摩根山》

---

① 从某种意义上说，该手法与传统的"机械送神"（*deus ex machina*）的结尾手法有几分相似。"机械送神"指在戏剧矛盾似乎无法解决的时候，突然从情节逻辑之外出现解围角色、事件或物体。作为一种情节手法，"机械送神"常常因为太过牵强而受到批评家的诟病。亚里士多德就极力反对借助外力结束情节的做法。他曾批评《美狄亚》等剧借助"机械送神"的手段实现情节突转而收尾的做法，对于这种不合理手段，"如果要它有，也应把这种事摆在剧外"（2012：50）。贺拉斯也与亚里士多德一样持有相似的观点："不要随便把神请下来，除非遇到难解难分的关头非请神来解救不可。"（1962：147）。

等回忆剧,这些戏剧虽然在主题和人物设置上表现各异,但在叙事结构上却具有共性,即都具有意识流式结构。

所谓"意识流式结构",指剧作家故意打破有序发展的情节线,在主人公现实生活这条主线上,以自我意识为原点向四周辐射,在剧情中穿插大量意识活动片段。不同的叙述层次相互关联,相互制约,彼此交相呼应,形成你中有我、我中有你的交叉网状结构。过去与现在、现实与虚构、回忆与幻想扭结在一起,生动地将人物纷繁复杂的意识活动呈现在舞台上,表现出人物非理性的无意识逻辑。

《推销员之死》是密勒一部里程碑式的典范之作,讲述了一个年老体衰的普通推销员威利·洛曼的悲剧故事。主人公威利干了一辈子推销员,对生活充满各种不切实际的幻想,最终穷困潦倒,无力养活全家,选择自杀结束了自己悲惨的一生。如果从因果关系上来看,该剧的"果"如剧名所示就是威利最终的自杀,而导致他自杀的"因"似乎不止一个。也许有人认为,威利是因为儿子比夫自甘堕落而背负了沉重的罪感,最终选择了自杀。诚然,这的确是酿成威利悲剧的主因,但他的死似乎并非如此简单。威利一生遭遇过各种挫折,在剧中也表达了对生活的各种不满,例如马路拥堵、生存环境恶劣、社会歧视老年人等。此外,他因偷情而对妻与子的愧疚贯穿整出戏剧。这些或大或小的因素不断冲击着威利脆弱的内心,最终促使他陷入绝望,选择自杀。[①]

该剧主线是威利人生中最后一天的生活经历,而围绕这条主线的是主人公纷繁多变的心理活动,现实和内心场面的并置使戏剧带有明显的蒙太奇叙事特征。如上所述,"现实情境"成为激发主人公心理活动的诱因,使他产生大量的回忆和幻想,纷乱的思绪随后又因为外部动作而被中断。作者如此架构情节,是为了将人物飘忽不定的思想状态表现出来,更深刻地

---

① 甚至有学者将威利自杀的原因列出十种以上,参见:Quigley, Austin E. "Setting the Scene: Death of a Salesman and After the Fall." Harold Bloom, ed. *Arthur Miller's Death of a Salesman*. Chelsea House: Infobase Publishing, 2007:129—145.

表现人物内心的苦闷和郁悒。威利的记忆在不同时空中频繁跳跃，也使整出戏剧带有了一种"忏悔的形式"（Miller，1996：136）。

作为一种心理活动，记忆是对往事的选择性重构，通过自由联想将过去和现在维系在一起，但记忆同时又是杂乱无章、支离破碎、难以掌控的。从回忆意愿角度而言，记忆可以被分成两种："意愿记忆"（voluntary memory）和"非意愿记忆"（involuntary memory）。顾名思义，意愿记忆指的是受到人的理性控制的记忆，而非意愿记忆则是个体无法掌控、自然流露出来的记忆。威利对过去的回忆大都可以归类为非意愿记忆。惨淡的现实情境强烈地刺激了威利，使他试图通过美好温馨的回忆寻求一些安慰，但一家人不幸的现实情境让他内心产生无以复加的愧疚感，令他一直无法释怀。儿子考试失利和工作上各种不如意等非意愿记忆片段不时汹涌而出，让他不能自已。

威利对往事的追忆从开场回家的路上就已经开始，作者借助笛声和灯光等舞美效果将其内心复杂情感外化在了舞台上。回到家中，得知儿子比夫从西部归来之后，威利的情绪起了变化，显得很不稳定。他先是骂比夫："他的毛病就是懒……比夫就是个懒汉。"（2006：164—165）一会儿又改口夸起了比夫："他工作勤奋。别的不说，比夫有一个特点——他不懒。"（165）从对比夫的这几句评价上，已经能明显看出他内心的矛盾和冲突。琳达提议全家开车到郊外玩，这个建议一下子勾起了威利对过去"美好生活"的回忆。舞台上随之出现威利一连串的回忆片段：两个儿子读高中时帮他擦汽车；伯纳德找比夫温习数学，被威利父子三人嗤笑；琳达随口询问威利收入，威利先是撒谎，然后承认自己并没赚那么多钱。回忆中与琳达的对话又进一步触发了他对婚外恋的回忆。舞台上不时传来情人的笑声，接着情人慢慢显出了真容。威利偷情之后将新买的丝袜送给了她，接着场景又转换到他对琳达缝补旧袜子的回忆，之后又回到了现实中来。这一段意识流在两个回忆场面之间频繁转换，生动展现了他对家人的愧疚心理。

该剧兼有现实主义和表现主义的特性。密勒借助表现主义的叙述手段，既表现了威利复杂的内心世界，又交代了前史。心理场面与现实场面交织在一起，形成巨大张力，最终将他引向自杀的悲惨结局。虽然"非逻辑性"和"非线性"是回忆叙事的主要特征，但威利并不是天马行空地胡思乱想，而是受到了现实生活困境的激发，不同记忆片段之间存在着某种内在逻辑，与现实场景汇成一个有机整体，充分表现出威利内心沉重的负罪感。密勒认为，《推销员之死》的结构"取决于这样一种需要，即要将他的回忆描绘成一团无头无尾、盘结交错的树根"（1996：138）。密勒成功地借助意识流手法将主人公大脑深层的无意识结构展现得淋漓尽致。这种结构也创造出新的戏剧性，使他成为引领一代潮流的"创新者"。正如墨菲评价的那样，密勒"通过将两种表面矛盾的风格并置，使得《推销员之死》的演出为戏剧开启了新的风格，将密勒想要刻画的两种体验形式——主观体验和社会体验在一个舞台上同时呈现出来"（Murphy，1996：193）。

　　创作《推销员之死》之初，密勒曾想把"大脑内部"（Inside the Head）做剧名，但最终因为剧中有多个现实场面而作罢。十几年后，密勒大胆实验，将《堕落之后》的场景完全置于主人公昆廷的"大脑内部"，戏剧情节"在昆廷的意识、思想和记忆中发生"（Miller，2012：3），其效果是展现"表层与深层之间的大脑意识的涌动、闪现和瞬间性"（3），并充分展现出意识流式结构的形式特征。

　　写实剧通过人物外部行动来"展示"故事，情节通常只有一个叙述层次。而回忆剧这一类戏剧的出现，使戏剧出现了叙述分层的特征，表现这种形式的关键因素是叙述者角色的出现。不同于《推销员之死》的"行动—回忆—行动"的叙事模式，《堕落之后》采用了"叙述—回忆—叙述"这种由叙述者昆廷回溯往事的模式。密勒戏剧中不乏叙述者角色，如《桥头眺望》中的律师阿尔弗利和《争取时间》中的法妮娅。上述两部戏剧虽然都是从叙述者的视角对过去进行回忆，但这些叙述者不过是起到了框架性作用，主要功能是负责交代人物关系和时代背景，间或对人物进行评判，但情节结构还是遵循线性发展的传统路线，展现出回溯式结构的理性叙述特点。换言之，就算是将这些叙述者从剧本中抹除，情节发展也基本符合叙述逻辑，不会受到很大影响。与这些回忆剧相比，《堕落之后》的叙述结构则明显不同。昆廷既是叙述者,亦是主人公,他的自白式叙述贯穿于整出戏中,并频繁地被回忆场面打断,呈现出两个叙述层次。两个时空交叠出现,形成一个场面自由流动的叙事结构。

虽然《堕落之后》的戏剧场景发生在昆廷的大脑里,但仍然存在一条主线:即昆廷向场外一位不知名的听者进行诉说,诉说自己遇到新女友想爱又不敢爱的内心挣扎。作者通过主人公开场独白大致介绍了前史:昆廷是一位名律师,由于两次失败的婚姻,他对工作意兴阑珊,感到生活索然无味,找不到生存的意义,最终毅然离职独自一人到德国旅行。途中,昆廷偶遇考古学家霍尔佳,对其心生爱意,但一想起曾经不幸的婚姻,不由犹豫起来,不知道应如何处理这突如其来的爱情。在开场对观众的一番简单自我介绍之后,他不禁陷入回忆,对过往生活进行了一次深刻反思。可以说,整出戏就是他对自我进行的一场心灵拷问和忏悔。作者完全打乱时间顺序,回忆场面和想象场面交叠出现,构成一张富有张力的网,深刻地揭示了主人公的内心冲突和挣扎。在他的回忆中,曾经背叛过他和被他背叛过的人物依次登场,与他展开互动。回忆以碎片化形式涌现,似乎具有一定的随意性,致使情节看似松散凌乱,缺少理性逻辑。但这些情节片段都围绕着"背叛"和"罪责"等母题展开,真实地反映了主人公对自我心灵的深度拷问和忏悔,也因此具有了某种内在统一性。

总之,意识流式结构是密勒戏剧中较为别致的一种情节结构。在这种结构中,作者着力在舞台上呈现人物心理的随机性和不可捉摸性,挖掘人物的心理冲突和感情冲突。人物的过去和现在缠结在一起,共呈舞台之上,有效地揭示了人物思想轨迹和心理结构,为情节发展提供了叙述动力,戏剧也因此呈现出一种多层化的叙述格局。

三、片段式结构

除上述两种结构外,密勒还创作了一些篇幅不长的多幕剧和独幕剧。这些剧作没有围绕人物矛盾冲突来建构剧本,缺乏戏剧性行动,也没有凸显人物无意识心理在舞台上的流动性表达,结构略显松散,表现出明显的片段式特征。所谓"片段式结构"，指的是戏剧作品不再囿于传统的起承转合的叙事模式，没有传统意义上的危机，也没有真正意义上的高潮，呈现的多是生活的某个或几个片段，而不是一个"头、身、尾"有机相连的故事。带有这种情节结构的戏剧作品通常不会传达明确的道德教谕意义和主题指向，更多的是营造某种"情绪"或"情调"，借助庸常的生活片段来揭示人物丰富的情感世界，具有浓郁的抒情与哲理成分，进而折射出一个时代的精神图景。

密勒在早期曾创作过一部回忆短剧，名为《两个周一的记忆》。该剧聚焦于经济大萧条期间一些底层美国工人的生活，是密勒个人极为偏爱的一部戏。作者在剧中塑造了形态各异的美国工人，虽然上场人物有十几位，但人物关系和故事内容并不复杂。经济大萧条期间，年轻的波特对未来充满抱负和理想，为了实现大学梦，在一家汽车零部件工厂兼职工作，结识了一批生活在社会底层的穷苦人。这些工人拿着微薄的酬薪，日复一日地重复着单调乏味的工作，已经丧失拥抱新生活的斗志和希望，常常借助酒精和纵欲来麻痹自己。他们身陷生活的泥沼，内心苦闷彷徨，似乎又无意改变现状。他们生活艰辛，却将工厂车间视作逃避外界生活的避难所。这些工人之间没有什么尖锐的矛盾冲突，而是宛如家人一般，可以肆无忌惮地调侃取笑。他们在封闭的车间里工作、生活，对外面的世界漠不关心。当波特三次表达他对新近崛起的纳粹主义的恐惧时，似乎没人在意，也无人在乎。这种封闭的生活状态也体现在舞台布景上。整个布景展现的是工厂车间内部，里面的物品摆放混乱不堪，几扇窗户从地板连到天花板，"经年累月无人打扫，灰尘在上面积了厚厚的一层"（Miller，2006：459）。污秽的落地窗如同一道屏障将车间与外界隔离，使其变成一座"孤岛"。本来具有崇高理想和人文情怀的爱尔兰移民肯尼斯也最终被这个环境所同化。

该剧由两个叙事片段构成，分别发生在夏天和冬天的两个周一。戏剧从头至尾没有完整的情节链条，人物生活节奏非常缓慢，周而复始，波澜不兴。正如密勒所言，该剧"有故事但没有情节，因为在我看来，它所反映的生活剥夺了人们选择的机会和意志，他们在一个封闭的小圈子里几乎没有选择的余地"(1996：165)。密勒所谓的没有"情节"并非真的没有情节，而是意指该剧没有贯穿全剧、使情节发生突转的中心事件罢了，统摄情节的不再是冲突和悬念，而是换成了某种特定的情绪。借助这些掺杂了主人公情绪感受的生活片段，作者真实而生动地描摹了大萧条期间美国普通百姓的生活状态。

不难发现，戏中弥漫着一股强烈的"怀旧"气氛，而这种气氛的营造与主人公波特的身份有着紧密关联。对工厂里的普通工人而言，波特是一个"外来者"，或者说是"局外人"，因为他的价值观和人生观与其他工人迥然相异，这一点在开场已有所体现。一开场，刚被录用的波特夹着厚厚的《战争与和平》和《纽约时报》走进工厂，而经理雷蒙德则拿着一份小报进场，还不解地询问波特文学作品有何实际功用，两人的阅读习惯和文学认知的差异表现出他们生活趣味上的不同。而波特对大学生活的向往和其他工人浑浑噩噩的生活状态的对照更是验证了这一点。如剧名所示，这是一出回忆剧，是波特对他在工厂里两个周一生活的回忆。"外来者视角"可以产生强烈的视觉反差。在波特这位聚焦者的凝视下，工厂里虽然凌乱，却呈现出诗一般的效果，这一点从场景描写中可见一斑："这个场所看起来一定要显得肮脏、凌乱不堪，但是，因为在剧中有两种截然不同的幻象，所以也要有点浪漫色彩。这一方天地是世界的一个缩影。"(Miller，2006：459)这种"浪漫色彩"发自主人公内心的真实情感，在主人公的回忆下，过去那段生活染上了一种感伤的情致。对那些曾经与他工作过的底层人，波特似乎并未表现出什么鄙夷，而是充满同情和怜悯。戏剧结尾，波特如愿以偿考上了大学。在即将离开工厂奔赴新生活的时候，他有些依依不舍，不禁感喟道：

> 上帝啊，跟故地诀别，真令人彷徨！
> 我发誓，只要一息尚存，就要将他们永记心间；
> 只要我还活着，他们就永远不会逝去。
> 我也知道，过不了一两个月，

他们便会把我的名字遗忘，

会把我跟另一个在此工作，然后离开的小伙子混淆。

唉，这是多么神秘，真是不可思量！（2006：501）

这段情感真挚的独白，巧妙地传达出主人公独特的情绪和感受。波特为了追求新生活离开了车间，但这个"微型世界"里的一切似乎都没有改变，而主人公感受到的是别离后无边的惆怅。

该剧不仅是主人公波特的回忆，也是作者本人对那个年代的回忆，剧中人物的情感宣泄与密勒本人的生命冲动紧密勾连在一起。虽然没有整一的情节框架，但作者借助主人公的眼光，将普通美国人的喜怒哀乐和悲欢离合真实地展现在观众面前，表达了他对那个年代挽歌式的追怀和对小人物的悲悯之心。在人物情绪的流淌中，戏剧意境也得以升华。作者借助这些工人的经历反映了经济大萧条中美国人的生活，还通过主人公"到达—离开"（或"相聚—分离"）的行动模式，使剧中的厂房成为整个世界的缩影，表达了生活总是"有聚有散"的人生真谛。

此外，另一部反映大萧条的自传性戏剧《美国时钟》也具有片段式情节结构特征。较之《两个周一的记忆》，密勒在《美国时钟》中塑造的人物更加多元，既有落魄的资本家和政客，也有潦倒的城市贫民和农夫，可以说是三教九流，无所不包。此外，该剧故事场景亦打破了传统戏剧地点的统一性原则，展现了大萧条中美国家庭、酒吧、大街、农场、医院、政府、拍卖会等多个时空场面，而场面之间的连缀主要由李·鲍姆一家的回忆性叙述完成。整出戏掺杂了鲍姆独特的心理感受，带有强烈的主观色彩，表达了他们对大萧条的复杂情感。追忆往昔，他们看到了那场灾难造成的绝望和无助，更看到许多人表现出风雨同舟共进退的可贵的美国精神。密勒颇具时代洞察力，通过截取多位美国百姓在大萧条期间的生活片段，生动地揭示了那个历史时期芸芸众生的生存状态和共同的精神风貌，展现出社会的流弊和时代的变迁，织就出一幅完整的时代画卷。

二十世纪八十年代，密勒创作了几部独幕剧，这些戏剧篇幅不长，多部具有片段式结构特征,其中名叫《女士挽歌》(*Elegy for a Lady* [①],1980)的戏剧较有代表性。剧中只有一男一女两个人物,两人的名字不详,分别被称为"某男士"和"女店主"。开场时,舞台上先是飘来一段空灵而缥缈的音乐,"反复播放,如同难以释怀的悲伤"(Miller,2012:677),有效地渲染了舞台气氛。舞台一片黑暗,随后在灯光的照射下,"某男士"出现,面对观众,陷入沉思,对周围环境浑然不觉。舞台灯光逐渐将男子身后的舞台照亮。舞台上布置了一家"时装精品店",店铺不过是个空架子,"四周没有围墙,店内零散货品似乎悬置在空中"(677)。整个布景设计一下子就将观众引入一个超现实的梦幻场景中。

不仅场景带有梦幻色彩,故事情节和人物关系也梦幻般地缺乏逻辑,让人摸不着头脑。男子进入店中,想为他病入膏肓的女友买一份礼物,却不知道买什么东西合适,为此感到苦恼,因为他觉得为女友买任何东西都会给她带去更多的痛苦。从男子之口,我们得知,他的女友刚满三十岁,但不幸罹患绝症,月底即将告别人世,而从认识她的那一天起,他还从来没有为她买过礼物。根据两人缺乏逻辑的对话,观众不免会对该男子和他女友之间的关系生出几分疑惑。他对女友的病情似乎并不了解,只知道大约十天之后她就要做手术。令人不解的是,他不确定她是否住在医院里,也不确定她是否真的会死,甚至记不清自己是在两年前还是三年前与她相遇。这个男性人物一直无法理解女友的死亡对他到底意味着什么。他与女店主的谈话仿佛是在与自己的心灵进行一场对话。在这个梦幻般的场面内,作者试图凸显某种悲伤无助的情绪,而不是跌宕起伏的故事。通过人物之间模棱两可的对话,作者试图分辨现实与真实之间的界限,探问生存的意义和价值。

从对以上两部戏剧的分析中,不难发现,片段式结构不再遵循情节整一性原则和因果逻辑,而是弱化戏剧故事的"情节性",遵循心理情绪逻辑,

---

① 该剧曾用名《清晨两点》(*2 a.m.*),因为作者试图表现人物清晨半梦半醒时大脑的一种混沌状态。

凸显了"情绪"的整一性。串联故事情节的不再是情节线,而是情绪线,巧妙地展现时代亲历者们特有的心理情绪。这种叙事结构能够更真实地摹写普通人庸常的生活情景,展现身处社会边缘的孤独人群的生存状态,能够以小见大地反映复杂的社会场景和时代特征(如经济大萧条)。

综上所述,回溯式结构、意识流式结构和片段式结构是密勒戏剧的三种情节范式。从深层意义上说,密勒戏剧情节表现出"理性"和"非理性"两种结构。理性结构中的事件安排遵循因果逻辑关系,在情节上表现为回溯式结构。非理性结构则超出理性逻辑范畴,事件之间的逻辑关系难以捕捉。在密勒戏剧中,非理性结构可进一步细分为无意识结构和情绪结构,相应地,在故事架构上表现为意识流式情节和片段式情节。这三种结构各具特点,生动地反映了作者对过去和现在、家庭和社会,以及外在现实和心理真实之间复杂关系的关注。

密勒曾言:"形式是一种选择,是对主题所要求的事件和情感的选择。"(1996:366)密勒深受易卜生现实主义戏剧影响,但他没有狭隘地理解和僵化地模仿,而是围绕戏剧主题,通过多样的叙事手法捕捉不同个体生活的真实性,丰富了现实主义戏剧[①]的内涵。密勒精湛的戏剧艺术深刻影响了大卫·马麦特、托尼·库什纳和林恩·诺蒂奇等一大批后世优秀戏剧家。库什纳就曾表示,当代戏剧家"若想精通现实主义戏剧叙事,应该努力模仿他的戏剧。其剧作也许是迄今架构最为精妙的剧作,是大师级的作品"(Bigsby,2005b:122)。

---

① 以《推销员之死》为例,该剧风格大胆创新,曾被称为"主观现实主义"和"心理现实主义"。(参见:Most, Andrea. *Theatrical Liberalism*. New York: New York University Press, 2013:114.)

第二节　密勒戏剧开场范式

戏剧情节是由一个个场面按照某种逻辑关系连缀而成的。一组场面构成一个叙述段落（如戏剧中的场和幕），一组叙述段落进而构成一个完整的情节。换言之，场面是构成戏剧情节结构的基本叙述单元（narrative unit），同时也作为一个独立的结构具有整体性特征。那么如何界定"戏剧场面"的范围呢？德国戏剧叙述学家普菲斯特认为："段落划分的最小单位以人物配置的部分变化为标志，因而存在于两个部分变化之间的文本片段就代表着段落的最小宏观结构单位。"（2004：299）普菲斯特所言的段落单位就是"场面"，而所谓的"人物配置变化"就是指场面应以人物上下场为界进行划分。之所以如此划分，是因为"一个或一个以上人物的上下场从段落层次上看就是一个有意义的发展"（299）。作为情节结构的一部分，戏剧开端自然也是以场面的形式呈现出来的。

前人对叙述开端（narrative beginning）有过诸多论述，但不难发现，这是一个语义较为笼统模糊的叙述学概念[①]，用在戏剧上容易产生歧义。鉴于此，本文采用开始场面（opening scene，简称"开场"）一词指代戏剧文本的开端。戏剧开场包含剧本开始的舞台指示和开场人物一连串行动（包括语

---

① 随着"叙述学"的兴起，陆续有学者对"叙述开端"进行论述，但一直以来，学界在开端问题上并未达成一致。爱德华·萨义德（Edward Said，1935—2003）在其经典著作《开端：意图和方法》（Beginning：Intention and Method，1975）中将开端定义为"具有时限和意义的一门技艺或一个过程的第一点（在时间、空间或行动中）。开端是有目的地制造意义的第一步"（1975：5），美国叙述学家理查森（Bichardsm）则对叙述开端进行了分类，认为存在三种叙述开端："叙述文本开端，即情节开端；从文本重构出来的故事的开端，即故事开端；作者提供的用来限定叙事本身的前言和框架性材料，即作者前文本。"（2008：113）普林斯则从"事件"的角度对"开端"加以定义："情节或行动中促使过程发生变化的事件。该事件不必跟随在其他事件之后，但是必定有其他事件跟随于其后。"（2011：22—23）

言和肢体动作），呈现出一个具体而又明确的"开场情境"①，具有较为清晰的文本界限。

戏剧开场包含了丰富的信息，其设置对于整出戏剧意义重大。观众是抱着期待进入剧院的。一部剧能否吸引观众，开场戏至关重要。在中国戏曲界，开场常被称作"凤头"，就是指开场要有新颖的形式，能一下子吸引观众。此外，开场还具有重要的结构功能和主题功能。不同的开场能产生不同的叙述效果，势必影响到随后的情节铺排，反映出作者不同的叙述策略。鉴于此，本文作者认为，在开始场面的选择和设置上，剧作家要做到内外兼顾，既应注意开场在整个文本结构中的作用，以及开场与戏剧主题和审美效果的内在联系，同时也要考虑观众的接受能力和可能产生的叙述效果②。而若想最大限度地实现上述叙述功能，开场情境的选择无疑显得尤为重要。

---

①　在论述小说开端时，徐岱也提出应从内外两个角度对小说文本开端进行评判，考察两者结合的"中介点"，即叙述情境（徐岱，1997：325）。他认为，叙述情境"既是整个作品的逻辑背景，也是读者介入文本的接受前提。因而，一篇小说的开端也就是一种叙述情境的推出，具体地讲，也就是准确、及时地提出一个叙述问题。叙述问题不仅能带来一种叙述情境，而且使我们的阅读视线得以凝聚，从而产生出一种叙述趣味。因为一个叙述问题的提出也就意味着有一个事态的存在、行为的出现及人物的出场等等，而所有这些都能使读者迅速进入一种期待状态，激发起一种要想进一步知道下文的好奇"（325—326）。换言之，小说开端应该给出一个具有张力的情境，提出一个能产生悬念感的叙述问题，为读者设定具体的认知和阐释语境，从而推进情节的发展，引发读者的审美期待。

②　在论述叙述开端时，爱玛·卡法勒诺斯（Emma Kafalenos）提出了"首位影响"（primacy effect）的概念，认为叙述开端能够对读者随后的阅读产生深远的影响，并援引米纳凯姆·佩里在这方面的论述："文本连续体的第一阶段……产生一组知觉，即读者预先设定将要感知的某些要素，这一组知觉诱导读者不断地将各个头绪连接起来……阅读伊始从文本中建构的东西影响着对后续事项的关注和评价。"（转引自赫尔曼，2002：27）

剧作家在开场处总会设定一个具体的戏剧情境①，为随后剧情发展提供叙述动力。剧作家在动笔之前必须面对场面的选择，说到底，就是对"戏剧情境"的选择。黑格尔曾言："艺术的最重要的一方面从来就是寻找引人入胜的情境，就是找寻可以显现心灵方面的深刻而重要的志趣和真正的意蕴的那种情境。"（1982：254）如何营造引人入胜的开场情境是每一个戏剧家都无法回避的重要文学命题。对于戏剧情境，狄德罗、黑格尔、萨特和苏珊·朗格等理论家都进行过论述，因篇幅有限，不再赘述。比较而言，中国戏剧理论家谭霈生的观点较为具体而又全面。他将情境看作戏剧的本质，认为戏剧情境是"促使人物产生特有动作的客观条件，是戏剧冲突爆发和发展的契机，是戏剧情节的基础"（2009：117）。他创造性地将情境视作一种结构性的存在，认为戏剧情境含有三大要素："具体环境，诸如剧中人物活动的具体的时空环境，特定的情况——事件，特定的人物关系。"（124）可以说，谭先生的界定清楚明了地指出戏剧情境的内涵，对本文有着重要的借鉴意义。

作为二十世纪戏剧艺术巨匠，密勒在戏剧开场设置上表现出鲜明的个人艺术特色。密勒戏剧题材多样，风格多变，开场形式各异，似乎无规律可循，但若从"情境"入手，考察开场情境构成要素之间的结构关系，便能归纳和总结出一定的范式特征。综观密勒戏剧，我们发现，密勒不同类型和不同时期的戏剧的开场方式有所不同。从题材上来说，密勒戏剧大致可分成"历史剧"和"现代剧"两种类型。历史剧，顾名思义，通常围绕某一重大历史事件或历史人物展开剧情，表现个人或群体命运在宏大历史语境下的沉浮起落。密勒的历史剧大都以"政治迫害"为主题，涉及麦卡锡主义和大屠杀等历史事件。其他戏剧则可以归为现代剧这一范畴，多为家庭剧，通常

---

① 叙述学中也有"叙述情境"的概念，但此概念与本文所言的"戏剧情境"不同。叙述学中的"叙述情境"指的是"叙述者与叙述交流的过程、主题和语用学，尤其关涉的是叙述者的权威、叙述者参与故事的程度和叙述者对被叙事件的知悉程度"（Herman，2005：364）。

通过家庭人物的矛盾冲突来反映社会问题。下面，本文便在这一分类基础上对密勒戏剧开场范式进行论述。

一、危机事件式开场

在密勒创作的历史剧当中，最具影响力和代表性的当属《炼狱》（*The Crucible*，1953）。《炼狱》的开场设在一间小阁楼里。阁楼狭小阴暗，给人一种压抑感。大幕拉启，只见贝蒂木然地躺在床上，父亲帕里斯跪在她的小床前，不住地祈祷。贝蒂的昏迷不醒产生了某种"不确定"因素，似乎暗示着一场危机或灾难的来临，形成一种逼人的情势。随后发生的一幕进一步加重了这种紧迫感。黑人女仆蒂图芭走进屋里，探问贝蒂的安危，却不知为何遭到帕里斯一顿训斥。之后，她又关切地问："我的小贝蒂不至于死吧……"帕里斯顿时恼羞成怒，站起身来朝她吼道："给我滚出去！"（Miller，2006：351）将女仆赶走之后，他筋疲力尽地倚靠在门上，好像楼下的世界危机四伏，他抵着门是要将所有的威胁挡在门外一样。他接着抽抽噎噎地呜咽道："噢，我的上帝啊！上帝快帮帮我吧！"（351）帕里斯对蒂图芭的情绪化反应及随后的行动为后面的情节埋下了伏笔，暗示蒂图芭可能与贝蒂昏迷有关，也间接地表现了帕里斯色厉内荏、胆小懦弱的性格特征。

在该戏的开场情境中，密勒设置了一个短小精悍的紧张场面，营造出一种紧张神秘的气氛，有效地激发了观众的好奇心。观众心里肯定会冒出一连串问号：贝蒂究竟遭遇了什么？蒂图芭与此事有何关联？帕里斯为何如此揪心？随着侄女阿碧盖尔的上场，令帕里斯感到恐惧的原因和主要前史也随之揭晓。原来，故事开场前，为了诅咒普洛克托的妻子，阿碧盖尔率领蒂图芭和贝蒂等十几个女孩进入森林，无视小镇的戒律，围着篝火裸身跳舞，施念咒语，而这一幕不巧被帕里斯撞见，致使贝蒂受到惊吓一下子昏厥过去。女儿和侄女的非理性举动在镇上引起了不小的轰动，这让帕里斯惴惴不安。因为他来萨勒姆镇担任牧师时间不久，尚未站稳脚跟，而当地的地主乡绅对他的牧师职位觊觎已久，这一点从地主普特南夫妇上场之后与帕里斯的对话中就有所体现。另外，他开场忐忑不安的反应与同时发生在楼下的暗场戏①也有着紧密的联系：诸多少女昏迷不醒引起小镇居民的恐慌，他们齐聚在帕里斯阁楼下面的大厅里，等着听他解释，因此楼下的"空间"对帕里斯的牧师生涯构成了极大的威胁。由是观之，该戏的开场情境暗示了这并非一出简单的家庭剧，而是一出涉及"权力斗争"的政治剧。

密勒重视人物塑造，为了让观众能迅速记住主人公，在大多数戏里都是安排主人公率先登场。而在《炼狱》中，帕里斯戏份不多，并非核心人物，让他先上场似乎有喧宾夺主之嫌。那为何要选他作为开场人物呢？从戏剧的人物配置和情节架构来看，让帕里斯率先登场发挥了多重作用，展现出密勒巧妙的艺术匠心。首先，帕里斯是森林跳舞事件的目击者，也是事件发起者阿碧盖尔的叔叔和参与者贝蒂的父亲。他对阿碧盖尔的前情知根知底，让他先出场，能自然地导出这一段产生叙事动力的前史，起到了"承前"的作用；此外，让帕里斯打头阵还为两位主人公（阿碧盖尔和普洛克托）的上场和见面创造了契机，达到了"启后"的效果。阿碧盖尔被伊丽莎白赶走之后，普洛克托一直对她念念不忘。他以寻找新女仆玛丽为由到帕里斯家中探望旧情人，如此的情节安排也顺理成章。换言之，正是因为帕里斯这一次要角色的铺垫，阿碧盖尔和普洛克托随后的出场才不会显得突兀，剧情也更显自然流畅；最重要的是，借助帕里斯的出场和开场情境的营造，密勒所处时代的社会语境也巧妙地得以揭示。帕里斯是一名牧师，是萨勒姆镇的精神领袖，其牧师身份反映了当时令人窒息的神权统治的历史语境。这一点在开场舞台指示中已有明示。戏剧文本伊始，作者用了大量笔墨介绍当时的历史，强调"萨勒姆镇居民建立了一种神权政治，一种政教结合的力量"（Miller，2006：350）。之后作者干脆直接点出了二十世纪五十年代的麦卡锡主义运动："下面就要开场的这出萨勒姆悲剧，是由一种悖论

---

① 受舞台时空限制，剧作家不可能将所有场面都一一呈现在舞台上，因此场面有"明场"和"暗场"之分。简单说，明场戏就是在舞台上展现在观众眼前的戏剧场面，是实写；而暗场戏（又称"幕后戏"）则是在后场或幕间发生的事情，需观众发挥想象力，是虚写，同样也是戏剧情节不可或缺的一部分。

发展而成的。时至今日，我们仍然还生活在这种悖论的钳制下，而且我们似乎还无法找到能够解决这种悖论的办法。"（2006，350）密勒一开场就将牧师帕里斯置于矛盾冲突的前景，意在凸显神权政治对当地居民生活的深刻影响，激发读者进行联想，巧妙地将该剧与二十世纪五十年代的麦卡锡主义联系在一起。

简言之，《炼狱》开场通过展示帕里斯在一个狭小空间里焦虑、恐惧和易怒等复杂情绪，以及与蒂图芭和阿碧盖尔等人物之间紧张的对话，营造出一个充满张力的"危机情境"。如此开场将戏剧前史和幕前幕后正在发生的事件有效地联系在一起，巧妙地将当时的历史语境与美国二十世纪五十年代的政治语境勾连在一起。这种戏剧化的开场方式有效地揭示了复杂的人物关系和潜在矛盾，为主要人物出场做了充分的铺垫，表现出深远的主题意蕴和鲜明的时代特征。

在创作中期，密勒还推出过两部以大屠杀为背景的历史剧——《维希事件》和《争取时间》。两部戏剧开场场面颇有几分相似，都是一组犹太人被抓后关在一个封闭的空间内，等待迎接未知的命运。《争取时间》的开场发生在一辆开往集中营火车的一节封闭车厢里，里面挤满了素不相识的犹太人，"在狭小的空间里，大家显得焦躁不安，甚至是极度的无助"（Miller，1985：5）。车厢里既有青年男女，也有老幼妇孺。他们虽然对未来的命运充满担忧，但大部分人都不知道火车驶往何处。密勒将一组犹太人置于狭小的空间内，使他们形成某种整体性，汇成一个有力的象征。

与之相似，在《维希事件》的开场戏中，七个陌生人（包括六个成年男子和一个少年，大部分都是犹太人）僵坐在警察局的长椅上，他们互不相识，"焦虑不安，尽力使自己显得低调，不引人注目"（Miller，2012：133）。长时间的沉默之后，首先开腔的是一个名叫勒博的犹太人。他紧张地长吁了一口气，自言自语道："要是有杯咖啡就好了，就算只抿一口也行啊。"（133）其他人都静坐一旁，无人应答。他偷偷地问旁边的人："你知道到底发生了什么事吗？"（133）对方摇头应道："我当时正走在路上。"（133）他随后又向其他人打听，其他人也纷纷表示不清楚发生了什么。一群成年人内心充满恐惧,不知道大家为何坐在一起,这种莫名其妙的戏剧情境自然会引发观众的好奇。

从情境的角度来看,两剧开场都带有几分存在主义情景剧(drama of situation)的形式特征,即将一组人物置于一个危机情境中,让他们面临一个生死攸关的突发性事件,处在生死存亡的临界点上。虽然密勒在剧中也刻画了几个纳粹军官,但他们在整出戏剧中不过是陪衬性人物。作者似乎无意凸显纳粹的凶残,而意欲表现被捕犹太人在危机情境中的不同反应,反思犹太民族多舛命运背后的深层原因。在《维希事件》开场戏中,想起自己被抓的情景,主人公勒博回忆道:"我当时脑子里还冒出个声音:今天可不要出门。但我还是出去了。我已经连续几周没有出过家门,就今天出去了。我也不知道怎么会这样,我其实哪儿都没去。"(Miller,2012:133—134)这一番话似乎是在自我反省,责怪自己不该到户外"自由"行走,被抓完全是咎由自取,却没有对这种迫害行为进行反思和质疑,没有对纳粹表现出任何愤慨。从开场人物的"低调式"行动和"自省式"语言中,不难发现,犹太人物一开场选择了消极对待,等待别人来决定他们的命运。他们身陷困境,孤独无援,缺乏反抗精神,似乎接受了二等公民的社会地位。如此开场,作者既表达了自己对这场民族灾难的反省,更重要的是,想借此激发观众的思考,思考我们每一个人在面对邪恶时应该如何进行抉择。

这两部戏剧被置于纳粹屠犹的历史语境中。开场人物都身处封闭的空间内,孤独无援,焦虑地等待未知的命运。通过将犹太群体人物置于充满威胁的时空内,作者展现出各种"不稳定因素"①,构建了一个富有张力的戏剧情境,有力地表达了作者对善恶斗争和人类命运的深刻思考,有力地表现了犹太民族乃至全人类的生存困境。

不难发现,在历史剧的开场情境中,密勒通常会集中笔力叙"事",即凸

---

① "不稳定因素"是美国叙述学家詹姆斯·费伦(James Phelan)提出的一个重要术语。简单说,该词意指"故事内部的一种不稳定环境:它可能产生于人物之间,人物与他的世界之间,或在一个人物之内"(费伦,2002:171)。

显开场情境中的"事件"要素,借助危机情境引发叙事动力,让人物面临影响他们的命运乃至生死的关键选择。而开场人物的不明就里和孤独无助表现出了诸多不确定性,有效地制造出悬念,凸显了政治迫害主题,展现了作者对善恶、生死和犹太民族命运的深刻思考。

二、家庭空间式开场

与历史剧相比,密勒在现代剧的开场情境中则运用了明显不同的叙述策略。在其早期家庭剧中,密勒常常围绕家庭场景设置开场情境,借助布景、道具、灯光和音乐等舞美手段,揭示戏剧潜在的冲突和矛盾,为剧情发展制造悬念,巧妙揭示主人公的深层心理。让我们先来看密勒成名作《都是我儿子》是如何开场的。

大幕拉启,主人公凯勒和邻居吉姆坐在自家后院浏览报纸。随着另一位邻居弗兰克的加入,三人东拉西扯,随意聊起天来,内容主要涉及报纸、果树和前来造访的安妮。三个人拉家常式的对话似乎缺乏兴奋点,太过平淡。对此,密勒解释道:

> 这部戏剧开始于一种未被打扰的生活常态。后来有人认为第一幕戏节奏缓慢,但我就是要它节奏缓慢。这种开场也许会产生乏味之感,但如此设计的目的是,当罪恶的暗示第一次出现的时候,真正的恐惧也许就会进入观众的内心。这种恐惧感是来自展现出来的文明的平静和狂怒的良心可能对其造成的威胁之间的鲜明对照。(1996:129—130)

也就是说,波澜不惊的开场预示了一场大风暴即将到来,这种"未被打扰的常态"的背后却危机四伏。俄亥俄州的这个小镇上,一个普通人家即将迎来一场前所未有的大转变。密勒这里所谓的"罪恶的暗示"主要通过舞台空间布局表现出来:即舞台前景中设置了一棵在暴风雨中折断的果树。果树象征了三年前失踪的拉里,果树如同在场人物一般与开场人物发生了积极的互动。

　　果树被置于戏剧前景,起到了空间焦点的作用。这一点从人物动作上就有所体现。开场后,邻居吉姆走向果树,"盯着那棵断树,在树橛上轻轻磕着烟斗"(Miller,2006:87—88),然后与凯勒闲聊起来。我们知道,人物视角具有一定的空间导向作用,可以影响观众对舞台空间的感知,因此吉姆对果树的"凝视"有效地引出它的存在。果树的重要性更是表现在人物的对话中。弗兰克上场之后发现已折断的果树,关切地问了几句,还表示自己正在为失踪的拉里算命:"拉里生在八月。这个月他就满二十七了。偏偏他的树刮断了。"(89)作为次要角色,弗兰克扮演了"知心人"这一传统戏剧角色,其功能主要是"倾听主人公的诉说,并用插话来引导主人公的道白"(什克洛夫斯基,1989:157)。在与凯勒的对话过程中,弗兰克将一些重要信息透露给了观众,预示了凯勒家潜伏着一场危机,合理地将谈话引向拉里。尤为明显的是,在两人开场几个来回的对话中,多达五次提及拉里失踪的日子——11 月 25 日(Miller,2006:89—90),有效地突出了该事件的重要性。除了聊到拉里,这三人还聊到吉姆的淘气包儿子。虽然这一小段谈话的功能只是为了缓解紧张气氛,但三位父亲频频聊及儿子,无疑会进一步向观众暗示父子关系将是该剧的核心人物关系。

　　此外,三人在开场戏中还提及两个重要女性人物凯特和安妮,她俩也都与拉里有着紧密联系。看到残树,弗兰克很想知道母亲凯特有何反应,因为是她请他为拉里算命的。而安妮是拉里的未婚妻,安妮一家曾经与凯勒比邻而居①,因为父亲入狱,她和弟弟搬至别处,三年多没再回来过。她的突然造访成为诱发父子矛盾冲突的主要原因,更是戏剧高潮的主推者。

------

　　① 凯勒在开场对话中就将这条信息透露给了观众。吉姆和弗兰克知道安妮漂亮可人,对她的到来充满期望,这种期望也自然会引发观众对她上场的期望。听到他俩的期待,凯勒简单地描述了安妮这些年的变化,并告诉吉姆:"你屋子里原来住着的是一户幸福美满的人家呢。"(Miller,2006:91)三人对安妮的谈论必然会激发观众产生好奇,引出一连串问题:安妮一家与凯勒一家关系如何? 安妮为何搬走? 三年后为何又重访凯勒家?

因此,开场人物对话中频频提及安妮,除了可以引发观众的兴趣之外,还为随后的剧情发展做好了铺垫,真正做到"预示一种十分吸引人的事态,却并不把它预述出来"(阿契尔,2004:157)。

戏剧场景不仅能够标识出人物的生存环境,还常常隐喻人物的内心世界,是人物内在情感和情绪的"客观对应物"。正如法国哲学家加斯东·巴什拉(Gaston Bachelard)在《空间的诗学》中所言,家宅反映了居于其间者封闭而又隐秘的内心空间,"比起风景来,家宅更是一种'灵魂的状态'。即使它的外表被改造,它还是表达着内心空间。"(2013:90)该戏首演时,密勒曾向布景设计师莫迪凯·戈里克(Mordecai Gorelik)抱怨,认为他把树槲设计在舞台中央,妨碍了演员的表演。戈里克反唇相讥道:

> 你写了一部墓地剧……又不是什么纪实报告。整出戏发生在一处墓地里,他们的儿子就埋在那里,它也是他们深埋心底的良心,从地下一直向上延伸,直触他们的心窝。虽然给演员造成了不便,但这处布景会不断提醒他们这场演出最终到底意义何在。(Miller,1987:275)

密勒这才意识到,恰如戈里克所言,如此布景确实能提醒演员剧中人物的"良心不安"(1987:275)。凯勒表面上显得十分平静,但实际上,他对自己过去的罪行深怀愧疚,良心一刻都不得安宁。可以说,果树与主人公之间构成了某种"压迫关系",折射出人物潜在的愧疚心理。

该剧开场也反映了易卜生对密勒的影响。阿契尔曾将易卜生和莎士比亚两人戏剧作品的开场进行过比较,发现在易卜生的多部戏剧中,"幕启时总是表面上一片宁静,但不久就表明这种宁静只不过是完全可以称为爆发性的事态上面覆盖着的一层薄薄的外壳"(阿契尔,2004:76)。他还表示,易卜生戏剧开场虽然十分平静,节奏缓慢,但通常都会"用一个颇为抓人的小事件来立即引起观众的好奇心"(87)。可以说,密勒深得易卜生真传。在《都是我儿子》中,虽然戏剧矛盾焦点集中表现在凯勒和另一个儿子克里斯之间,却都与"拉里"有着直接关联。密勒创造性地将象征拉里的果树"前景化"处理,使剧中人能够保持一种持久的张力关系,不断推动剧情向前发展。该剧开场虽然没有像其历史剧那样展现出剑拔弩张的人物矛盾,却借助布景和对话以一种含蓄的方式揭示了主人公凯勒的罪恶,有效地制造了悬念,为深入开掘更富戏剧性的场面做好了铺垫。

推出《都是我儿子》之后,密勒趁热打铁创作了回忆剧——《推销员之死》。虽然两剧风格大不相同,但开场有着异曲同工之妙,皆凸显了布景与人物之间的张力关系,巧妙地揭示了主人公复杂的内心世界。

在优秀戏剧中,人物的出场方式通常蕴涵着丰富的信息,主人公登场亮相的方式会影响观众对人物个性和戏剧主题的理解。在《都是我儿子》中,主人公开场晒着太阳,坐在院子里读报,呈现出一幅"一战"后美国中产阶级家庭惬意生活的画面。该画卷与随后被揭示出来的罪恶形成鲜明对照,能够有效激发观众的思考。《推销员之死》的开场堪称经典,是威利归家的情境,此情境将一个身心俱疲的老推销员形象展现得惟妙惟肖。幕启,正值午夜,威利提着两个行李箱步履蹒跚地往家走①,显得疲惫不堪,似乎已经处在精神崩溃的边缘。随后密勒十分细致地描述了威利穿过家门的一连串动作:"他打开门锁,走进厨房,欣慰地放下手中负担,抚摸着疼痛的手掌。他情不自禁地叹了口气——可能是'够呛,真够呛'②。"(Miller,2006:161—162)在上面这段描写中,作者将沉甸甸的行李箱称作"负担"(burden),既象征了生活的重负,也是他心理世界的一种投射,里面似乎装着他内心的各种苦闷和对妻儿的深深的愧疚③。

---

① 威利提着行李箱回家的"背影"已成为经典,多次登上该戏在世界各地演出的海报,也是"阿瑟·密勒协会"的会徽标识。

② 威利这番感叹的英文原文是"Oh,boy,oh,boy"。本文作者认为,"boy"在这里既表达了他内心的感慨,也透露出他对儿子比夫的深刻思念和复杂情感。

③ 比夫高考数学不及格之后,也提着一个类似的行李箱前往波士顿找父亲帮他寻找出路。不巧的是,比夫撞见了父亲与另一个女人偷情,从此一蹶不振,过上了浪迹天涯的生活。

　　戏剧是一门综合艺术。成功情境的营造常常依赖于多种舞美手段的使用，从而有效地作用于观众的视觉和听觉等多种感官。《推销员之死》开场巧妙地借助音乐和灯光等舞美因素，展现主人公复杂的心理情绪和压抑的生存环境，有效地激发了观众的审美期待。根据舞台指示，大幕尚未拉启，舞台上便飘来一阵悠扬的笛声，"讲述了青草、绿树和开阔的地平线"（161）。这一段旋律优美的笛声在威利脑际间萦绕不散，一直伴随着他回到家中。他从小跟随以卖笛为生的父亲流浪西部，长大成家之初在美国东部郊区过着田园般的生活，而当下的不幸让他不由得想起父亲，回忆起过往自由自在的美好的家庭生活。可以说，悠扬的笛声恰如其分地象征了威利对过去美好生活的无限回忆。

　　现实生活的各种苦闷则通过布景和灯光表现了出来。大幕拉启，首先映入观众眼帘的便是威利的寓所。作者借助灯光对家庭空间进行了渲染，形成鲜明的对照效果："洒在这幢房子和台口的只有从天上而来的蓝色光芒，周围区域则散发出一种愤怒的橘红色。"（161）柔和的蓝光和强烈的橘红色的光形成反差，凸显了密勒的陋室与周遭空间的不和谐，渲染了不祥的气氛，也折射出居于其间的威利内心无法排解的压抑感和绝望感。随着舞台灯光相继打开，整个舞台布景展露无遗："这幢单薄脆弱的小房子被坚固的拱顶①公寓大楼紧紧包围，这里也因此带有一种梦一般的情调，是从现实中升华起来的一场梦。"（161）舞台灯光梦幻般地展示了威利内心的压抑和脆弱，而他的家被四周高大公寓楼围住的事实，进一步增强了这种感觉。与四周高楼相比，威利的住所只是一个框架结构，大部分墙壁都是透明的，整幢房子显得弱不禁风。如此设计象征性地体现了威利一家并不富足的经济状况，也隐喻了他脆弱的心理世界。这种空间呈现方式恰如其分地成

　　① 有论者认为，这些公寓楼的拱形屋顶喻指"华尔街建筑"，是美国梦的象征，也象征了投资的负担。（参见：Kintz, Linda. "The Sociosymbolic Work of Family in *Death of a Salesman*." Matthew C. Roudane, ed. *Approaches to Teaching Miller's Death of a Salesman*. New York: The Modern Language Association of America, 1995, p. 113.）

为主人公威利内心情感的真实写照,让我们直观地感受到威利生活的不易。

除了整体布景之外,家中摆放的道具也都纷纷指向密勒脆弱而又敏感的内心。密勒家中布置十分简单,厨房里只摆放着普通桌椅和一台冰箱,卧室里也没有复杂的装饰,暗示了他不佳的经济状况。家中有两样道具值得我们注意,一个是摆在餐厅里的冰箱,另一个则是摆在卧室里的奖杯。这两个道具对威利而言有着重要的意义。冰箱是他追求的事业成功的象征,奖杯则象征有着"辉煌历史"的儿子比夫,他是威利生活的希望所在。但讽刺的是,冰箱一直都存在故障和问题,而手头拮据的威利无力将其修好;比夫则因撞见父亲在外偷情而自甘堕落,四处流浪,儿子不堪的现状如同梦魇一般缠绕着他,成为摧毁他的最后一根稻草。这两个道具既隐晦地表达了美国梦的虚妄,也是密勒内心对家庭和儿子的愧疚心理的外化标志。此外,在威利和琳达之间的对话中,我们也了解到威利家的洗衣机、汽车,甚至洗澡用的莲蓬头也都出现了各种各样的问题,这些未曾在舞台上出现的道具也共同促成和指向了他悒郁不安的心理世界。

戏剧符号学家基尔·伊拉姆(Keir Elam)认为戏剧开场的重要功能是划定文本边界,将观众带入一个"时空他处"(Elam,1986:161)。密勒的成功之处在于,该剧开场将我们带入了一个复合时空。密勒在剧中采用双聚焦叙述策略,或者说交叉视角策略,既将我们引入威利的生活世界,也让我们领略了他的内心世界,获得了不凡的艺术效果。密勒既从外部视角出发呈现威利压抑的生活环境,又从威利内心视角出发,"有声有色"地展现了威利的复杂心态,将他苦闷彷徨的情感世界立体而艺术地呈现在舞台上。两个视角的叠加产生了陌生化效果,营造出一种神秘的悬念感和梦幻感,渲染出一种阴郁的气氛,产生巨大的叙述张力,给观众留下无穷的回味。

除了舞美手段之外,开场人物对话也同样精彩,生动传神地揭示了威利疲惫的身心。威利回到家中,妻子琳达被他惊醒,侧耳倾听了片刻,与他开始了下面一段对话:

琳达：(听到威利来到卧室外面，有些胆怯地叫他)威利！

威利：别担心，我回来了。

琳达：你回来了？出什么事了？(短暂的停顿)是出了什么事吗？
　　　威利？

威利：没有，什么也没发生。

琳达：你不是把车撞坏了？

威利：(不在意地，有些烦躁)我说了没出事，你没听见吗？

琳达：你是不是不舒服了？

威利：我累得要死。(笛声逐渐消失了。他在她身旁床上坐下，有
　　　些木木地)我干不了啦。琳达，我就是干不下去了。(2006：
　　　162)

　　这段对话充分反映了琳达对丈夫的忧虑和关切，制造出一种紧张气氛，隐约地向观众暗示了威利有自杀的倾向。密勒曾表示，《推销员之死》的"结局在一开始就宣布了，而且贯穿于全剧每一个时刻……该剧只以一个肯定的认识开始，那就是洛曼将要毁灭自己"(Miller，1996：137—138)。如他所言，该剧剧名已经预述了威利的悲惨结局，开场人物行动、舞台布景和舞美效果等要素融为一体，进一步渲染了死亡的气氛。对于这种结局明确的戏剧，其悬念的产生自然不会依赖于人物的最终命运。赵毅衡先生曾言简意赅地根据叙述方式的不同将悬念分成两大类："倒述是结局性悬疑，预述是过程性悬疑。"(2013：141)《推销员之死》的悬念无疑属于后者。也就是说，密勒一开始就将戏剧结局透露给观众，制造出了另一种形式的"紧张"，激发观众对威利的命运产生想要了解的冲动和欲望。观众从想知道"是什么"转而变成想知道"为何如此"，在观剧过程中自然会更多地关注剧情的发展。

　　除上述两部戏剧之外，《代价》一剧的开场也具有这种形式特征。整个舞台布景设在曼哈顿褐砂石房屋的阁楼里。作者别具匠心地使戏剧布景带有一种破败不堪的"历史感"。一开场，主人公维克多一身警服从舞台左

侧登上舞台,进入他年轻时居住的老宅。老宅里堆满了各种旧家具,舞台后景胡乱堆放的家具有些摇摇欲坠,给人一种压抑感,象征了令主人公无法释怀的大萧条时期的记忆。舞台中央摆放着一把扶手椅,代表他已故的父亲。父亲虽然已不在人世,却深刻地影响了他与哥哥沃尔特之间的关系。从随后上场的妻子埃丝特与维克多之间的交谈中,我们可以感受到维克多对父亲爱恨交织的情感。与前两部戏剧相比,该剧开场更加明显地凸显了布景与主人公之间的张力关系。

根据对以上几部密勒经典家庭剧的分析,不难发现,密勒家庭剧的开场情境通常会凸显时空环境,一开场就引入关键的"不稳定因素"——布景和道具。在灯光和音乐等舞美效果的渲染下,密勒常常将戏剧布景"前景化"处理,凸显时空环境,展示主人公与环境的紧张关系,隐喻了人物与人物、人物的过去与现在,以及人物与社会环境之间的矛盾关系。家庭布景对开场人物构成了某种心理压迫关系或威胁关系,为推动情节发展提供了重要的动力。此外,时空环境也常常暗示了出场人物的复杂心理,隐晦地展现了主人公内心的不满、懊恼和愧疚等复杂情绪,折射出人物的个性特征。

三、人物对位式开场

密勒早中期现代剧的开场大都发生在家庭空间内,开场人物关系也以家庭人物关系为主,而进入二十世纪九十年代,密勒戏剧开场情境则发生了明显转变。在后期现代剧中,矛盾冲突虽然还主要是围绕着家庭人物进行,但开场叙事空间从"家庭"转移到"公共场所"。伴随着开场空间的位移,密勒戏剧开场人物关系也从"家庭关系"转变成陌生人间的"社会关系"。整体而言,密勒在后期戏剧的开场戏中不再刻意制造悬念,也不再极力渲染戏剧气氛,凸显时空环境,而是更加注重人物形象的塑造,通过对比或对立式的人物配置来揭示主人公的个性特征和深层心理。

戏剧叙述结构的生成有赖于开场戏中对抗性因素的出现,即一开始就出现一些能够引起冲突的因素。美国学者贝克就十分重视开场作用,认为开场应该采用对比手段，包括"人物上的对比、情境上的对比，甚至对话上的对比"（2004：185）。这其中，"人物对比"（或更准确地说"性格对比"）是最为直观的一种开场叙述策略，能有效地凸显主人公个性特征，清楚地揭示剧中人物矛盾。在密勒后期戏剧中，主人公通常一开场就出现在舞台上，次要人物与其形成鲜明对照，而舞台布景"极简化"特征更加凸显了人物之间的对比甚至是矛盾关系。这种开场范式代表作品有《最后一个扬基人》、《碎玻璃》和《冲下摩根山》等。

《最后一个扬基人》的开场地点是一家精神病院的等候室，开场人物是在等候室里准备探望妻子的两位丈夫：勒罗伊和约翰。他们互不相识，共同之处是妻子都因患抑郁症而住院。从两人的体貌特征、衣着服饰和言谈举止的描述，不难发现，两人存在着显著的差别。这种对比性差别首先体现在着装上。舞台指示如此描述勒罗伊："他身材匀称，身着淡色的常春藤夹克衫和宽松的长裤，脚踏光亮的工作靴。椅子旁还靠着一个班卓琴的盒子。"（Miller,1994b：7）勒罗伊虽然已四十有余，但他这身打扮朴实无华，活像一个大学生，暗示了他有着一颗年轻上进的心，脚踏工作靴则暗示他从事的很可能是体力劳动。随后上场的约翰则显得十分干练，对他的描述也更多地偏向于动作："他六十岁，身体结实，一身西装，提着一个旅行袋。他环顾了一下四周，瞥了勒罗伊一眼，微微地点了点头，坐在十英尺之外的地方。他看了看表，然后不耐烦地看着房间。勒罗伊则继续翻阅杂志。"（7）约翰明显是商人打扮，看表的动作也说明他有较强的时间意识，讲究效率，似乎急着想跟妻子见面，不想多耽误一分钟。

此外，两人的随身物品也折射出两人迥异的生活态度。勒罗伊带了一把班卓琴，间接地表现出他传统、斯文的一面。根据后面的剧情，我们知道弹奏班卓琴是他的兴趣爱好，而带着琴去看望妻子，更充分地说明了他对这种乐器的热爱。从某种意义上说，这也象征性地表现出他对生活的热爱，反映了他传统、顾家的本性。勒罗伊先于约翰来到等候室里等待妻子，也暗示了勒罗伊要比约翰更疼爱妻子。与之相对，约翰拿的是旅行袋，暗示了妻子凯伦的抑郁症也许与他长时间奔波在途、无暇顾家有关。开场人物这些外在的对比蕴含着一定寓意,象征着两种价值观的对立。根据两人随后的谈话,可以得知,勒罗伊虽然出身名门,但甘于做木匠这样的工作,为人正直,不重名利,支持和理解住院的妻子,是现代社会中不多的传统好男人;而约翰是个精明势利的商人,对妻子设有各种约束和限制,缺乏应有的尊重。作为开场空间,"精神病院"是一个极富代表性的符号,成为当代美国病态社会的某种缩影。以这两个人物开场,既凸显了主人公勒罗伊现实理性、脚踏实地的性格特征,也展现出两种对立的价值观和生活态度,隐喻地表达了密勒对拜金主义和物质主义的批判态度。

二十世纪九十年代,密勒还创作过一部犹太题材的戏剧《碎玻璃》。密勒在开场处也是通过人物对比策略有力地塑造了盖尔伯格这个犹太人物。开场先是一段大提琴独奏。音乐结束后,大幕开启,舞台上出现主人公的身影。只见盖尔伯格独自一人坐在医生海曼的办公室里静候医生的到来。舞台指示如此描述道,盖尔伯格"身材修长,年近五十,他双腿交叉,一动不动焦急地等待着。他一身黑西装,打着黑领带,脚踏黑皮鞋,里面穿着白衬衣,手持黑帽搁在大腿上"(Miller,1994a:3)。对开场人物的这段描写蕴含着多重信息。首先,从心理学的角度来讲,人放松时,坐在椅子上常会双腿分开,而主人公双腿交叉的坐姿则是他内心紧张、充满戒心的潜意识表现。开场纷乱的大提琴音乐更是衬托了他焦躁不安的内心。其次,他黑白搭配的衣着打扮,再加上"略显惨白"(5)的脸色,隐喻了他的内心世界。白色衬衣反衬出黑色外套的沉闷。黑色常常象征着阴暗、冷漠与压抑,黑白两色的搭配是缺乏生命力的能指,喻示了主人公内心的空虚、无助,抑或双重人格。

与之形成鲜明对比,接待他的玛格丽特却"漂亮可人,精神饱满,富有活力,手里还拿着一把园艺尖刀"(1994a:3)。这个表现出充盈生命力的女性形象有力地衬托出盖尔伯格的死气沉沉。两人随后的交谈也进一步验证了这种差异。玛格丽特说在街上遇到他时会向他点头,而他"却总显得心事重重,忽视她的存在"(4)。然后她又聊起自己是如何与丈夫相遇相识的,说到开心处情不自禁地开怀大笑。其实,盖尔伯格很早以前就注意到了她,对她的"笑声"印象深刻,还表示不止一次听到她"一路都大笑不止"
(4)。与性格开朗的玛格丽特相比,盖尔伯格整个开场都表情严肃,只抿嘴
微笑过一次,而笑与不笑折射出了两人性格上的差异。他对玛格丽特的笑
声的敏感,也从一个侧面反映了他对自己犹太身份的敏感。

盖尔伯格与她在随后的交谈中,除了说明他拜访医生海曼的原因之
外,还对自己的名字表现出异乎寻常的敏感。玛格丽特连续两次口误称他
"戈德伯格先生(Mr. Goldberg)",他都急忙纠正,还不厌其烦地按照字母
顺序拼出,强调自己的名字应该是"盖尔伯格(Gellburg)",并且骄傲地表
示,电话本里只有他叫这个名字。"戈德伯格"是一个典型的犹太名字①。
这种对名字的敏感反映出他对自己犹太身份的排斥,甚至是厌恶。纠正完
名字后,他又自报家门,表示他的父辈是从芬兰移民到美国的犹太人,似乎
想跟大部分从东欧迁居到美国的犹太人撇清关系,凸显自己的独特性。关
于名字和家乡的谈话不过是两人谈话中的细枝末节,似乎无关宏旨,却有
力地彰显了盖尔伯格对自己族裔身份的矛盾心情。该戏开场将非犹太人
玛格丽特与犹太人盖尔伯格共置一处,形成鲜明的对照,表现出主人公对
自己族裔身份纠结的态度,塑造了一个鲜明的"自我仇恨的犹太人形象"
(self-hating Jew)。而他对自我身份的纠结也成为造成他与妻子关系僵化
的主因,为戏剧情节发展提供了核心动力。

此外,密勒的另一部后期戏剧《冲下摩根山》也采用了这种人物对比式
的开场模式。开场时,主人公莱曼·费尔特熟睡在医院病床上,旁边有女
护士陪伴。护士是一位善良温顺的黑人女性,虽然家境并不殷实,却与丈
夫和孩子之间关系融洽,幸福感十足;而莱曼则是一个满口谎言、犯有重婚
罪的白人男子。他耽于物质和身体享受,传统家庭观念淡漠。与前两部戏

---

① "Goldberg"是德裔犹太人常用的名字,意为"金山"(gold mountain)。在美国俚
语中,这个词常被用来指在黑人聚集区开店或雇佣黑人的犹太老板。犹太人素来对自
己的名字敏感,密勒本人也不例外。根据他在自传《时移世变》中的描述,孩提时代的密
勒曾到当地图书馆申请借阅证。按照惯例,他被要求提供父亲的名字,但密勒在图书馆
管理员面前支吾了半天,羞于启齿,最终落荒而逃。(Miller,1987:24—37)

剧相似,如此人物配置有力地凸显了主人公莱曼的人格特征和不同价值观的对照。

通过以上分析,不难发现,密勒十分重视对开场情境的设计和营造,在不同类型和不同时期的戏剧中通过巧妙地凸显戏剧情境不同的叙事要素,表现出不同的开场范式特征,收到了较好的叙述效果。密勒早中期家庭剧开场大都发生在"家"空间内,通过家庭成员个人悲剧探讨个人与社会间的矛盾冲突,强调个人应为社会承担道德责任;而到了后期,开场地点从家这一空间转变成医院和精神病院等具有隐喻性的公共场所,凸显了美国社会问题的严重性和紧迫性。在人物设置上,早中期家庭剧开场人物关系大都是亲友关系,而到了后期却转换成陌生的社会关系。这种人物关系被置于医院和精神病院这种环境中,更加凸显了现代人之间的冷漠、隔膜和潜在的敌意,预示着家庭面临着解体的危险,展现了主人公在道德观和种族观等重要价值观念上与主流社会的差异,有力地对物质主义、享乐主义和种族歧视等具有时代特征的社会弊端进行了批判。

第三节　密勒戏剧结尾范式

"结尾"是戏剧情节结构最后一个环节,也可以说是最重要一环,因为戏剧主要矛盾冲突通常都会在结尾处爆发,主题旨趣也常在结尾处得以揭橥,结尾[①]成为"我们获得对叙述文本最终阐释的地方"(Bridgeman,2007:57)。

---

　　① 对于文学"结尾"的重要性,许多文学理论家都有过论述。弗兰克·克默德(Frank Kermode)将"结尾"比作基督教中的世界末日,认为"结尾"最终赋予开端和中间以意义。玛丽安娜·托格夫尼克(Marianna Torgovnick)也认为:"作者处心积虑意欲传达概念,不管是美学的、道德的、社会的、政治的……唯一空间就是结尾。"(1981:80)彼得·布鲁克斯(Peter Brooks)则认为"结尾"是整个故事叙述动力之源。在他看来,结尾"'书写'了开场,塑造了中间;在叙述过程中,一切叙述要素都是因为结尾的结构性存在而改变"(1992:22)。

　　不同于小说和诗歌，戏剧受众的"群体性"使得戏剧演出不能随意结束，因为收尾成功与否可以直接影响到整场演出的效果。观众对结尾总是有所期待，一个画龙点睛般的收尾会让观众满意而去，而这种期待倘若无法满足的话，必将影响到整体观剧效果，影响到戏剧的市场口碑。密勒本人对于戏剧市场的残酷性也有着清醒的认识，他认为一出戏剧"极少获得第二次机会。对小说而言，读者最初接受热情也许不高，但随着时间的推移，还是有可能受到广大民众的追捧。与之相比，戏剧要么一举成名，要么迅速被人遗忘"（Miller, 2009: xi）。如何让戏剧完美收场是每一个戏剧家和理论家都要思考的问题，但是创造一个令人满意的好结尾谈何容易。亚里士多德就曾表示，戏剧情节的"解"应是剧情发展的必然结果，而"许多诗人善结不善解"（2012: 131）。在他看来，真正意义的终结取决于结尾是不是情节自然发展的结果，而充满斧凿之痕的结尾则很难产生这种感觉，这也是许多情节剧结尾的缺陷所在。契诃夫（Chekhov）对此也深有同感，他曾在一封写给好友的信中倾诉道："我有一个有趣的话题，打算写一部喜剧，但我还没有设计好结局。谁为剧本发明了新的结局，谁就开辟了新的纪元。"（1973: 213）

　　密勒深知戏剧结尾的重要性，曾撰文强调"戏剧形式在很大程度上取决于戏剧如何结束"（Roudane, 1987: 365）。对于密勒的戏剧结尾，学界有过一些关注。亨利·施密特在阐释戏剧结尾方式的时候，将《推销员之死》归到带有反乌托邦意味的"妥协式结尾"（1992: 16）一类中，但他对该剧只是一笔带过，并没有具体阐释该结尾类型和该剧结尾的叙事特征。琼·施吕特则详细梳理了密勒后期名剧《冲下摩根山》的情节，认为该剧挑战戏剧传统，没有给出具有"道德感召力"的结尾，使其成为一个"惹人不安、令人困惑、拒绝结束"（1995: 85）的现代文本。玛丽·迈尔斯则分析了密勒如何在《美国时钟》中借用布莱希特史诗剧的结尾手段使该剧成为一出发人深省的"问题剧"①。除这些结尾研究的专门性著述之外,在密勒研究文献中,少有这方面的专项研究,论及时也多是蜻蜓点水,缺乏真正意义上的学术讨论。概而言之,国内外对密勒戏剧结尾的研究尚不够深入,多是个案研究,缺乏整体观照,也没有对密勒戏剧结尾创作思想及其嬗变成因进行解读。而纵观密勒的戏剧创作经历,不难发现,他颇为重视对戏剧结尾情境的设计和营造,有时还会灵活地根据实际演出效果对结尾进行调整。因此,对密勒戏剧结尾的叙事形式及功能进行全面而又深入的梳理和分析,既能准确地把握其作品的叙述特色,也可以更深入地理解和把握这位戏剧大师的创作思想及其衍化轨迹。

英语中存在一些与"戏剧结尾"相关的词汇,它们较易混在一起,有必要厘清它们之间的差异。这些单词包括:"结尾"(ending 或 end)、"结局"(catastrophe②)、"收场"(denouement③)、"冲突解决"(resolution)和"终结"(也可译作"闭合",closure)。通常而言,结尾、结局和收场这三词意思相近,是戏剧故事意义上的结束。"冲突解决"则指一个过程,"在亚里士多德的话语体系中,冲突解决是从命运变化的开始至结束的那一部分情节。在这层意义上说,冲突解决不应与收场相混淆"(普林斯,2011:194)。对于"终结",有多位叙述学家进行过界定。普林斯的定义是:"给人以叙述或叙述序列已经结束感的结语,为叙述提供了一种最终的整体性和连贯性,给受体以恰到好处的完成和终结的感觉。"(2011:142)法国叙述学家阿迈恩·科廷·莫蒂默(Armine Kotin Mortimer)认为,终结感取决于"满足感,即故事要素在必要的位置结束,故事中提出的问题得以解决……总而言之,开启的故事已经合拢"(转引自 Richardson,2011:183)。在《罗特里奇

---

① 参见:Myers. *Closure in the Twentieth-Century American Problem Play*. Newark:University of Delaware,1992:43—69.

② 对于"catastrophe",普林斯的界定是:"戏剧发生陡然急转的最后阶段,将戏剧冲突带向终结的场面。这一术语通常用来指称悲剧的悲惨收场。"(2011:26)

③ 收场(denouement):"情节的结局或开解,复杂的解开,结束。"(普林斯,2011:43)

叙事理论百科全书》(*Routledge Encyclopedia of Narrative Theory*)中，该词被定义为："期待的满足和任何叙事过程中提出的问题的解答。"(Abbott，2005：65—66)上面几个定义虽略显简单，却道出了判断叙事是否产生"终结感"的两大标准：第一，满足观众的审美期待；第二，人物矛盾冲突的解决。

　　鉴于此，本文作者认为，戏剧结尾范式[①]可以大致分成两类："封闭式结尾"，即能同时满足这两条标准的结尾；"开放式结尾"，即无法同时满足这两条标准的结尾。戏剧情节最终都会有个结尾，但终结感不是每部作品都有的。通过考察密勒戏剧结尾的"封闭性"和"开放性"，可以窥见其戏剧思想的演变轨迹。

一、封闭式结尾

　　《福星高照的人》是密勒第一部商业剧，结果出师不利，在百老汇首演六场便草草收场。事后反思原因，密勒认为问题主要出在结尾上："该剧不可能成功，因为这不是一部矛盾已经解决的戏剧。"(Roudane，1987：5)如剧名所示，主人公戴维受到命运女神垂青，生活顺水顺风。可他总觉得上天不会永远眷顾于他，早晚有一天会"大难临头"。可直到戏剧结尾，主人公的生活依然幸福如故。

　　该戏是密勒根据自己的一部小说改编而成的。两个版本最大不同之

---

　　①　对于戏剧结尾范式，美国叙述学家理查森曾做过较为细致的分析，他讨论了各种戏剧结尾的手段，如多重结尾、非叙事结尾、时间环状结尾、由观众决定的结尾，以及表演在故事情节之后还进行的结尾等。他认为，在研究戏剧结尾时，应主要考察以下几个问题：(1)故事是封闭型还是开放型？(2)与之前发生的故事紧密地联系在一起还是随意地联系在一起？(3)形式上已经结束还是开放地不能构成有机整体？(4)意识形态上终结还是开放？(5)最后是一个故事还是多个故事？(6)是模仿性还是非模仿性？如果是非模仿性，故事形成了何种模式？故事与情节之间是何种关系？(7)故事和表演是否出现在同一个时空内，或哪一方跨越了另一方的界线？(Richardson，2011：195)

处在于结尾的设置:小说中的主人公最终选择了自杀[①],而戏剧版的主人公则选择了与命运"妥协",接受了这种"好运"。四十多年后回顾这次失败,密勒认为:"戏剧结尾似乎应该是戴维的悲剧性死亡,但从我理性主义的视角来说,我无法容忍这种结局。四十年代初,这种结尾对我而言是具有隐晦风格的蒙昧主义式结尾。"(1987:105)密勒将该剧归类为寓言剧而不是悲剧,如此创作初衷使得结尾有些不伦不类,"既非情节剧结尾亦非悲剧结尾"(Bigsby,2005a:59),未能迎合当时美国观众对能够传达明确意义的戏剧的偏好,首演失败也自然在情理之中了。

从那时起,密勒开始重视起戏剧结尾的设计,创作过程中总会反复问自己:"这部作品意味着什么? 我要传达什么理念?"(Nelson,1970:320)他想方设法通过各种方式在结尾处阐发明晰的主题意旨和道德内涵,这种创作思路从《都是我儿子》开始就明确地被表现出来。在戏剧创作初期,密勒意欲展现一种能够产生震撼力的悲剧效果,这种悲剧意识最直接、最生动的体现便是主人公悲惨的结局。著名戏剧学者伯纳德·贝克曼(Bernard Beckerman)认为:"戏剧的结局明显受戏剧惯例的影响……部分是通过标题,部分通过结尾之前场面的基调,更大程度上是通过它与戏剧类型的合拍度,观众对不同类型戏剧如何结束都有着明晰的概念。"(1985:80)对于悲剧这种传统戏剧类型而言,"死亡"通常是表现主人公悲剧命运的不二选择,因为这种结尾能够较容易地激发观众的"怜悯"和"恐惧",起到净化心灵的作用。深受古希腊戏剧影响,密勒本人也十分认同悲剧这种结尾模式:"死亡的场面对观众心灵的冲击是无可替代的……谈悲剧时不谈死亡是不可能的事情。"(Roudane,1987:89)这种结尾观在他早期戏剧创作中体现得尤为明显。

结构主义者认为,一个完整的叙述结构模式通常是:平衡→打破平衡→复归平衡。这种传统情节范式在《都是我儿子》中得到了较好的体现。

---

① 该剧是密勒以他从亲戚那里听到的一个真实生活中的人物为原型创作的,而这位真实人物最终选择自杀了结自己的生命。

借用该图示对该剧结构进行简单描述就是:凯勒一家平静地生活→安妮和乔治的造访和克里斯的觉醒打破了平衡→凯勒自杀使戏剧复归平衡。安妮和乔治掌握着凯勒三年前的罪证,两人的突然造访打破了凯勒一家生活的平衡,进而诱发了凯勒与克里斯父子之间矛盾的爆发。戏剧结尾,得悉儿子拉里是被自己害死的,凯勒一下子幡然醒悟,反复喃喃道:"我想他们都是我儿子。"(Miller,2006:157)随后回到屋里,饮弹自尽,戏剧由此戛然而止。

对于凯勒自杀的结局,有论者认为这个结尾出现得太过突然,缺乏合理的自杀动机,牵强做作。但在本文作者看来,这个结尾不蔓不枝,干脆利落,设计还是合理的。实际上,多年来凯勒一直都深感愧疚,这一点在人物对话和布景设置中可窥见端倪,而拉里遗书的出现让埋藏在他内心多年的负罪感一下子爆发了出来。伴随着一声枪响,戏剧情节迅速收尾,实现了情节结构的闭合。

那封闭式结尾有何特征呢? 在著名戏剧理论家曼弗雷德·普菲斯特的眼里,封闭式结尾具有两大形式特征:"所有的问题和冲突都得到解决,所有的信息不平衡状态都完全消除。"(2004:119)"信息不平衡状态"又称"知悉差异",指信息知晓程度的关系结构,主要涉及两种关系:"一是指不同戏剧角色之间知悉水平的差异,二是指戏剧角色和观众之间知悉水平的差异。"(普菲斯特,2004:64)知悉差异常常是戏剧问题和冲突的存在前提,"孕育了戏剧性的基础"(63)。在《都是我儿子》中,贯穿全剧的核心问题是:拉里到底是怎么死的? 不同角色在该问题上的知悉差异为情节发展提供了持续的叙事动力,而观众与角色的知悉差异则促成了悬念的产生。戏剧结尾,拉里未婚妻安妮在凯勒夫妇面前出示拉里遗书,成功揭秘,戏剧行动随之达到高潮。凯勒如同弑父的俄狄浦斯王一下子"顿悟"出自己犯下了无可饶恕的罪恶。凯勒自杀最终化解了情节矛盾,点明了该剧的道德主题,叙事动力也随之消逝,情节结构复归平衡,达成了"更高阶段的和解"。

为了追求结构的完整性,传递明确意义,密勒在创作中不仅在结尾处解决戏剧冲突,消除知悉差异,在故事层面实现闭合,还常借助叙述声音从话语层面促成情节的闭合。这一点在《炼狱》和《桥头眺望》等早期名剧中皆有体现。

《炼狱》的结尾情境是,犯有通奸罪的普洛克托为了捍卫自己的名声,誓死不在忏悔书上签名,而是大义凛然地从容赴死。结尾场面中还出现了赫尔牧师,他恳求伊丽莎白劝丈夫向法官妥协,保全性命。深爱着丈夫的伊丽莎白望着刑场高声喊道:"他现在是要保全他那正直的美德啊。主不允许我剥夺他这种美德。"(Miller,2006:454)话刚说完,"晨曦透进来撒在伊丽莎白脸上,鼓声在黎明阵阵清风中宛如骨节那样咔咔作响"(454)。从伊丽莎白结尾的表现来看,她已经原谅了普洛克托的罪过,并尊重丈夫的选择。剧终时舞台传来一阵阵鼓声,象征普洛克托的英勇就义,传递出一种正义的力量。为了更明确地结束叙事,密勒还借鉴小说手法在故事后面附上一篇题为"长廊里的回声"的后记,简要地叙述了驱巫运动后剧中主要人物的最终命运:巴里斯被罢免神职,阿碧盖尔流落他乡沦为娼妓,伊丽莎白守寡四年之后改嫁,"神权统治的政治力量在也最终垮台"(Miller,2006:455)。这些文字并非"舞台指示",因为这些对人物结局的描述和评价无法在舞台上呈现出来。从叙述学角度来说,这篇后记可以被视作第三人称画外音叙事。该叙事声音不仅在结尾出现,还在文本开端和情节发展进程中多次出现;不仅对时代语境和故事背景进行必要的介绍,还频频臧否人物,发表评论。启用这个"故事外叙事者",密勒显然意欲介入整个叙事,引导观剧者的对人物进行合理的道德判断。该剧结尾叙事既客观描述了剧中人的最终命运和时代特征,呼应了戏剧开端叙事,也表达了作者对隐喻麦卡锡主义运动的萨勒姆驱巫事件的明确态度和立场。

不同于前两部戏剧,早期戏剧《桥头眺望》中埃迪的死亡结尾似乎具有一定的模糊性和不确定性,但整体来看,该戏结尾还是具有较为明显的封闭性。这种封闭性还体现在密勒的创作理念上。在构思情节时,密勒模仿了古希腊悲剧形式,希望该剧"如同离弓之箭一样,进入一个不断向上攀升的轨道,直至最终坠落。这种形式并没有被内容所遮蔽,而是宣布了自身的存在。我想将这种结构形式直观地展现给所有人,从一开始我们就知道

这个人注定要失败,但在他抗争的过程中可以展现自我"(Roudane,1987:
367)。

《桥头眺望》讲述了埃迪暗恋侄女凯瑟琳,试图阻止她与马克弟弟鲁道
夫的恋情的故事。为了阻拦外甥女凯瑟琳与鲁道夫的婚姻,埃迪向移民局
告密,使妻子的两个意大利表亲被警察带走,等待他们的是被遣返意大利
的命运。临近结尾,马克被保释出狱,参加弟弟与凯瑟琳的婚礼。埃迪认
为马克造谣污蔑他,为了捍卫自己的名誉,掏出刀子与马克决斗,却被马克
反转刀锋,刺死[1]。埃迪明知自己打不过对方[2],却坚持决斗,这种选择本身
就说明了他这一行动具有明确的意图:他并非真的想要杀死马克,而是想
要选择以这种体面的方式结束自己的生命[3]。此外,还有一个细节值得关
注:该戏本是独幕剧,后来又改为两幕剧,两个版本的结尾有所不同。独幕
剧结束时,埃迪临死时爬到凯瑟琳身边,死在了她的怀里;而扩为两幕剧
后,埃迪死前唤着妻子的名字死在了她的臂弯里。这两个结尾很难分辨孰
优孰劣,但从该细节上的变动来看,密勒显然是想暗示埃迪最终悔过自新,
承认自己内心欲望的虚妄。

埃迪遇刺而亡,但戏剧并未就此结束。律师阿尔弗利剧终时从故事中
抽身而出,面向观众对埃迪进行了一番评价:

> 尽管我知道他犯了大错,他的死亡是多么的无谓,我还是为
> 之战栗,因为我承认一想到他,脑中就浮现某种异常纯真的

---

① 贺拉斯在《诗艺》中表示,有的戏剧故事"不该在舞台上演出的,就不要在舞台
上演出,有许多情节不必呈现在观众面前,只消让讲得流利的演员在观众面前叙述一遍
就够了"(1962:146—147)。通常而言,暴力、死亡、淫秽和恐怖的场面不能搬上舞台作
明场处理,因为这种场面既有碍观瞻,也显得很不真实。但《桥头眺望》中主人公被杀的
场面没有做暗场处理,在本文作者看来,这主要是因为这个场面在人物塑造上发挥了重
要作用,有助于凸显主人公埃迪痛苦纠结的心理感受。

② 在第一幕结尾处,埃迪通过拳击游戏羞辱了马克弟弟一番,但马克单手将一把
笨重的椅子举起(而埃迪举不起来),通过展示惊人的力气暗示他不是好惹的。

③ 该戏在法国上映的时候,密勒又对结尾进行了修改,直接让埃迪选择了自杀。

事——不是完全的好，可他本人却是真实的，因为他让人彻底了解他，我为此更喜欢他，胜过喜欢我那些其他敏感的委托人。（Miller，2006：636）

阿尔弗利在这里如同希腊悲剧中的"歌队"①，扮演了故事内叙事者的角色。通常而言，歌队的作用是纯修辞性的，是为了控制观众的情感反应，更好地实现剧作家与观众的交流而设置的。正如弗莱所言："在悲剧中，通常以歌队……代表主人公逐渐从中分化出来的那个社会。因此，歌队代表着一种社会规范，主人公的傲慢，很可能以这种社会规范作为尺度给予评价。"（1992：118—119）阿尔弗利的律师身份代表着理性和常识，使他最终的评价能够产生比较真实可信的效果。在这一段收场白中，阿尔弗利没有大肆批判主人公的不伦之恋，而是对其给出了较客观的评价，揭示了主人公人性的复杂，既示意观众这一段历史就此结束，也势必会从道德伦理层面影响观剧者对埃迪之死的理解和把握。

不难发现，上述几部戏剧中的主人公都是道德上有缺陷的人，都做出了有违道德伦常的事情，因此他们的死亡结局也符合西方戏剧结尾的"诗性正义"（poetic justice）的原则，即"戏剧结尾所有伦理冲突的解决必须倾向于那些坚持社会规范的人，而那些违背规范的人则应该受到惩罚"（普菲斯特，2004：95—96）。这也是封闭式结尾的一大诗学特征，即具有"惩恶扬善"的明确道德导向。此外，值得注意的是，在早期几部戏剧结尾处，主人公自杀后，舞台焦点无一例外都定格在他们的妻子身上。这些女性在家中忍辱负重，有着坚忍不拔的性格，扮演了黏合剂和润滑剂的角色，让整个家庭能够正常运转，不至于分崩离析。她们是家中的根基和家人的依靠，是

---

① 较早对"歌队"进行论述的是贺拉斯。他在《诗艺》中认为，歌队"在幕与幕之间所唱的诗歌必须能够推动情节，并和情节配合得恰到好处。它必须赞助善良，给予友好的劝告；纠正暴怒，爱护不敢犯罪的人。它应该赞美简朴的饮食，赞美有益的正义和法律，赞美敞开大门的闲适（生活）。它应该保守信托给它的秘密，请求并祷告天神，让不幸的人重获幸运，让骄傲的人失去幸运"（1962：147）。

理性力量的代表,如此人物设置也表达了密勒对善良女性人物的精神寄托和回归家庭的传统思想。

在早期家庭剧中,密勒不仅通过死亡结尾传达明晰意义,还借助歌队式叙述者的评论和小说式的后记频频介入戏剧结尾,表达自己的道德观念。从二十世纪六十年代开始,密勒的戏剧结尾发生了明显的转变。密勒不再直接介入剧本,对戏剧人物品头论足,阐述自己的道德观和伦理观。戏剧结尾也不再有死亡发生,表现形式开始多样化起来,这种变化首先就表现在《堕落之后》中。

与《推销员之死》类似,《堕落之后》是主人公昆廷借助回忆对自己过往生活进行深刻剖析的一出戏。昆廷在对往事进行了一番痛苦回忆和深刻反省之后,在戏剧临近结束的时候,与场外一位不知名的听者进行了沟通。他感谢对方的聆听,重新走到回忆中出现的众多亲友身旁,最终决定与新女友霍尔佳共赴余下的人生旅途。两人互致问候,走下了舞台,舞台最终陷入一片黑暗。一番忏悔之后,主人公找到了生存下去的信心,找到了今后人生路的答案。因此,这一结尾场面与开场场面①形成了某种呼应。这个结尾说明,主人公内心一番痛苦挣扎之后,接受了有缺陷的自我,从过往的生活阴影中走了出来,敞开胸怀迎接未来。如此结尾传达出较为明确的意义内涵:在一个缺乏中心的后现代主义世界里,我们每一个人都不应封闭自己,而应该积极与他人沟通,积极面对自己的缺陷和内心的罪恶。

封闭式结尾适合阐发情节背后的道德教谕,较快地达到理性的宣传效果,产生强大的道德感召力,尤其适用于阐释大是大非问题的作品。密勒创作中期的两部大屠杀戏剧——《维希事件》和《争取时间》便是明证。这两剧中,密勒对纳粹人物着墨不多,更多的是对犹太民族的命运进行反省

————————

① 该剧开场时,舞台上一片黑暗。随后,先是传来一两声脚步声,接着脚步声越来越多。灯光渐亮,主人公与一群人从舞台后方走上舞台。上场后,昆廷从人群中脱离出来,走向舞台前方,朝着场外一个不知名的听者说话,交代自己过往两次失败的婚姻,不知自己是否应该与新女友霍尔佳继续下去。

和反思。两部戏剧故事结尾有几分相似：富有抗争精神的犹太人最终获救，而消极对待迫害的犹太人要么死在纳粹的魔掌里，要么落下个悲惨的命运。根据这两部大屠杀戏剧的结尾，密勒似乎想要传达这样一个讯息：面对纳粹这种邪恶势力，犹太人的妥协和消极态度无异于是与魔鬼同谋，本身也是一种恶；只有与纳粹政府积极反抗，斗争到底，犹太民族乃至人类才有生存下去的希望。

通过以上分析，不难发现，在早中期创作中，密勒着力从故事和叙事话语层面实现结尾场面结构的闭合，传递明确的意义。之所以如此青睐这种结尾范式，与他在当时文化语境下的美学实践不无关系。从在密歇根大学练笔到创作第一部商业剧，密勒充满了创新精神，尝试过多种戏剧形式和风格（诗剧、寓言剧和表现主义戏剧等），但市场反应并不理想，因为反映社会问题的现实主义戏剧是当时美国戏剧的主导风格。《福星高照的人》首演失败之后，密勒吸取教训，积极采用现实主义戏剧形式，在戏剧结尾明确化解矛盾和问题，并频频在话语层面通过权威叙事声音对人物盖棺定论，终结叙事，实现了结构上的整一（unity），使纷乱复杂的戏剧情境复归稳定和平衡。如此结尾，能够传递明确的道德教谕，能较快地达到理性的宣传效果，产生强大的道德感召力，这也正是具有强烈道德责任感的密勒想要实现的戏剧效果。

二、开放式结尾

"死亡结局"是展现悲剧人物命运效果极佳的手段，但"死亡"并不意味着人物矛盾冲突和社会问题就一定能解决，实现结构上的完全合拢。这一点在《推销员之死》上得到了很好的印证。该剧故事并不复杂，但之所以一直都受到学界的关注，除了主题深刻、人物生动之外，还与它有一个值得玩味的结尾有关。主人公的死亡通常是对戏剧开端提出的问题的解答，也是人物矛盾冲突得以解决的关键，但在《推销员之死》中，情况似乎并非如此。从某种意义上说，威利选择自杀并非完全出于绝望，而是带着给儿子留下两万美元保险费的希望死去的。这一切建在自我欺骗的基础之上。就有论者认为："威利的自杀并没有解决在整出戏剧中显而易见的（自我）欺骗的问题。最终，他将这种欺骗带进了坟墓。"（Burgard，1998：344）换言之，威利的死亡也许能够对观众产生一定的情感冲击，但这一结局只解决了表面问题，并未触及问题实质。剧中许多问题在结局中都未交代清楚，例如威利用命来换的保险金是否能如愿得到？比夫是否能直面过去和未来，不再浪迹天涯？这些未能回答的关键问题使结尾具有了某种不确定性，威利的死也因此具有几分讽刺意味，而这种讽刺性在该剧尾声（coda）中更加明显地表现了出来。

威利驾车自杀表明故事已经结束，但密勒似乎还意犹未尽，又增加了"安魂曲"（Reguiem）一场戏，呈现了威利葬礼上的情境。结构上，这场戏相当于古希腊戏剧中的"收场白"（epilogue），或尾声。琳达、比夫、哈皮和查理父子，宛如歌队一样在葬礼上对威利的一生进行了回顾和讨论。密勒如此设计结尾的理念是：威利"死去的时候，他的意识也随之消失，'安魂曲'和这部戏剧之间存在一个空间。可以说，'安魂曲'这场戏是发生在地面上的。在'安魂曲'中，我们离开了威利的大脑，回到了地面"（Bigsby，1990：59）。有导演认为，增加这一幕戏使剧情显得拖沓，纯属画蛇添足（Bigsby，2005a：121），但在本文作者看来，取消葬礼这一场戏的话，威利之死也许只是一种自我欺骗式的选择，其悲剧价值和思想深刻性则会逊色不少，而"安魂曲"的添加有助于观众对威利之死产生深刻理解，将这一结局提升到悲剧的高度。此外，葬礼场面的增加也舒缓了戏剧节奏，有助于观众和读者平复悲伤的心情，更好地思考和感悟戏剧深刻的主题。

在尾声中，除伯纳德之外，参加葬礼的人纷纷表达了自己的观点，对威利及其一生进行了评价，但观点和态度迥然不同，甚至针锋相对。比夫认为父亲缺乏自知之明，"错在坚持了错误的梦想。所有这一切，全部都错了……这个人始终没有明白自己是什么人"（Miller，2006：255—256）。而哈皮则认为父亲坚持美国梦没有错，并发誓要将父亲未竟的事业继续下去："我要叫你和其他所有人看看，威利·洛曼没有白死。他的梦是好梦，人只有这一个梦好做——压倒一切，天下第一。"（256）作为威利的邻居和老友,查理则对威利的悲惨遭遇充满同情,为他辩护道:"谁都不应该谴责这个人。推销员就得靠做梦活着,孩子。干这一行就得这样。"(256)

琳达则不理解丈夫为何选择自杀,不理解葬礼上"为啥没人来……他那些老相识都去哪儿了"(255)。事实证明,威利的朋友并不多,他也不怎么招人喜欢,这不啻是对他秉持的"好人缘"生活哲学的巨大讽刺。戏剧最后,琳达迟迟不愿离开,对着威利的墓地自言自语,说她已经还清了房子最后一笔贷款,并连续哽咽了几句"咱们自由了"(256)。讽刺的是,对于房贷已还清如此重要的事情,威利生前竟毫不知情,知情的话也许就不会走上自绝之路,而威利背着她在外偷情,琳达也一直都被蒙在鼓里。两人的知悉差异进一步增加了这场悲剧的讽刺意味。

剧终时,琳达在比夫的搀扶下离场,这时舞台上再一次飘出悠然的笛声,与戏剧开场形成呼应,四周的高层建筑也随之再一次森然出现,"轮廓变得格外清楚"(257)。可以说,不仅葬礼上众人歌队式的评价具有一定的叙事功能,笛声和建筑灯光也传递出重要的叙事信息。不同于小说,叙述者在戏剧中常常是缺席的,戏剧文本也因此缺少了"中间交际系统",但戏剧可以借助非语言代码和渠道(如灯光、布景、道具、音乐等舞美手段)进行叙事,承担起叙述者的功能。表面上看,笛声在戏剧首尾的出现,似乎隐喻了威利经历了一个循环而走向生命的终点;而作为威利生命的延续,比夫也许会继续闯荡蛮荒西部,开辟新的生活。但在本文作者看来,悠然的笛声喻指自由美好的生活,呼应了琳达所言的"自由"生活,而高楼压迫性的出现则与这两者形成反讽式对照,构成一种情境反讽。这是反讽叙事的一种重要手法。反讽叙事的本质就是"'否定性',由矛盾元素构成的叙事对照则是实现否定性的必要元素……是对确定性和终极话语的否定"(方英,2012:39—43)。在《推销员之死》中,威利自杀的悲惨结局常常感动观众,让人不胜唏嘘,但密勒的真实意图并非如此。他参加了该剧首演之后,无可奈何地说道:"观众太认可威利,剧场里有太多的哭泣,这部戏剧的多处反讽效果都因为观众的同情而被掩盖。"(1987:194)密勒其实并不想简单地彰显个人悲剧,而是将其嵌在整个美国社会语境中,借反讽式情境批判虚妄的美国梦和物质主义对普通美国百姓的荼毒。

这种反讽式的开放结尾在密勒后期创作中更是频频出现,《最后一个扬基人》就是代表作之一。该戏情节性不强,讲述的是两个丈夫探望在一家精神病院里接受治疗的妻子的故事。临近结尾,约翰因不满妻子凯伦跳踢踏舞,让他当众丢脸而愤然离去,心情郁闷的凯伦也很快离开了病房。看到这一幕,另一位女性人物帕特丽夏似乎有所领悟,意识到家庭幸福要比追求成功更重要。她虽然对丈夫还在使用破旧的二手车仍感不满,但最终还是与他达成和解,收拾好行李,与丈夫一道离开了舞台。就在这时,舞台上出现了戏剧性的一幕:一位一直躺在病床上的无名女性,突然抽搐了一下,随即复归平静。与之前传达出明确意义的结尾相比,如此收尾意味深长,有些令人费解。病床上这位女性之前只是在第二场开场的舞台指示中被提及:"房间的一张床上躺着一位衣冠整齐的女性,她一只手臂挡着眼睛,在整场戏中都一动不动。"(Miller,1994b:26)在情节发展过程中,两对夫妇既没有与她互动,也没有提及她的存在。她的身份和健康状况观众一概不知。留在精神病院的凯伦与丈夫的冲突没有真正得以解决,她和床上的无名氏最终命运如何,皆是未知数。

密勒曾在该剧的后记中表示,这部戏剧模棱两可的结尾想要传达的"主题是希望,而不是某个故事成功完成,而希望总是试验性的"(1994b:95)。在本文作者看来,这种所谓的试验性的希望就是未来存在某种积极却又不确定的可能性,这种创作思想也赋予了该剧结尾一定的开放性。美国学者艾伯森对这一开放式结尾的解读是:尽管剧中离开医院的一对夫妻"也许有能力继续他们的生活,但不幸的是,社会中仍然有很多人做不到这点。这个病人象征性地起到了警告和谴责的作用"(Abbotson,2007:222)。换言之,她全场缄默无言,与上场的四个人物毫无交流,表现了当代美国人之间的隔膜,喻示了美国精神疾患的严重性。这一阐释虽有几分道理,却未能全面展现这一结尾的丰富性和复杂性。

在论述短篇小说结尾时,俄国形式主义者认为,如果无法给出能够彻底解决问题的途径,短篇小说家常会采取这样一种策略:"引入一些与情节发展无必然联系的新人物和新细节。"(什克洛夫斯基,1989:191)通过"节外生枝"地增加新细节,可以使读者"感受到某种意味深长的含义和潜在而宏大的情感内容"(192)。在本文作者看来,这个女性及其抽搐的动作就是这样一种"节外生枝式"结尾。舞台上这位无名女性是个陪衬人物,全场大部分时间都躺着不动,意味着缺乏活力和思想,而貌似无意义的抽搐这一新细节与之前勒罗伊夫妇离开医院的场面形成一种反讽式对照。这个结尾既刺激了观众的视觉,又会激发观众的思考,暗示了剧中两位女主人公可能会因为性格缺陷和对物质生活的迷恋,继续抑郁下去[1];也可能隐喻了在享乐主义和拜金主义盛行的二十世纪九十年代,美国人保持独立精神世界的艰巨;似乎还揭示了人类在世界上的荒诞处境,表达了对虚无感的反抗是没有意义的思想。总之,整个结尾充满了意义不确定性和荒诞性,其蕴含的多重可能性,给观众留下了思考和想象的空间。但不管怎样,剧中男主人公勒罗伊对生活和家庭一如既往的热爱还是真实地反映了密勒所谓的希望主题。

　　除该剧外,密勒在二十世纪九十年代的名剧《冲下摩根山》的结尾也具有开放性特征。在《冲下摩根山》中,犯有重婚罪的男主人公莱曼在暴风雨之夜高速冲下摩根山遭遇了一场车祸,两位妻子闻讯赶到医院探望,结果发现自己并非他唯一的爱人,这个被他隐瞒了九年之久的秘密随之浮出水面。结构上,该剧的高潮在第一幕就发生了:莱曼的两位妻子同时在医院见面,莱曼重婚的秘密随之引爆,整个结构因此具有了反高潮的特征,而戏剧结尾似乎又进一步印证了这一点。发现莱曼犯重婚罪之后,两个妻子相互间充满敌意,但在戏剧即将结束的时候,她俩似乎一下子体悟到各自的处境,相互冰释前嫌,最终撇下莱曼离开了医院。病房里只剩下他和黑人女护士洛根。他询问洛根一家人冬天在结冰的湖上钓鱼时都聊些什么,护

---

[1]　帕特丽夏虽然最后与丈夫离开了精神病院,但有两个细节值得关注:第一,帕特丽夏与这个无名女性住在一个病房;第二,在即将离开的时候,帕特丽夏表现出了一定的迟疑和犹豫。

士说他们最近一次在湖上钓鱼时,高兴地聊起了刚买的便宜鞋子。虽然只是二等品,但跟新的没什么两样。说完,护士低头亲了一下他的额头,离开了舞台。莱曼随即发表了一通内心独白:

> 一切都是奇迹! 一切都是! ……想象一下……他们一家三口坐在湖上,谈论他们的鞋! ……现在要学会孤独,但要高高兴兴地。因为哥们,这一切都是你自己努力得来的。没错,你终于找到莱曼了! 所以……振作起来吧!(Miller,1999:116)

戏剧随即戛然而止,莱曼这一段矛盾式的自白也使他未来的生活具有不确定性和模糊性,等待主人公莱曼的将是什么结局无人知晓。不同于威利,莱曼没有自杀谢罪,也没有提出如何补救已经破裂的婚姻生活,似乎没有给人任何终结感,消解了传统婚姻剧的结尾模式,而且对具有互文性的《推销员之死》的结尾也构成了某种反讽。在莱曼身上所体现出的感性与理性、世俗与崇高、欲望与理想等反讽式的矛盾对照,赋予该剧本以丰富而深刻的内涵。这种反讽式结尾的写作手法,再加上剧中时空跳跃的叙述手法,使整出戏剧带有了几分后现代戏剧的味道。

二十世纪九十年代的另一部大戏《碎玻璃》曾经出现过三个不同的版本。在早期的版本中,盖尔伯格最后一头栽倒在地上,一命呜呼;在第二个版本中,密勒没让盖尔伯格死去,而是让他一息尚存;而到了最后一个版本,男主人公盖尔伯格心脏病发作,倒在地上,戏剧戛然而止。主人公是死是活,密勒没有明言,我们无从得知。对于这种不确定的开放性结尾,当时评论界多有诟病,而这也反映了美国戏剧观众的观剧倾向,即不喜欢意义模棱两可的戏剧作品,比较排斥那些需要由他们自己来评判的作品。在谈及盖尔伯格的最终命运时,密勒曾表示:"我不想让他死,尽管他后面也许会死。另一方面,他也许不会死……最终会发生什么,我真的不知道……他是死是活并非问题关键。重要的是,他们可能出现的关系,或者说,他们从这一切中获得或学到了什么。这才是关键。"(转引自 Bigsby,2005a:

402）虽然三个版本中盖尔伯格的命运不尽相同，却都有一个共通点，那就是西尔维亚仿佛看到了重生的希望，神奇地站了起来。西尔维亚的瘫痪是剧中所有人物行动的焦点，西尔维亚能否重新站立这个问题为剧情发展提供了核心动力，而她最终的站立似乎回答了开场提出的这个问题，但她站起来之后会发生什么又成为一个未知数。该剧的结尾虽然没有给人以明晰之感，但这就是密勒的高明之处。他就是想让读者不舒服，不给出答案，而是抛给读者让他们自己来评判，这种不确定性与前面两部戏剧具有异曲同工之妙。

不难发现，密勒在后期创作的大部分剧作①中隐身戏外，不再另外设置叙事声音，不再从叙事层面对人物进行道德上的评判。而故事层面的种种不确定性打破了读者的期待，从某种程度上邀请读者参与文本创造，而如何理解人物和情节，还要依赖观众自己的领悟力、判断力和生活阅历。这种创作思路与著名接受美学家沃尔夫冈·伊瑟尔的观点不谋而合：一部文学作品的不确定点越多，读者或观众便越能参与到作品的二次创作和审美意蕴的挖掘中，"只有设法使人们的被动心理状态转化为主动心理状态，他们才会有饱满的情绪，发挥出极大的积极性"（1978：22）。

从某种意义上说，对戏剧结尾的处理方式的变化折射出密勒在创作观念上的变化，是他对艺术形式不懈追求的结果，也反映出不同时代对艺术的不同要求。"二战"后，在现代性压力下，人类的生存空间受到现代生活的挤压，传统情节结构已经无法准确地描摹现代人的内心世界和社会生活的复杂，传统戏剧遭遇了一场形式危机。封闭式结尾一劳永逸地解决了戏剧冲突和矛盾，实现了结构的平衡，是一种理想化的美学追求，却无法真实反映错综复杂的社会现实生活。密勒本人也深刻地意识到这一点。二十世纪七十年代之后，密勒虽然没有像先锋派那样大胆革新戏剧形式，但他对开放式结尾的转向间接地反映出后现代文学思潮对他的影响。1983 年，

---

① 除《最后一个扬基人》和《冲下摩根山》之外，具有这种开放式结尾的戏剧还有《大主教的天花板》《碎玻璃》《复活布鲁斯》等。

密勒在北京与中国作家座谈时,对自己的戏剧创作进行了回顾和反思,诚恳地表示:"作品如同一个张开的帆,它的'意义'只是在捕捉生活的风向时所产生的价值观。兜售意义只会使艺术变得畸形,是对艺术致命的降格以求。"(2010:193)虽然密勒的后期创作在美国本土并没有像早期那样广受欢迎,但历时地对他的戏剧创作进行审视的话,不难发现,开放式结尾是他在艺术创作上进一步成熟的表现。

　　密勒的戏剧结尾场面形式多样,但整体表现出从"封闭式结尾"到"开放式结尾"的发展态势。历时地看,密勒早期家庭剧情节大都以主人公的死亡而宣告结束,体现了密勒想要传达明晰意义的努力。这种结局有助于情节结构的平衡整一,承载了他强烈的道德意识,讴歌了无畏强权和邪恶、争取正义和自由的精神。虽然部分早期戏剧结尾存在一定的不确定性,但整体而言,人物冲突一般都化解于结局中,表现出较明确的意义,有力地揭示了主题意旨,有效地满足了读者的审美期待。进入二十世纪八九十年代,密勒塑造了许多患有心理疾病的美国人物,通过探讨成年两性关系来探索当代美国人面临的各种问题,具有明显的开放式结尾的特征。这些戏剧中的矛盾冲突常常悬而未决,更具多义性和不确定性,表现出一定的模糊性,消弭了传统结尾的"终结感",生动地展现了后现代主义世界的混乱性和不确定性。密勒对人物如何脱离困境似乎没有给出明确的答案,而是将评判主人公的权力交给读者,有效地激发观众进行主动思考,对自我和社会进行深刻反思。

第二章 密勒戏剧人物范式

　　密勒十分重视人物塑造。在一次采访中，他明确表示："在我每一部剧中，'人物'是核心创造力……没有人物这种核心力量，戏剧就什么都不是。戏剧形式是我对剧中人物结构感受的结果。"（Roudane，1987：364—365）显然，对密勒而言，人物是作品得以建构的基石。密勒笔下人物众多，个性鲜明，形态各异。过往研究大都以人物个体或单个类型人物研究为主[①]，鲜有人从人物关系入手，对其戏剧中的人物范式进行全面梳理。

　　综观密勒的整体戏剧创作，不难发现，他对人性之恶洞若观火，"邪恶"（evil）和"罪感"（guilt）是贯穿他的戏剧创作的核心母题。"罪与罚""认罪与救赎""罪感与责任""否认与毁灭"等主题结构几乎出现在他的每一部作品之中。可以说，对罪恶如此关注与他本人的罪恶观有着紧密的联系，而他的罪恶观与犹太文化和犹太宗教又有着千丝万缕的联系。密勒从小在正统犹太教的环境中长大，虽然长大后没有再信仰宗教，到了年长的时候，他认为自己的犹太血统一直都对他产生了潜移默化的影响，他的犹太身份是"他的道德工具和情感工具的一部分"（Bigsby，2005b：299），他一直都对宗教有一种"神秘的感觉"（Bigsby，2005b：237）。

　　一直以来，密勒对该隐（Cain）和亚伯（Abel）兄弟相残这一圣经母题颇为关注。这个故事并不复杂：亚当和夏娃被上帝打入凡间之后，育有两子，

---

　　① 如杰弗里·梅森对密勒近十部主要作品中的女性人物进行了分析（参见：Mason, Jeffrey D. *Stone Tower：the Political Theater of Arthur Miller*. Ann Arbor：The University of Michigan Press，2008：205—259）。

长子名叫该隐,小儿子名叫亚伯。兄弟俩在向上帝献祭的时候,上帝不喜欢该隐的祭品,而喜欢亚伯的祭品。该隐嫉妒亚伯,最终失手杀死了亚伯。该隐面临两个选择,他可以选择杀或者不杀亚伯,但是内心的邪恶最终驱使他痛下杀手。密勒认为"该隐"这个形象极富象征意义,隐喻了人类内心潜伏的邪恶。他甚至还创作了宗教剧《创世纪及其他》对该问题进行探讨。借助这部宗教剧,密勒试图表达这样一个观点:人的内心都不可避免地潜藏着邪恶因子,每个人都有行凶作恶的可能,就看你如何选择。

密勒这种邪恶观最直接地体现在人物的设置和塑造上。密勒创作了一大批"罪者"形象,对"罪恶"进行了多层面、多角度的审视,为我们呈现出一个立体多元的"恶世界"。从"罪恶"的角度对密勒戏剧中的人物进行系统地耙梳、归类和分析,可以较准确地把握他戏剧中的人物关系和人物结构,更深刻地理解他的道德观、伦理观和族裔观。

罪恶在他剧中有多种表现形态,从人物范式的角度来说,可以大致分成三种,分别为拜物者、色欲者和同谋者。可以说,这三种人物范式深刻地表达了密勒对人类本性和堕落世界的思考,亦体现出传统犹太文化和思维方式对他的深刻影响。需要说明的是,密勒笔下人物众多,形态各异,这三种人物范式不可能囊括剧中所有人物,但不可否认的是,罪者作为密勒戏剧的核心主题人物,在他的叙述结构中占据着主导作用,可以最大限度地反映密勒戏剧人物的核心特征。换言之,理解罪者形象无疑是理解密勒戏剧人物范式的关键。

第一节　拜物者

密勒戏剧中最主要的一类人物范式是拜物者。所谓拜物者,指的是密勒作品中那些深受拜物主义^①（fetishism）毒害的人物形象，他们具有强烈物欲，对财富和成功有着非理性的追求。这些人物有意识或无意识地将物质视同宗教一般对待，屈服于拜物教这种意识形态，甚至因为对之盲目崇拜而做出一些有违道德伦常的事情，所以可以被视为罪者。^②

在论述邪恶时，伊格尔顿表示："将资本主义与其他人类历史形式区分开来的东西，正在于它直截了当地堵住了人类那不稳定的、自我矛盾的本质。无限——对于利润无休止的渴望，对于技术进步的无休止地推进，不断膨胀的资本的力量——所带来的巨大风险，就是对于有限性的冲击和超越……就所有的人类制度而言，资本主义是语言动物所建造的最能恶化其矛盾的制度之一。"（2014：58—59）伊格尔顿这里道出了资本主义的系统性邪恶，以及这种制度对人类贪欲的激发。综观密勒的戏剧创作，对资本主义的批判贯穿于密勒剧作始终，拜物者是其戏剧中最常见的人物范式类型。下面就这一人物范式对密勒戏剧进行梳理和分析。

在人物设置上，密勒早期家庭剧中，"父子关系"是密勒着力书写的一种人物关系，"父子矛盾"也因此成为密勒早期戏剧的核心人物矛盾。父亲在人生观和价值观上表现出与儿子迥然不同的态度，甚至呈现出矛盾对立的态势。这种矛盾主要表现为"负罪之父"和"天真之子"二元对立的结构关系。反映在生活方式上，就是现实物质生活与理想诗化生活之间的矛盾。具体而言，"天真之子"大多具有高远的理想、美好的心灵和诗意的气质，将父亲视为自己的偶像，却因为父亲道德上的缺陷而无法实现自己的理想生活，这类人物集中体现在《都是我儿子》中的克里斯和拉里、《推销员之死》中的比夫、《代价》中的维克多等人身上。站在他们反面的通常是他们的"负罪之父"。在美国梦的感召下，父亲们痴迷于追求财富和成功，在

---

① 拜物教如同无处不在的幽灵，演化为一种意识形态，潜移默化地形塑了社会大众的价值观。拜物教具有广阔的外延，可以进一步细分为商品拜物教、货币拜物教、资本拜物教和消费拜物教等。

② 从宗教的角度上讲，"拜物"其实就是一种"偶像崇拜"，拜物教成为无形的现代宗教，与其同谋更是一种罪恶，有悖于犹太教笃信耶和华的一神论（monotheism）思想。

追梦过程中直接或间接地对儿子和家庭造成了伤害,为此背负着沉重的罪责。这类人物集中表现在凯勒、威利、弗朗兹等人身上。

我们先以《都是我儿子》为例。在这部戏剧中,密勒塑造了一个令人难忘的父亲形象——乔·凯勒。凯勒生活在美国郊区一幢豪华别墅里,过着衣食无忧的中产阶级生活。他拥有一家工厂,家底十分殷实,可他的成功背后却藏有不可告人的秘密,表面风光平静的生活下隐藏着巨大的罪恶:他在"二战"中专为美国空军提供飞机零部件,在较短的时间内生产了一大批劣等汽缸。凯勒唯利是图,仍然将这些劣等品卖给军方,致使多名飞行员为此付出了生命的代价。事情败露,他耍诡计栽赃嫁祸于合作伙伴,成功逃脱法律的制裁。

凯勒具有典型的商人思维方式,其商人本质从一开场就有所暗示。大幕拉启,他怡然自得地坐在自家后院看报纸,他看的是报纸上的"征求广告,报纸的其他几版则整整齐齐地搁在身边的地上"(Miller,2006:87)。广告版上刊载的大都是冷冰冰的商业买卖信息,凯勒这一读报习惯反映出他对商机的敏感嗅觉。邻居弗兰克上场之后,随口问了一句报纸上有什么灾祸报道,凯勒答道:"我不知道。我再也不看新闻版了。还是征求广告更有趣。"(88)这句话一方面暴露了他内心深处的负疚感和恐惧感,因为合伙人坐牢和儿子拉里失踪让他内心无法摆脱对他俩的愧疚,另一方面则表现了他深入骨髓的逐利心态。邻居弗兰克以为他要买什么东西,但凯勒随即表示只是感兴趣而已,"看看人家要什么东西"(88)。他平时忙于赚钱,也不怎么读书,从某种意义上说,读商业广告成为他了解外面世界的重要途径。换言之,他眼中的世界就是一种赤裸裸的金钱交易关系,金钱构成整个世界运转的基本法则。有论者在研究中发现,"金钱"一词"在剧中反复出现,与'二战'后形成的'理想主义'构成了某种对立"(Bigsby,2005a:82)。这一点在第三幕中尤为明显。最典型一例出现在凯勒与克里斯最后的对峙中。回想起往事,凯勒为自己辩护道:"在那场大战中有谁是白干活的?几时他们白干,我也白干……这是干净的吗?这是美元和分币,镍币和银币;战争与和平,无非是镍币和银币,什么是干净的?"(156)

　　从凯勒的言语和行动上，我们能充分感受到拜物主义对他的影响。凯勒曾与安妮聊起他被审讯的那段不堪往事，回想起自己被法院宣判无罪后回到家里时的情景。街坊邻居当时都认为他是罪人，这让他内心充满羞耻感，但一年多之后，他东山再起，"又开了本州最大的工厂之一，又成了个受敬重的人；比以前更了不起了"（Miller，2006：110）。四周的邻居虽然对他的犯罪事实都心知肚明，但被他成功的光环所吸引，仍然与他保持交往，因为在这个世俗的社会中，金钱上的富有成为衡量一个人价值的终极标准。这也正是凯勒想要赢得的认同感。他虽然是半个文盲，但工厂里雇用了很多"中尉、少校和上校"（126），这些受过良好教育的人完全听他使唤和差遣，进一步让他体会到金钱的魔力。在凯勒眼里，有欲望、有胆量，就能成功，至于成功的手段是否道德则无关紧要，这种"成王败寇"的思想就是他的人生哲学。

　　与之相对，儿子克里斯曾经参加过"二战"，有一颗赤子之心，是一个"具有无限深情、无限忠诚之人"（Miller，2006：93）。经受过"二战"的洗礼，他更加深刻地感到人与人之间联系和沟通的重要性，更加具有理想主义的人文情怀。他似乎看穿了现代人之间你死我活的商业竞争，怀念当兵时与战友兄弟般的情谊。他在剧中对安妮说过这样一段话：

　　　　我活着也好，开银行存折也好，开新汽车也好，照看新冰箱也好，我都感到不对头。我是说，你可以在一场大战中捞取这些东西，可是当你开着那辆汽车，你就应当知道这些东西是靠人们相互表示最大的爱而来的，正因为这一点，你做人必须稍微规矩些才是。否则的话，你手里所有的东西都是赃物，上面都有鲜血。（Miller，2006：115）

　　他的这种理想主义情怀还影响到了他身边的人，例如邻居吉姆医生。在克里斯的影响下，他很想从事医学研究，为人类做出贡献，而不是仅仅做个看病医生，但迫于生活的压力，他只能暂时放弃梦想。安妮来访之后，吉姆的妻子苏向她抱怨，埋怨克里斯"用他那套骗人的理想主义快把我丈夫逼疯了，我都快走投无路了"（Miller，2006：124）。

在没有发现父亲的罪责之前，克里斯将父亲视为自己的偶像，但随着秘密逐渐揭晓，他的理想主义与父亲的拜物主义产生了重大冲突，迫使他最终醒悟过来，叛逆地向父亲进行了严厉的谴责和最后的控诉。

但凯勒并不是一个冷酷无情的大资本家，而是一个普通的美国百姓。他生活中平易近人，与人为善，与邻居打成一片。最重要的是，他是一个对儿子充满爱意的父亲。凯勒深知血浓于水的道理，将亲情看得似乎比什么都重。在他拒绝克里斯的结婚请求之后，克里斯向父亲提出抗议，表示不想继承父亲的产业，打算离开家乡和安妮一起到外面闯荡。这一表态一下子刺激到凯勒的痛处，他连忙向儿子讨饶："我拼死拼活地干，到底为什么啊？还不全是为了你，克里斯，整个儿都是为了你呵！"（Miller，2006：98）为了家庭和儿子奋斗，成为凯勒不顾一切赚钱奋斗的理由，为此他可以没有原则地将问题零部件卖给军方。齐泽克认为："任何一种狂热的教条主义，特别是在至善名义下表现出来的狂热的教条主义，都是真正的恶。"（2002：37）凯勒为了儿子而拼命赚钱，结果却害了儿子。这一荒诞结果，从某种意义上说，就是因为他一直受到拜物主义的蒙蔽，执迷不悟，深陷其中而不知。

父子二元对立模式在《推销员之死》中也得到生动的呈现。威利也深深陷入对美国梦的追求而无法自拔。拜物主义制造出一种幻觉，人物本就是这种幻觉的具象化表现，是一种符号性存在。根据威利的回忆，本在生活中遵循丛林法则，在非洲和阿拉斯加因为运气好发了大财，成为威利羡慕和模仿的对象。威利总是对未来抱有空想，而不具备反思能力。他天真地以为，要想成功，"就得是那种仪表堂堂，叫人一看就喜欢的人。只要大家喜欢你，你就不会倒霉"（Miller，2006：178）。他一以贯之地持有这种观点，死不悔改，表明拜物主义剥夺了威利的想象力，消解了他的主体性，揭示出他受拜物主义毒害之深。作为父亲,威利·洛曼是不成熟①的。他将"有好人缘就能成功"作为自己的人生哲学传递给儿子,深刻地影响了两个儿子对社会的认知:哈皮长大成人后,耽于享乐,为了成功不择手段;而比夫数学考试不及格,从此一蹶不振,漫无目的地四处漂泊。

威利与凯勒虽然社会地位悬殊,但作为父亲,却有着颇多相似之处。他们深受拜物主义的影响,有着根深蒂固的美国梦,也都深爱着自己的儿子,也都因为追求财富而犯下不可饶恕的过错,并为此怀有沉重的负罪感,最终也都通过自杀来赎罪。可以说,他们既可恨又可悲亦可怜。可恨的是,他们在"美国梦"(或者说"物欲梦")的驱使下汲汲于名利而不思悔改,与拜物主义形成同谋关系;可悲的是,他们为了家庭和人生打拼,最终却伤害了自己的家人,威利甚至至死也未能醒悟;可怜的是,他们生活在一个拜物主义风行的商品社会,只要工厂生产线不停地转动,只要手上的货物能卖出去,社会对个人道德问题不会深究,个人的福祉变得无足轻重。从这个意义上说,他们既是施害者也是受害者。

密勒对父子关系的关注一直延续到二十世纪六七十年代,这一时期拜物者形象也还是以父亲为主。但不同于早期戏剧,中期家庭剧中的人物矛盾不只是聚焦于父子矛盾,还扩展到兄弟和夫妻等人物矛盾的冲突上。

在《堕落之后》、《代价》和《美国时钟》等几部中期家庭剧中,父亲形象的经历都颇为相似:他们都曾家财万贯,但因为二十世纪三十年代的经济大萧条而一落千丈,变得一文不名。他们是"美国梦"的追求者和受益者,但经济不景气使他们难以掌控自我的命运,最终反受其害。通过对这些父亲形象的塑造,密勒意欲揭示经济大萧条对美国人生活的深刻影响。

密勒创作中期对资本主义的批判和对大萧条的关注与他的家庭在那个年代的经历不无关系。他的父亲曾经是个成功的商人,但因为大萧条而一蹶不振,全家遭受了沉重打击。四十多年后,他在自传里阐发了自己对

---

① 其不成熟的心智从名字"威利"上就可见一斑。"威利"(Willy)一名并不常用在成年人身上,而是"威廉"(William)的儿语称呼。

这场经济危机的深刻洞见,称其为一场"道德灾难,猛烈地揭露了美国社会繁荣表象背后的虚伪"(Miller,1987:115)。这场所谓的"道德灾难"和"人性虚伪"在《代价》中表现得尤为明显。作者在剧中不仅塑造了一个不在场的失败父亲,还通过一个次要角色与之形成对照,试图借此来阐释生活的真谛。

《代价》故事开始时,父亲弗朗兹已不在人世,但摆在舞台中央的椅子象征了他的存在,使他成为"缺席的存在"。弗朗兹成为舞台上人物讨论的焦点,也深刻地影响了上场人物之间的互动。弗朗兹曾是一位百万富翁,其万贯家财却因为经济大萧条在一夜之间化为乌有。美国金融体系的崩溃也直接导致了他和妻子的崩溃。在小儿子维克多眼里,他是"美国梦"的忠实信徒,相信"资本主义体系,相信所有的一切。他应该觉得破产都是他自己的错"(Miller,2012:216)。在拜物主义的绑架下,他在这场灾难中一下子丧失了生活的斗志,变得消极厌世起来。虽然身体无恙,但弗朗兹在大萧条之后大部分时间里都缩在小阁楼里,呆坐在扶手椅中听广播打发时间,偶尔才会到外面打打零工,赚点零花钱。灾难过后,他手上还剩四千美元的存款,但他贪恋钱财,没有将这笔钱拿出来接济儿子维克多,而是瞒着他将钱转给大儿子沃尔特替他投资。当维克多向父亲要钱支付学费时,他只是阴险地笑了笑,不肯出钱资助。维克多虽然学习不错,对未来充满憧憬,但天真孝顺的他为了帮助父亲渡过难关而辍学,从事收入不高的警察职业,陪伴其左右直到父亲离世。

自私的父亲利用了儿子的善良,耽误了维克多一生的幸福。弗朗兹对金钱和成功的痴迷也表现在他对大儿子沃尔特的态度上。经济大萧条期间,沃尔特已学有所成,成为一名成功的外科医生,但每个月只给父亲五美元的生活费,平时也很少回家探望。可每次探望的时候,父亲脸上总会流露出一种崇拜的神情,仿佛"上帝进屋了一般",因为"有钱就等于拥有一切。整个人都会变得可爱起来"(Miller,2012:218)。对弗朗兹而言,沃尔特象征了他所追求的"美国梦"。在弗朗兹眼里,人与人之间关系已经异化为金钱的关系。维克多的妻子埃丝特看穿了弗朗兹的虚伪,痛斥道:"一切都是逢场作戏！他是一条打了败仗的老狗！一个精于算计的骗子！"(258)最终醒悟过来的沃尔特也认识到了这一点："这幢房子里没有真正的爱，没有忠诚。除了赤裸裸的金钱上的安排之外，这里什么都没有。"(261)

与弗朗兹相对，作者在剧中还塑造了一位正面的父亲人物，即收购二手家具的犹太商人格雷戈里·所罗门（Gregory Solomon）。随着剧情的展开，不难发现，所罗门虽然穿着普通，仿佛是从历史故纸堆里爬出来的人物①，却是一个颇有深度的睿智老者。他不时语出惊人，表现出犹太人特有的智慧和幽默，展现出一个睿智理性的理想父亲的特点。

所罗门对于美国人痴迷于物质追求有着深刻的洞见。对于二手家具的价格，所罗门睿智地表示："二手家具的价格只不过是一种观点，如果你不能理解你的观点，你就不能理解价格……而这些家具的价格从我走进来之后并没有改变。"(Miller，2012：211—212)发现维克多没有理解他的意思，他又以旧家具为参照，谈论起现代人对一次性商品的偏爱，半开玩笑地说：

> 商品使用的周期越短越漂亮。汽车、家具、妻子、孩子——一切都最好是"一次性的"。因为你会发现当今世界最重要的事情——购物。多年之前，一个人要是不快乐，不知道如何解决，便会去教堂，重新认识人生的意义。而今天你要是不高兴，参悟不透人生意义，救赎的力量又是什么呢？是购物！（Miller，2012：213）

---

① 所罗门仿佛是过去的象征，这一点从他的穿着上可见一斑："他戴着一顶磨破的黑色绒毛毡帽，右边的帽檐就像吉米·沃克的帽子一样向下翻——只是上面的灰尘更多一些——还穿着一件不成形的宽大衣。他戴了一条磨损的领带，上面打着一个厚厚的结，一个弯曲的领衬显得有点歪斜。他的马甲有些褶皱，裤子有些肥大，左手无名指上戴着一枚巨大的钻石戒指。他胳膊下面夹着一个充满褶皱的皮包。他今天胡子还没有刮过。"(Miller，2012：202)此外，他近九十岁的高龄和上场时缓慢而又笨拙的动作也说明了这一点。

所罗门可谓一语中的,讽刺了现代人喜新厌旧、沉迷于物质享受的生活理念,对主流文化进行了深刻批判,道出了商品拜物教在美国大行其道的社会现实。

表面上看,所罗门说起话来轻松幽默,如同歌队式人物,似乎只是起到了缓解叙述张力、仲裁和调解人物矛盾的作用,但实际上他还发挥了重要的主题功能。根据他的描述,他一生命运坎坷,居无定所,曾在六个不同的国家生活和工作过,经历了各种各样的变故和失败:他有过四次不幸的婚姻,曾与家人在杂技团做过演员。二十四岁时他离开俄国,还在英国海军军队服役过一段时间,最终辗转来到美国。在美国,他专门经营二手家具,因为德高望重被推选为"家具估价协会"的会长。虽然命运多舛,一生坎坷,但所罗门并没有像弗朗兹那样一蹶不振,不愿为自己和家人承担责任,而是平静而积极地接受了这一切。在他看来,生活对每个人都是公平的,正如剧名所示,每一个选择都会付出或大或小的代价。从某种意义上说,每一个选择也都是一种道德选择,不管出现何种结果,我们都应该欣然接受。

所罗门一生遭受过无数次打击,多次一无所有,但他都挺了过来。而最让他无法释怀的是,五十年前他十九岁的女儿选择结束自己的生命,弃他而去。他为此备受思念之苦。每天临睡时,他仿佛都会产生幻觉,看到女儿坐在床边痴痴地看着他。但他只能正视这一段过往,接受这一切,正如他对维克多说的那样:"假如奇迹发生,她复活了,我又能对她说什么呢?"(Miller,2012:265)他最终决定承担责任,将一整屋的家具买下来,也象征性地向维克多表现出人应该直面自己的选择、积极面对生活的态度。在戏中,他多次坐在舞台中央的扶手椅上,与父亲弗朗兹形成了鲜明的对比。全剧结束时,舞台上只剩下所罗门一人。他又独自一人坐在弗朗兹生前使用的扶手椅上,听着留声机中充满笑声的碟片,开怀大笑起来。这种积极乐观的笑声与弗朗兹生前对儿子玩世不恭的阴险的笑声形成鲜明对照。他的这一举动也似乎暗示着他取而代之,成为二人的精神之父,象征了他的出现必将对两人的财富观产生深刻的影响。

所罗门是密勒本人十分喜欢的一个人物。他表示,在创作《代价》的过程中,是所罗门给了他创作的乐趣。在他看来,所罗门是"生命的力量,带有各种疯狂和诗性"(Roudane,1987:340)。所罗门的生活经历也深刻地反映了犹太人的生存境遇,其乐观向上、自强不息的精神也正是犹太民族能够历尽磨难、生存下来的法宝。

所罗门与弗朗兹之间的对立是两种价值观的对立,同样,剧中两兄弟也形成一种二元对立关系,两人之间的矛盾也主要表现在对待财富的态度上。哥哥沃尔特年轻时疯狂地追求财富,即使全家在经济大萧条期间遭受重创,他也没有放弃对财富的追求,最终成为一名令人艳羡的外科医生。事业成功之后,他衣着光鲜,生活富足,有着各种高雅的爱好(如滑雪和骑马),还拥有多家养老院的产权。但他为此付出了沉重的代价:因为追求财富而疏于与妻子和孩子的沟通交流,最终妻离子散,孑然一身。颇有讽刺意味的是,身为医生的他竟患上了精神抑郁,花了整整三年的时间才将病治好。相较之下,维克多一家虽然生活平淡如水,物质上也不算富足,但用维克多自己的话来说:"我们置身于你死我活的社会竞争之外,过我们自己的生活。"(Miller,2012:218)维克多虽然没有取得世俗的成功,没有光辉的历史供他回味,但儿子让他引以为豪:他的儿子凭借自身努力以全额奖学金考上了名校麻省理工学院,延续了他年轻时对科学的那份热爱。妻子虽然对他偶有抱怨,但他并没有怪罪妻子,而是表现出足够的理解,因为"整个社会只对金钱表现出了敬意"(218)。通过两个父亲和两个兄弟的鲜明对照,作者对拜物主义和消费主义进行了深刻批判,传达了这样一个观点:现代人在一个物欲横流的世界中,容易失去理性,对财富过度追求,最终迷失自我。

《美国时钟》是密勒中期创作的另一部以经济大萧条为主题的戏剧。作者在剧中以自己父亲为原型,塑造了一个名叫莫·鲍姆(Moe Baum)的父亲形象。与弗朗兹一样,鲍姆曾经也是百万富翁,遭遇了大萧条之后,巨额财富一夜之间蒸发。两者的不同之处在于,鲍姆在面对灾难时表现出巨大的勇气和强烈的自我意识。他没有像弗朗兹那样躲在阁楼里消极厌世，而是展现出父亲应有的尊严和责任感。虽已破产，但他仍然想方设法偿还债款。他的司机多次从他身上揩油，他知道之后虽将其辞退，却没有表现出极大的怨恨，没有恶语相向。对于那些无家可归者，鲍姆也尽可能地提供力所能及的帮助。不同于威利，鲍姆对生活"不抱任何幻想。他是一个现实的人，不向他自己的失败低头……他能够将自己与他的情况分开……避免自我毁灭式的愧疚感"（Abbotson，2007：61—62）。同为父亲，鲍姆具有与前面所述的那些负罪之父完全不同的价值观。可以说，通过对所罗门、维克多和鲍姆这些经历大萧条之后仍能保持本色的人物形象的塑造，作者表达了他对人类仍然抱有一种乐观向上的态度。

密勒对资本主义的批判一直延续到后期创作，其中最富代表性的是《最后一个扬基人》。该剧是密勒二十世纪九十年代的一部代表作，表现了两对当代美国夫妻之间不和谐的婚姻生活。戏剧篇幅虽然不长，但因为思想深刻而被称作"微型杰作"（Griffin，1996：177）。该戏分两幕，第一幕是主人公勒罗伊和一位名叫约翰·弗里克的商人在精神病院接待室里相遇的场面，第二幕则发生在两人患有抑郁症的妻子的病房里。人物之间的矛盾主要是通过对话来加以展现。

勒罗伊是一个普通的木匠，而他的祖先却一点儿也不普通：勒罗伊的祖父是美国大名鼎鼎的开国元勋亚历山大·汉密尔顿（Alexander Hamilton，1755—1804）。虽然出身名门，但勒罗伊没有仰仗先人①，没有借助高贵的家世背景赚取钱财，而是淡泊名利，甘于从事木匠这种体力劳动，靠自己的手艺脚踏实地地生活。他为人朴实，时常帮人修葺房屋，却不会多要工钱。经济上，勒罗伊的处境与威利·洛曼有些相似：他要拼命赚钱

---

① 勒罗伊看淡自己的家族背景，从某种意义上说，反映出他并不认同祖先汉密尔顿所推行的经济政策。在历史上，汉密尔顿是美国第一任财政部长，帮助美国创立了一套较为完备的财政管理制度，为美国的工商业发展创造了有利条件。美国能够在短时间里迅速成长为世界经济强国，汉密尔顿先进的金融理念功不可没。

支付家里每个月一大笔开销。但两者的不同之处表现在对待金钱和生活的态度上。木匠工作收入不高，生活有时难以为继，但他没有受困于并不丰赡的物质生活，而是有着丰富的精神追求。这一点明显地表现在他的业余爱好上。他热爱演奏传统乐器班卓琴，甚至还付费报班学习，结识了一大批志同道合的朋友。

与之相对，作者塑造了一个深陷物质追求的男性人物：约翰。他与勒罗伊之间存在诸多的差异，形成鲜明对照。首先，约翰不理解妻子凯伦抑郁的原因。在他眼里，凯伦住在豪宅里，锦衣玉食，本应感到幸福才对。但他没有意识到问题其实出在他自己身上。是他平时过度追求物质，疏忽了对妻子的关心，才导致她精神上的崩溃。凯伦是个全职太太，平日里对他百依百顺，无聊的生活让她对踢踏舞产生了疯狂的热爱，而在丈夫约翰眼里，这是一种非正常爱好。比照之下，勒罗伊并没有埋怨妻子，而是对妻子的病症表现出充分的理解，对她不离不弃，通过努力抚养孩子、维持家庭稳定来表示对她的支持。其次，约翰喜欢以貌取人，对医院里的有色人种工作人员充满歧视和偏见，对勒罗伊的显赫身世则格外感兴趣。而勒罗伊在谈及自己显赫的家世时，却表现出一副无所谓的样子，不觉得有个名人祖先有多么风光，他也不想巴结那些富有的亲友。再次，勒罗伊本想将妻子送到设施齐备、服务周到的私人医院，但最终放弃，费用太高难以承担是一个原因，更重要的是私人医院离家太远，不方便他前往看望。相比之下，约翰家底殷实，却不愿为妻子花这些钱，甚至对水管工向他收取一小时十几美元的服务费都嫌贵。此外，两人的家庭结构也有很大不同。约翰已经到了可以做祖父的年纪，膝下却无儿无女。据他本人说，他和妻子不断推迟生子计划，因为拖得太晚最终无法怀孕。不管他是出于何种原因、何种考虑推迟生子,有一点是明确的,即约翰将孩子①看作负担,而不是快乐之源。与之相对,勒罗伊与妻子总共生养了七个孩子,每一个他都非常喜欢。而且,勒罗伊是一个很有家庭责任感的人,他勇于承担起养家重担,把孩子们照顾得妥妥帖帖。在他的管理下,孩子并没有把家里搞得一团糟,而是相互合作,一起承担家务,"整个家像一艘轮船一样健康运转"(Miller,1994b:14)。两人一番交谈之后,互有了解。约翰发现勒罗伊从事体力劳动,是个不折不扣的蓝领,他的工作和生活方式与当时商业气氛浓厚的美国社会格格不入,整个生活理念似乎都有悖世俗的标准,这一点让他无法理解。勒罗伊则看穿了约翰的伪善,有一搭没一搭地随口应着约翰的问话,最终谈兴全无,两人②陷入了尴尬的沉默。

　　除约翰之外,勒罗伊之妻帕特丽夏③也符合拜物者这种人物范式,折射出拜物主义对美国社会的深刻影响。故事发生时,已经是帕特丽夏两年之内第三次住进精神病院,她这次在医院里已经待了足足七个星期。平日里,帕特丽夏对丈夫颇为不满,因为他的木匠工作收入微薄,无法满足她个人对生活的要求。她的抑郁也与她个人成长环境和金钱观有着紧密关联。在外人眼里,帕特丽夏从小生活在一个无可挑剔的家庭里。她和母亲都是

---

①　值得一提的是,密勒有时会借子孙多寡来暗示人物家庭道德观念的强弱:通常而言,子嗣越多品德就越高尚。《最后一个扬基人》中勒罗伊有七个孩子就是明证。此外,在《炼狱》中,品德高尚的吕贝卡·诺斯(Rebecca Nurse)膝下有十一个孩子和二十六个孙子孙女,而阴险毒辣的普特南夫妇(Putnam)总共生了八个孩子,但其中七个生下不久就不幸夭折。从某种意义上说,这一细节也间接地体现了密勒的犹太民族意识,因为犹太民族向来崇尚多子多孙的大家庭生活。这既是犹太人传统的一面,也是犹太人在饱受迫害的政治环境中被迫选择的一条生存策略。

②　两人的对比还表现在名字的设置上。"约翰"(John)这个名字十分普通,常用来泛指美国男性,密勒也许想借此讽喻拜物主义的普遍性和严重性,而"勒罗伊"(Leroy)从词源上讲则意为"高贵的国王"。

③　其实,从密勒创作中期开始,他剧中女性人物便开始具有追求物质财富的倾向,例如《堕落之后》中的母亲罗丝和《代价》中维克多的妻子埃斯特。经济大萧条之后,罗丝多次因为家庭经济状况不佳而咒骂丈夫为"白痴";埃斯特则表现为对丈夫赚钱不多而感到失望,不仅放弃了写诗的爱好,还染上了酗酒的恶习。

金发美女,光彩照人。两个兄弟也仪表堂堂,极富运动天赋,喜欢与人竞争,拿过一些大型比赛的奖杯。帕特丽夏一家可以说是一个令人艳羡的完美之家。他们原本生活在瑞典,是"美国梦"的光环将他们从瑞典吸引到了这个"应许之地",也因此对美国生活充满了期待,但现实世界的残酷和不完美让他们备感失望。她的两个哥哥深陷欲望的泥沼,只是因为失望而最终选择了自杀。帕特丽夏虽不至于自杀,却因为无法忍受与勒罗伊在一起的清苦生活而患上抑郁症,甚至还病态地认为:"我觉得,这个国家任何有理性的人都会变得抑郁,除非你很富有"。(Miller,1996:35)她甚至还义正词严地指责丈夫:"你不能支付账单这一点是我最不能容忍的!"(59)她眼里只看到丈夫微薄的收入,却没有体悟到家庭的重要和丈夫的珍贵。与她相反,勒罗伊的人生观非常简单,他觉得人生在世就应该想方设法热爱这个世界。在他看来,妻子抑郁不是精神有问题,而是态度上出了问题。

无疑,与约翰和帕特丽夏相比,勒罗伊代表了一种健康理性的生活观和价值观,反衬出前两者心胸狭隘,奉行物质主义。对于竞争,他认为不存在与别人的竞争,实际上每个人都在与自己竞争。他脚踏实地,勤恳工作,不想让金钱主导他的生活,身上充满了人性的光辉。他热爱生活,喜欢自己动手,丰衣足食。他虽不富足,却有着一颗爱心和善心:想要把他珍藏的一些古董般的工具捐给博物馆。他热爱生活的一个重要表现就是对传统乐器的热爱。勒罗伊下班以后有时不会留在家中,帕特丽夏因此怀疑丈夫在外面偷情。但从他的话里,我们得知,他晚上离家并不是找女人寻快活,而是与他的年轻工人朋友们一起切磋音乐。

帕特丽夏对他缺乏信任,认为他是个失败者,这种态度从某种程度上反映了普通美国人在对成败的认知上出了问题。正如密勒所言,帕特丽夏受到"成功神话"的蛊惑而无法自拔,而这种"美国梦"既"幼稚又野蛮……与之形成鲜明对比的是,丈夫勒罗伊对她以及对大自然和世界的那种永恒的爱"(Miller,1996:539)。通过对勒罗伊这位不遵循世俗之道的人物形象的塑造,密勒是想为病态地执着于追求"美国梦"的人提供一些启示,抑或说提供一剂药方。通过揭示"美国梦"的虚妄,警醒世人打破这种生活幻觉。而对付这种精神顽疾,只有像勒罗伊那样,摆脱物欲的侵扰,保持一份宁静的心态。而对于这种心态,帕特丽夏其实在医院里已有所体验。她对病友讲:"两周前,如同天神显灵示意我,我不能再责怪勒罗伊了。结果让我惊讶不已:我对药物没有了任何欲望,我感到抑郁症离开了我……就像鬼魂散去一样。"(Miller, 1996:33)

密勒在这部剧中虽然只写了两个家庭,却成功地影射了整个美国社会,正如密勒在该剧后记中所说的那样:"抑郁症绝不只是一个个体疾病问题。"(Miller,1996:539)密勒用精神病院隐喻了病态的美国社会,这一点在戏剧开场的人物对话中已有所影射。约翰觉得医院外的停车场空间太大,有些浪费资源,但多次造访精神病院的勒罗伊则告诉他周末的时候,这里车位基本停满。停车场象征性地将医院与外面的世界连通起来,喻示了整个美国社会的病态。帕特丽夏两年之内连续住了三次院这一事实则进一步验证了这一社会性问题的严重性,隐喻了当代美国人普遍存在的精神现状:陷入拜物主义无法自拔,对成功毫无原则地追求,在追求物质财富的路上走得太快而忘记了自己的灵魂,最终无法面对生活中的种种孤独和无奈。

与《代价》相似,该剧剧名也颇有意味。"扬基人"(Yankee,又译"美国佬")广义上泛指美国人,而狭义上则指早期在美国新英格兰地区定居的移民者。帕特丽夏在跟病友抱怨丈夫故意与富有的亲友保持距离时,揶揄道:"美国有意大利裔美国人、爱尔兰裔美国人、西班牙裔美国人——他们十分团结,互帮互助,但你什么时候听说过有扬基美国人?"(Miller,1996:33)接着又说现在的扬基人在美国只会"坐在那里越来越伤心"(33)。后来见到勒罗伊,帕特丽夏跟他抱怨自己的祖辈受到了扬基人的歧视和粗暴对待,勒罗伊觉得这都是陈年往事,再提已没有意义,开玩笑地答道:"我希望我是最后一个扬基人,这样人们可以从今天开始生活,而不需要再回到一百年前。"(1996:53)这话听起来似乎是句玩笑话,却深刻地讥讽了当代美国人遵循享乐主义,不愿正视历史,不愿脚踏实地地工作的社会现状。帕特丽夏对扬基人的歧视,源自对丈夫的不满,而自诩为"最后一个扬基人"

的勒罗伊却"逆潮流而动",不与拜物主义同谋,他所展现出的谦逊、牺牲、坚忍、辛勤工作等特质虽是美国传统美德,恰恰是当时美国人所匮乏的。

不难发现,在创作后期,密勒对迷恋钱财的人物形象的批判力度不减,剧中人的命运清楚地反映了密勒的叙述意图和价值取向。《最后一个扬基人》中六十岁的约翰因为追逐名利而失去了生子的机会,两位女性人物也因为迷失在物质追求的幻象中而陷入抑郁;《冲下摩根山》中的莱曼贪图享乐,追逐名利,最终迷失了自我,车祸之后被家人遗弃在医院里;《碎玻璃》中的盖尔伯格也因为一味追求事业上的成功而忽视了妻子,舍弃了自己犹太民族身份,最终心脏病发作,生死不明。借助这些"悲惨结局",密勒似乎是想警醒观众:对金钱的追求是人类的一种普遍欲望,而毫无节制的追求则构成罪恶,最终必会对追求者及其家庭带来严重甚至是致命的打击。而将故事场面置于医院和精神病院等公共空间中,足见作者意欲凸显拜物主义之罪恶的严重性和广泛性。通过塑造这些罪者人物,作者有力地阐发了他对资本主义社会拜物主义的批判。

值得一提的是,虽然密勒立场鲜明地抨击了资本主义制度及随之产生的拜物主义,但作者并非想否认财富的价值。在《推销员之死》中,作者塑造了"查理"这一男性形象。他不仅是个成功的商人,在威利失落和困顿的时候还会看望他,接济他,让他感受到生命中最后的温暖。查理似乎成为威利唯一可以倾诉的对象,成为他人生最后一个慰藉。此外,《代价》中的所罗门和《美国时钟》中的鲍姆也都反映出密勒的这种叙述意图。

总而言之,密勒在多部戏剧中塑造了"拜物者"这一范式人物,使主要人物矛盾呈现出二元对立的结构关系。从深层次上说,拜物者人物范式背后受到了拜物主义的操纵,受到了一种"抽象的统治"。被拜物主义操纵,人就会深陷其中却无法觉察,最终必然会走向自我毁灭。具体而言,在早期家庭剧中,拜物者多是"父亲"形象,"儿子"作为新一代的代表与之形成了意识形态上的对位。"父亲"常常成为"儿子"生活和事业发展的"阻碍者","儿子"的反叛和"父亲"的悔罪之间的对比表达了作者强烈的社会责任感。从中期创作开始,作者凸显了经济大萧条对美国普通百姓生活的深刻影响。拜物者形象的罪者人物范围也进一步扩大,在人物关系上,不仅表现为父子矛盾,还表现为兄弟矛盾和夫妻矛盾,表达了作者对拜物主义的担忧。到了后期,他进一步加大了批判这种罪恶的力度,通过将人物矛盾冲突置于医院和精神病院等公共空间来彰显问题的严重性。不过,密勒没有坠入虚无和绝望,在剧中也塑造了一些圣者般的父亲形象,他们固守传统的价值观,不盲从社会潮流。通过这些人物塑造,作者表达了他对人类未来的美好祝愿。

第二节　色欲者

在密勒家庭剧中,"夫妻关系"无疑是最基本的一种人物关系,也是一个家庭稳定的根基。在密勒多部作品中,稳定的家庭结构常常因男主人公的婚外恋而遭到破坏,由此形成了"色欲者"这种人物范式。密勒通常是借助"一男两女"的三角关系来塑造色欲者形象,这种人物配置有力地为戏剧情节发展提供了动力。具体而言,三角关系中的男性人物通常是已婚的中年男子,受到一位天真烂漫、富有蛊惑力的年轻女性的诱惑,屈服于肉体欲望,背叛了妻子;而妻子则被塑造成谦恭、隐忍、具有自我牺牲精神的如同圣母一般的女性①,构成家庭中的稳定要素和道德中心,担负起修补、支撑,甚至是拯救男性世界的责任。占据三角两端的女性人物特征鲜明,形成对比或对立关系,如《炼狱》中的伊丽莎白和阿碧盖尔,《推销员之死》中的琳

---

① 当然也有例外。在《都是我儿子》中,凯勒的妻子凯特是家中的强势人物,对丈夫、儿子和邻居具有极大的影响力,是个"父亲般"的女性人物。

达和他的情妇,《桥头眺望》中的贝特丽丝和凯瑟琳①,《堕落之后》中的露易丝和麦琪,以及《冲下摩根山》中的莉亚和西奥等。

在密勒塑造的色欲者中,最具代表性的当属《炼狱》中的主人公普洛克托。普洛克托首次登场时,作者在舞台指示中如此介绍道:"他是那种身强力壮、心平气和、不随波逐流的人,拒绝支持那些派性很强的人,由此没法不招来他们的痛恨。一个笨蛋在普洛克托面前顿时会感到自己愚不可及——因此,普洛克托这种人一向遭受别人的诽谤。"(Miller,2006:361)上面的描述传递出这样一些人物信息:普洛克托是一个正派人物,一个敢于抗争神权统治的叛逆者,一个对自己有道德要求的人。但作者立刻笔锋一转:"然而,正如我们即将看到的那样,他所表现的那种坚定态度也并非出自一个未受扰乱的心灵。他是个罪人,一个不仅违反当时的道德风尚,而且违背自己想象中的体面行为的罪人。"(361)这两段对普洛克托悖论式的描述开门见山地点出了普洛克托的罪性,并暗示了他为此感到愧疚,揭示了他复杂的内心世界,激发了读者想要进一步了解他的兴趣。

根据开场帕里斯牧师和阿碧盖尔的对话,我们知道,普洛克托犯下的罪行就是跟阿碧盖尔通奸。阿碧盖尔在普洛克托家做女仆的时候,两人之间形成了双重关系:既是主仆关系,亦是情人关系。这种情人关系是一种畸形关系,因为两人年龄相差近二十岁②。帕里斯和普洛克托在第一幕对

---

① 凯瑟琳虽然被塑造成天真烂漫的少女,但她有意无意间也流露出某种"诱惑性"。例如,戏剧一开场,埃迪回到家中,凯瑟琳立刻在他面前展示了她新买的短裙。贝特丽丝随后还告诫凯瑟琳注意自己在埃迪面前的一些欠妥行为:"你还总是穿着一件内衣在他面前晃来晃去……他只穿着内裤在浴室里刮胡子的时候,你还爱坐在澡盆边上跟他聊天……有时他一进门,你就像十二岁女孩一样扑到他的怀里。"(Miller,2006:599)

② 故事发生时,普洛克托三十几岁,而阿碧盖尔只有十七岁。阿碧盖尔的人物原型本来是十二岁,为了让两人的偷情细节更真实可信,密勒将其年龄增加了五岁。

女仆的粗暴态度[①]也提醒观众,1692 年的萨勒姆镇是一个社会等级森严的小镇。当时,"少女"这一群体是镇上最没有地位的一类人,因为镇上居民"根本就没把孩子当回事,而只觉得大人允许她们两眼微微低垂,两臂耷拉在身边,笔直地朝前走路,得到许可才说话,就已经蛮不错了,为此她们还应该感谢呢"(Miller,2006:347)。也许普洛克托和阿碧盖尔之间真的产生了感情,但这种畸形的主仆之恋必定为社会所不容,注定不会产生什么好结果。

普洛克托上场后,阿碧盖尔一直含情脉脉地望着他,毫不掩饰,并直白地向他表达了思念之情。表面上,普洛克托语气坚定,誓要跟她划清界限,但言谈举止中还是透着几分暧昧。阿碧盖尔先是带有性暗示般地夸他身体强壮,想勾起他内心的欲望。普洛克托故意转移话题,但脸上还是"露出一丝会意的笑容"(Miller,2006:362)。当普洛克托转身离开的时候,阿碧盖尔连忙将他拦住。她仿佛掌握了读心术,一眼就看穿了普洛克托纠结的内在,一语点破了他此行的真实意图:"你风尘仆仆赶五英里路到这儿来,难道只是为了看一眼那个傻丫头飞行吗? 我可太了解你了。"(362)普洛克托碍于面子仍然不肯承认。阿碧盖尔旋即又回顾了她被赶走时的情景,认为伊丽莎白"把我轰走时,我看见了你脸上的表情,你当时爱我,现在也一样爱我"(362)。阿碧盖尔还说她曾在普洛克托家门口偷望:"我能感觉到热情,约翰;你那股热情把我拽到了窗口,我看见你抬头张望,孤孤单单的,满腔欲火。你敢说你没抬头瞧我的窗户吗?"(363)在阿碧盖尔的强大攻势下,普洛克托只好承认瞧过,甚至还用她的小名"阿碧"称呼她,并表示:"我也许有时会温柔地想到你。"(363)在阿碧盖尔的情感攻势下,普洛克托的内心防线渐渐退去,他纠结的负疚心理也显露无遗:普洛克托虽然愧对妻子,却仍然对阿碧盖尔旧情难忘。他的内心在忏悔和背叛之间摇摆不定,

---

①　帕里斯牧师对黑人女仆蒂图芭的粗暴态度之前已有论及。普洛克托一上场冲着玛丽·沃伦就是一顿臭骂,骂她不干活到处乱窜,害他走五里路找她。此外,他在剧中还多次恐吓玛丽要用鞭子抽她。

这种内心的煎熬在第二幕中更加展露无遗。

第二幕场景是在普洛克托的家中。在这幕戏中,普洛克托多次对妻子表现出不满的情绪。种田打猎回到家中,普洛克托先是尝了一下妻子煮的肉汤,"不甚满意"(Miller,2006:384),又加了一撮盐放进锅里。这一细微举动暗示了两人之间可能存在不和谐的关系。这种"不和谐"在两人随后的行动和对话中渐渐展露出来。伊丽莎白出现后,他想要表示亲近,走上前去吻她,但"她只让他吻了一下。他略感失望地回到原来坐的地方"(385)。随后,普洛克托向她描述了田野和春天的美好:"一步一步撒播种子的时候,这个农场就像一片无边无际的大陆……春天马萨诸塞州可真是个美丽的地方!"(385)相比之下,他似乎感觉不到家的温馨和美好:"屋子里还跟冬天一样冰冷。"(385)普洛克托所言的"凉意"完全是他心理的投射,表达了他对妻子的不满。这一幕开场时楼上传来伊丽莎白哄孩子的温柔歌声和楼下备好的热乎乎肉汤已经表明了伊丽莎白的温柔和贤惠。所谓的屋外的温暖与屋内的冰冷形成鲜明对照,折射出普洛克托内心的复杂。在得知普洛克托跑到镇里与阿碧盖尔见过一面之后,伊丽莎白十分不悦,责备了他几句。他极力为自己辩解,冷冷地说:"我没法申辩,老是被你怀疑,每一分钟你都在指责我撒谎,我回到家里就像进了法庭似的。"(386)对于丈夫的冷嘲热讽,伊丽莎白表现出理性的态度,指出普洛克托遭受了自己良心的谴责,而普洛克托却矢口否认,又一次用"冰冷"这个字眼来形容妻子:"你这种判断冰冷得都能让啤酒结冰!"(388)他还表示妻子过于纠缠于他和阿碧盖尔之间的往事,纠缠在他"平生所犯的那个唯一的错误上"(394)。听到丈夫百般狡辩,伊丽莎白忍无可忍地喊道:"你的心窝里还存留着她射的那根箭,约翰·普洛克托,这你自个儿清楚!"(394)普洛克托与妻子这一段谈话充满了张力,表现了普洛克托在强大的情欲力量控制下痛苦挣扎的状态。

赫尔牧师随后赶到,对普洛克托一家进行调查,对他的宗教信仰表示了质疑,因为他长期不进教堂参加仪式。为了验证他是否忠诚于上帝,赫尔律师要求普洛克托背诵"摩西十诫",普洛克托大部分都说了出来,就差一条背不出来,而背不出来的这一条偏偏就是"不准奸淫"。从某种意义上说,这个情节片段也表现出他内心的不安和内疚。"愧疚"本身是一种忏悔的意识,但假如只是心怀愧疚而没有实际行动,那就是一种消极的忏悔。普洛克托虽然从一开始就表现出内心的愧疚,但并未拿出真正悔改的行动,心里仍然无法割舍对阿碧盖尔的欲念。因此在前两幕中,他是以一种消极的态度来对待自己的罪恶的。

　　普洛克托真正的悔悟发生在第三幕。是阿碧盖尔的疯狂举动让他看清了她的真面目,而妻子强有力的道德力量感化了他,促使他最终幡然醒悟。我们知道,戏剧开场前,阿碧盖尔带领十几位少女在森林中围着篝火裸身跳舞,除了诅咒伊丽莎白之外,这更是一种释放久被压抑的肉欲的表现。有学者从女性主义①角度出发,认为阿碧盖尔并非什么妖妇形象,而是一个被普洛克托诱惑的无知少女,但这些评论家没有注意到林中舞蹈事件前后阿碧盖尔身上所发生的变化。阿碧盖尔也许曾是一个无知少女,也许是普洛克托诱奸了她②,但在被伊丽莎白辞退之后她逐渐暴露出她的"邪恶本性"。她阴险狡诈,在剧中多次对伊丽莎白进行诋毁,并率领小姐妹们肆意指人为巫,丧心病狂地报复异己,从弱者一夜间变成了强者,成为真正的施虐者。第三幕,普洛克托携女佣前往法庭营救妻子,阿碧盖尔被法庭传唤出庭作证。她巧舌如簧,颠倒黑白,迫使普洛克托对其发起了严厉的谴责,连续唾骂她是个无耻的"妓女",并公开承认了两人的奸情。妻子伊丽莎白随后被传唤到法庭上为丈夫作证,伊丽莎白为了保护丈夫的名声而替

---

　　①　参见:Schissel, Wendy. "Re(dis)covering the Witches in Arthur Miller's *The Crucible*: A Feminist Reading," *Modern Drama*, 1994(37):461—473. Alter, Iska. "Betrayal and Blessedness: Explorations of Feminine Power in *The Crucible*, *A View from the Bridge*, and *After the Fall*." June Schlueter, ed. *Feminist Readings of American Drama*. Cranbury: Associated University Presses, 1989:116—148.

　　②　这一点在阿碧盖尔开场对普洛克托说的一段话中隐约浮现:"我一直在寻觅那个将我从梦中唤醒、让我心中开了窍的约翰·普洛克托!我以往从来不知道萨勒姆是如此的虚伪,从来不知道这些信仰基督教的女人和他们海誓山盟的男人教导我的一切全是一派胡言"(Miller, 2006:363)。

他撒谎,这也成为整出戏的转折点。后来在狱中,伊丽莎白敞开心扉与丈夫沟通,坦承自己之前对他太过冷漠,认为丈夫出轨跟自己有关,并表示尊重丈夫做出的任何选择和决定。犹太思想家斯宾诺莎①认为:"夫妻之间的爱不仅仅是外在的结合,而且主要是心灵的自由释放。"(转引自乔国强,2008:404)伊丽莎白的包容、关心,以及最后与他之间的心灵沟通,对普洛克托触动很大,他也因此真正意识到自己的罪责,勇于为自己的行为承担责任。最终,他拒绝在忏悔书上签字,舍生取义,捍卫了自己的名声,实现了自我救赎。

了解西方文化的话,不难发现,密勒喜欢借用圣经原型塑造人物,从而唤起观众的集体无意识,让观众产生共鸣。在这出戏中,普洛克托如同圣经中的"亚当",而阿碧盖尔则活似魔鬼"撒旦"。在她的诱惑下,普洛克托偷吃禁果而陷自己于不义,历经各种磨难,最终幡然醒悟,捍卫了做人的尊严。而阿碧盖尔被扫地出门后,处心积虑地想要置伊丽莎白于死地,可以说是无所不用其极。为了污蔑伊丽莎白,竟然自残式地将针插进肚子里,栽赃嫁祸于她,并且借机对镇上村民进行疯狂的打击报复,陷害了许多善良的人,最终逃到波士顿沦为妓女。两人的情感纠葛和命运发展无疑折射出犹太文化和犹太宗教对密勒的深刻影响。《炼狱》写的虽然是关于基督教徒的故事,但密勒从小生活在犹太文化圈里,其道德伦理观念必然受到犹太教和犹太文化的影响。犹太教不支持病态的禁欲主义,也不支持不加限制的纵欲主义。犹太教"只认可夫妻之间的性关系。其他任何形式的性经验都是淫邪的或不道德的。不正常的性关系会动摇家庭和社会秩序的根基"(科亨,2008:134)。从某种意义上说,密勒在《炼狱》中就是想要传达这样一种犹太道德观。他将一场"个人悲剧"与"社会悲剧"紧密地联系在一起,形成一条关联紧密的因果链:普洛克托与阿碧盖尔的偷情最终引发了一场疯狂的驱巫运动,导致镇上很多正义善良的人含冤而死。

---

① 斯宾诺莎(Spinoza,1632—1677),荷兰哲学家,是现代犹太思想的肇始者之一,著有《伦理学》《神学政治论》等。

戏剧人物不是孤立地存在的,人物性格特征总是在具体的人物关系中彰显。作家在戏剧场面中的人物配置(configuration of character)绝不是随便设置的,必然包含着某种深意,特别是那些频繁出现的人物配置,尤其值得我们关注。正如上一节论述的那样,密勒早期戏剧的核心人物关系是"父子","父子"二元对立的关系构成戏剧的主要矛盾,展示了父亲人物在拜物主义的裹挟下所犯下的罪行。《炼狱》中的普洛克托也是一个父亲[①],但值得注意的是,整出戏中,他的三个儿子一直都未出场露面。这种安排无疑是为了凸显他与伊丽莎白和阿碧盖尔之间关系的张力。此外,在整出戏剧中,伊丽莎白和阿碧盖尔多数时间没有同时出现在舞台上,即使在第三幕出现,也没有发生正面冲突,对人物如此安排无疑也是为了凸显普洛克托所担负的罪责。

这种人物配置在密勒早期另两部家庭剧——《推销员之死》和《桥头眺望》中,也表现得十分明显。在《推销员之死》中,威利悲惨的结局也与他过度的情欲和这种三角人物关系有着紧密关联。当威利回忆一家过往的美好生活时,与情人鬼混的场景总是控制不住地闯入脑海。情人富有诱惑力的形象与家中任劳任怨的琳达形成鲜明对照,人物之间的对立鲜明地表现在一些场面的并置上,如情人的浪笑和琳达的苦笑,以及情人欣然接受威利赠送的新袜子和琳达缝补旧袜子的场面,这些对比性场面有力地彰显了威利对妻子的愧疚感,而他对儿子比夫的愧疚更是与他的偷情事件有着紧密的关联。

《桥头眺望》中的三角人物关系——"埃迪—凯瑟琳—贝特丽丝",也成为整出戏的焦点矛盾关系。与前两部戏不同,密勒在该戏中构建了一种非常态的三角关系。美丽天真的凯瑟琳是埃迪的侄女,这位青春美少女令埃

---

① 在第四幕里,普洛克托两次提及他的孩子。与伊丽莎白在狱中首次见面,他先是询问了妻子腹中胎儿和儿子的情况,表达了他对孩子的关心。在随后的剧情中,普洛克托拒绝将签好名的悔罪书交给丹佛斯,并义正词严地说:"我有三个孩子——我如果出卖朋友,还怎么教导我的孩子在人间应该心胸坦荡、为人正直呢?"(452)

迪魂不守舍,茶饭不思。埃迪无可救药地爱上了她,并产生非分之想,内心被乱伦的欲念所占据,这种畸形的三角关系大大增强了悲剧的张力。随着贝特丽丝意大利远亲鲁道夫和凯瑟琳的相爱,又形成了另一个三角关系,即埃迪—凯瑟琳—鲁道夫。这两个三角关系扭结在一起,加速了埃迪的毁灭。埃迪最终良心发现,借马克之手结束了自己的生命,最终实现了自我救赎。埃迪选择死在妻子贝特丽丝怀里的举动也表达了他内心对妻子的愧疚。

著名学者丽塔·费尔斯基(Rita Felski)认为,在女性人物搭配上,美国主流戏剧往往将女性刻画成两个极端形象——"圣女"和"妓女"。(Felski,1989:26)。必须承认的是,密勒笔下的女性人物确实具有这种范式特征,但密勒如此设置人物除了能够将家庭与社会联系到一起之外,还通过男性主人公自我毁灭式的救赎行动,来彰显婚姻的神圣性,间接地表达了作者本人传统的犹太家庭观念。

密勒在后期戏剧创作中,更加关注两性关系,也塑造了一些耽于肉欲的男性人物,如《碎玻璃》中的哈里·海曼和《皮特斯先生的联系》中的哈里·皮特斯,其中最有代表性的是《冲下摩根山》中的主人公莱曼·费尔特。

《冲下摩根山》也是围绕着三角关系展开剧情,但不同于早期戏剧,主人公莱曼犯了重婚罪,他婚后发展的情人也成为他的合法妻子。剧中三角关系与莱曼的无法餍足的人物特征有着紧密的关联。莱曼是一个以自我为中心的成功商人,但事业上的成功并没有给他带来太多的快乐。他总感到生活乏味,总是在不断追求刺激中寻找生活的意义。他爱好广泛,喜欢吟诗作画,也喜欢开飞机和狩猎,而他最大的兴趣便是女人。他的好色本性在语言和动作中都有所体现。他在剧中时不时会冒出一些污言秽语,他的脑海里出现的一些幻想场面也常常带有性的暗示。例如,与护士洛根聊到妻子莉亚的时候,他将她比作水果:"我非常迷恋那些带有水果香味的女人。莉亚闻起来像一个粉色成熟的哈密瓜。她面带微笑的时候衣服似乎都要脱落。"(Miller,1999:64—65)他还曾将男人比作一幢有着"十四个房间的房子"，"在卧室里，他与聪明的妻子同床共枕；在客厅里，他与一个光着屁股的女孩鬼混；在图书馆里，他支付他的税款；在院子里，他种了一些西红柿；在地窖里，他还在制作炸弹，想要将所有这一切都炸飞"(69)。他痴迷于女性的身体，这既表现在语言上，也表现在他回忆的场景中。在莱曼的幻想中，他虚构出来的妻子幻象也都试图通过袒露肉体来表达对他的爱。(41)

这种无法餍足的生活状态集中体现在他所犯下的重婚罪上，因为对他而言，忠于自己的内心，给出自己的选择，这才是人生意义所在。他觉得自己没有做错什么，不认为重婚是一种欺骗的行为，反倒是一种诚实的表现，因为他既忠于自己的内心，也为她们提供了舒适的生活。在他看来，与一夫一妻制相比，这种安排让她们更开心，因为她们不会长时间陷于枯燥乏味的家庭生活。了解到他的生活哲学之后，他的律师汤姆立刻指出问题不在于他是否诚实，而是"你的诚实对别人造成了多少伤害"(Miller，1999：24)。正如他的名字莱曼(Lyman)所暗示的，他为了保持快乐，满口谎言(lie)。莉亚与他已结婚九年多，却一直被蒙在鼓里。为了能与她结婚，莱曼谎称自己已经与西奥签订了离婚判决书。他周旋于两位妻子之间，却执迷不悟，不知悔改。他曾对律师汤姆说："人可以忠诚于自己，也可以忠诚于他人——但无法忠诚于两者，至少不能快乐地生活。我们都知道这点，但承认生活的第一法则是背叛，这是不道德的行为。那些拉比为什么选择该隐和亚伯作为圣经的开场故事？因为该隐觉得被上帝背叛了，所以他背叛了上帝，杀死了他的弟弟。"(66)也就是说，在莱曼看来，背叛是人生的真谛，这是人生中再正常不过的事情。

著名密勒专家比格斯比认为，莱曼"既是个伪君子，又是个诚实的人"(2005：366)。他的诚实表现在忠诚于自己的内心，但他虚伪地什么都不想落下，最终促成了他的堕落。从某种意义上说，莱曼的堕落与他的双重身份或双重生活有关，这是因为在他体内存在着两种相互争斗的力量。这种双重身份可以表现在他的职业身份上：他既是一个成功的商人，也是一个小有名气的浪漫诗人。但这种双重性主要表现在他的族裔身份和婚姻生活上。

　　莱曼的父亲是阿尔巴尼亚人，母亲则是犹太人。他的名字随母亲，他为此解释道："因为我父亲的名字无法读出来，他俩希望儿子成为一个成功的美国人。"(Miller,1999:44)而这实际上反映了犹太人的一种文化传统，即在犹太社会，不管父亲具有何种族裔身份，只要母亲是犹太人，那么孩子的族裔身份就是犹太人。虽然莱曼已接受了自己的犹太身份，但父母截然不同的族裔身份在他身上起了作用。他甚至认为这种双重身份是他所有"冲突的源头"(45)，因为"犹太人的内心装着一个律师和一个法官，而在阿尔巴尼亚人心里则装着手持尖刀反抗政府的土匪"(45)。母亲和父亲的族裔身份代表着两股斗争的力量，从他痴迷于肉体享受而不思悔改的行为，可以说明在他心中，最终还是代表父亲的力量占据了上风。

　　此外，莱曼的双重性还体现在他的婚姻生活上。他的两位妻子分居两地，他也因此常常奔波于城市和乡村之间，过着两种截然不同的生活。不同的生活空间象征了截然不同的生活方式，也喻示了他分裂的自我。而且，他的两位妻子在生活方式和族裔信仰等方面也表现出明显对立的特征。妻子西奥是个基督教徒，年老色衰，善良贤惠，住在纽约市区，是一个传统的家庭主妇，甘心留在家里相夫教子；而另一任妻子莉亚则是犹太人，三十岁出头，住在乡村别墅里，穿着入时，是纽约大学商学院毕业的高才生，经营着一家保险公司。性格上，莉亚偏向理性，而西奥则更具感性。两位妻子的对比还体现在孩子身上。西奥育有一女，莉亚育有一子。所有这一切都指向了主人公的分裂的自我，他所信奉的双重价值观让他迷失了自我，无法过上一种有道德的生活。

　　对于罪恶，罪者通常都会表现出两种态度：第一，不知有罪，不思悔改；第二，知道有罪，内心愧疚。罪者因此出现两种存在形态：不思悔罪者和悔罪者。罪与罚是一个矛盾统一体，有罪就有罚，如何惩罚主人公的罪行成为密勒戏剧重要的叙述策略。在早期戏剧，色欲者最终都会幡然醒悟，通过自我毁灭来寻求救赎，表达了作者明确无误的道德价值取向。而在《冲下摩根山》中，莱曼却选择了执迷不悟，这种状态与剧中出现的一个回忆场面有着紧密关联:他与西奥母女俩在非洲草原上旅行时,碰到一头狮子。母女俩迅速跑回车中,而莱曼却没有逃离现场,而是留在原地与狮子面对面地对峙,他朝着狮子大声喊出了内心的欲望:"我热爱生活! 我不愧疚!"(Miller,1999:84)不可思议的是,他竟然奇迹般地将狮子逼退,他也由此感受到了自己身上强大的雄性力量。他为此获得了某种顿悟,决心追随自己的内心,再也不为自己的欲望感到愧疚。放弃忏悔的莱曼拒绝接受他的错误选择带来的后果。

在面对道德困境时,莱曼必须做出选择,在他内心深处虽然也存有愧疚感,但他最终的言行还是暴露了他死不悔改的心态,表现出他不愿意承担社会责任的态度。这一点在他戏剧结尾处的一番独白中就能看出:"事实上,在我灵魂某个阴暗的角落里,我仍然无法理解我为什么会受到谴责。"(Miller,1999:113)这句话说明他仍然无法理解和把握现实状况,仍然没有意识到他的个人责任和社会义务。正是这个决定最终导致了他的堕落,因为罪感是每个人与他人联系的第一步。没有愧疚感的莱曼最终孤独一人被撇在医院里,两位妻子、女儿贝丝和老朋友汤姆都弃他而去。

这部戏剧既反映了莱曼的堕落,也生动地与二十世纪八十年代美国社会环境勾连在一起。该剧剧名《冲下摩根山》(*The Ride Down Mt. Morgan*)便很好地表达了这一点。该剧剧名具有强烈的象征意味,可以说隐喻了当时的美国社会,暗示了现代人信仰解体后精神堕落的过程。密勒似乎是想借助剧名和这个故事传递这样一个观点:在迷乱的后现代历史语境中,现代人的生活杂乱无序,令人头晕目眩。失去信仰和追求的世人恰似莱曼,驾着一辆失控的汽车从湿滑的山上疾驰而下,随时都有撞毁的可能。而这座名叫"摩根"①的山也似乎影射了当代人总想捞到"更多好处"(More Gain),暗喻了人们无法餍足的生活状态,影射了人们追名逐利,为了享受无所顾忌,就如同剧中虚伪的莱曼一样,其生活中充满背叛和混乱,

---

① 此外,剧名中的"摩根"也可能喻指美国著名的摩根银行,暗讽当代美国人"一切向钱看"的生活哲学。

最终不可逆转地陷入欲望的深渊。

第三节　同谋者

对于犹太民族而言,大屠杀是他们在二十世纪的分水岭,也是每一个当代犹太作家都不得不面对的话题。作为犹太人,密勒在其文学创作过程中对"反犹"主题表现出一以贯之的关注。密勒对那场犹太人的灾难和痛苦虽然没有切身体会,但他凭借个人想象和集体记忆创作了多部"犹太味"浓的戏剧,如《堕落之后》、《维希事件》、《争取时间》和《碎玻璃》等①。在这些戏剧中,大屠杀是主导性话题。但有意思的是,剧中纳粹虽是反派人物,却在情节中退居其次,被密勒边缘化处理。换言之,从人物身份而言,密勒这一类戏剧中的主人公要么是犹太人,要么既非犹太人也非纳粹。问题是,密勒为什么不集中笔力通过描写纳粹作恶者的"丑恶嘴脸和行径"来展现这一段历史呢? 我们可以先从密勒对一部经典的反映大屠杀主题的戏剧《安妮日记》的态度说起。

"二战"后,由于麦卡锡主义和美国排犹运动的兴起等社会历史现状,美国人对"二战"中德国纳粹屠犹事件并没有表现出明显的兴趣,基本上保持一种沉默的态度。随着一本小书的引入,这种沉默开始被打破。1952年,《安妮·弗兰克的日记》(*The Diary of Anne Frank*,1947)被译成英文引入美国,成为美国人最喜欢的"二战"故事。1955 年,弗朗西斯·古德里奇(Frances Goodrich,1890—1984)和艾尔伯特·海克特(Albert Hackett,1900—1995)将其改编成戏剧并搬上百老汇的舞台,获得了当年的普利策奖。四年后,这个故事又被好莱坞拍成电影,市场反响热烈。

从某种程度上说,《安妮日记》的成功从一个侧面反映出美国大众的历

---

①　此外他在长篇小说《聚焦》和多部短篇小说中都对反犹主义有所涉及。《聚焦》是美国第一部描写美国反犹主义的长篇小说。

史观。美国人对历史通常采取较为实用的态度，用他们的思维方式来选择和呈现历史事件，常常将历史"个人化、英雄化、道德化、理想化和普遍化"（Rosenfeld，2008：51）。《安妮日记》恰好迎合了美国人这种思维方式和审美情趣。该剧没有凸显罪孽深重的纳粹屠犹事件，而是通过讲述安妮一家躲避纳粹抓捕的经历，传递所谓的"正能量"。在剧中，安妮的犹太身份并不明显，她的受害者身份也有些模糊，整出戏中一个纳粹士兵也没有出现，而这恰恰是密勒所不愿意看到的。他对戏剧版的《安妮日记》进行了批评和质疑，认为它歪曲了历史事实，局限于故事本身，没能表现出战争的残酷和人性的残忍：

> 这部戏应该让观戏人坐立不安，要符合生活的真实，之所以要这样，是因为我们应该看到我们内心潜伏的兽性，我们应该了解我们不仅是那些受害者的兄弟，还是那些纳粹分子的兄弟，因而我们必须正视我们生活中最根本的恐怖——即我们自己的施虐欲、我们自己听从上级命令的能力、我们自己害怕坚定地站在人道原则反对群众组织的邪恶力量。这部戏剧背后还有另一个维度正待揭开，这个维度上写满了我们自己的问题，这个维度将真实的自己展现在我们面前。（Miller，1996：187）

这段话很好地诠释了他对人性之恶的理解，也反映出他强烈的自省意识。他没有一边倒地谴责和批判纳粹分子的凶残，而是深刻地剖析了人类在罪恶面前畏首畏尾、消极被动的姿态。从某种意义上说，这种消极态度就是与纳粹施暴者构成了一种同谋关系。

一起邪恶事件的发生常常涉及三类人物，分别为施害者、受害者和局外者。邪恶事件发生顺利与否，除了与施害者的力量是否强大有关，还与受害者的反抗和局外者的正义感有关。受害者的软弱和局外者的冷漠是促成恶行顺利发生的关键因素，而这也正是密勒的大屠杀戏剧所探讨的问题核心。从人物类型而言，密勒反映大屠杀主题的戏剧中的主要人物以受害者和局外者为主,而这两类人物都或多或少表现出几分软弱和冷漠,从某种意义上说,实现了与纳粹恶行的同谋。那么何为"同谋罪"呢?简单说,就是一个人虽然没有参与作恶,却对他人的罪恶行动保持沉默,没有及时加以阻止,成为行恶者的帮凶,是不作为的姑息之恶。著名学者刘再复和林岗将"同谋"称作是"无罪之罪",更具体地说,是"无法律罪行的良知罪感"(2002:138)。在他们看来,一个人可能没有直接杀过人,但只要他"为杀人者辩护过,为他们鼓掌过,或者曾对杀人行为保持过沉默",那么从某种意义上说,就"为战争和杀人创造了条件,无意中成了战争罪犯的共谋"。(138—139)这个观点精辟地阐释了"同谋之恶"的内涵。从二十世纪六十年代开始,密勒在多部戏剧(主要是反映大屠杀主题的戏剧)中,塑造了"同谋者"这一范式人物,表达了作者对人性中普遍存在的"同谋意识"的批判。

密勒二十世纪六十年代创作的《堕落之后》①是其戏剧创作的一个里程碑,标志着他的戏剧主题从对社会问题的专注转移到对人类深层意识的开掘和对人类阴暗心理的探索。整出戏剧是主人公昆廷对着一位不知名的听者(观众)讲述过去的经历,梳理和分析自己过去的"罪恶"生活。随着回忆的深入,过往的一个个生活片段也随之在舞台上浮现。戏中,除了他与父母、两任妻子的家庭恩怨之外,还涉及两起重大历史事件——"二战"大屠杀和麦卡锡主义运动——生动地揭示了主人公昆廷与施害者的同谋关系。密勒将个人罪行和集体罪行勾连在一起,深刻地探讨了人性中的背叛因素。

---

① 《堕落之后》是一部自传式戏剧。密勒在该剧中对罪恶的认识也反映出密勒家庭环境对他的深刻影响。密勒从小生活在一个犹太家庭里,在他生活中出现的也几乎都是犹太人。他的爷爷和外公是传统意义上的犹太人,小时候经常带他参加犹太文化仪式。密勒当时对非犹太人的了解只限于"母亲的想象和阅读,父亲外出归来后带来的关于另一个犹太人不是人们关注中心的世界的新闻"(Miller,1987:62)。作者还表示,他们当时"构筑了一个否认的碉堡(fortress of denial),而两场大型的攻击性事件使它出现裂缝——经济大萧条和希特勒发起的战争"(Miller,1987:62)。不难发现,这两起历史事件,让密勒对人性之恶有了较深刻的认识。

历史层面上，引发昆廷进行回忆的一个重大历史事件是麦卡锡主义运动。这一深刻的个人记忆和历史记忆在之前创作的《炼狱》和《桥头眺望》中都有所反映，作者在这两部剧中对这种相互告发的丑陋行径进行了入木三分的批判。在《堕落之后》中，作者主要通过昆廷与他的两位朋友之间的关系来呈现这一段历史。昆廷、米奇和卢三人本是好朋友，但米奇迫于政府的压力告发了大学教授卢，迫使他的大学教职不保，妻子与他反目成仇。卢走投无路，央求他唯一的朋友昆廷为自己辩护。昆廷答应了卢，可当他发现自己因为卢而受到政府的怀疑和亲人的猜忌时，犹豫再三停止了对卢的帮助。卢陷入绝望，最终选择了自杀。昆廷后来也意识到了自己的麻木不仁，对此悔恨不已，忏悔道："这件事之所以可怕，是因为我也不再是他的朋友，这一点他心里清楚。我本应该坚持到底，可我害怕惹祸上身，他看透了我的忠诚。"（Miller，2012：65—66）他对卢的冷落和对家人的背叛交织在一起，产生的罪恶感如影随形，挥之不去。愧疚和忏悔最终促使他行动起来，承担起自己应负的责任。在第二幕戏中，昆廷回忆起了他在国会法庭上为一位进步人士辩护的场面，表现了他对美国政府政治迫害行为态度上的转变，使自己从消极同谋者转变成对邪恶行为的积极反抗者。

麦卡锡主义运动为剧中几个情节片段提供了历史背景，而大屠杀及其隐喻的人心之恶则贯穿于戏剧始终。密勒曾表示："纳粹占领欧洲那段时期是这个时代的转折点……不仅从政治意义上说是这样，而且也体现在人类对待自己的整体态度上。"（Roudane，1987：144）他的这种罪恶观通过舞台上集中营瞭望塔这个布景表现了出来。瞭望塔除了不断提醒观众六百万犹太人在纳粹集中营中惨死的事实，还喻示了社会中人与人之间的冷漠。在他看来，集中营不仅是集权统治的象征，而且在更普遍的意义上，也是西方社会人与人之间心灵缺乏沟通而逐步疏远的形象写照，是潜伏在每个人内心的最大邪恶。正如密勒所言："尽管集中营是存在于集权国家的一种现象，但我一直认为集中营也是当代生活逻辑性的终极……集中营是人类相互隔绝及其最终后果的终极表达，是有组织的放弃。"（Roudane，1987：108）

戏剧快要结束时,站在集中营的阴影下,仰望着冰冷的黑塔,昆廷试图理解这场苦难的意义,而内心隐隐地对自己幸存于世感到愧疚。昆廷仰望着高耸的瞭望塔,不禁感喟道:

> 活着的人都想做这个地方唯一幸存下来的人,而不想做壮烈遇难的人,是不是? 可什么才是解救的办法呢? 一旦站在这座骷髅累累堆积起来的山上,谁还能说自己清白无辜呢? 我要告诉你,我知道的事! 我的兄弟们就是在这里遇难的……然而,这地方却是我的弟兄们自己修建起来的;我们曾经用心开凿这些石头! (Miller,2012:129)

作者这里既揭示了个人堕落,也深刻揭示了集体性堕落,批判了消极不反抗的犹太人间接地促成了纳粹屠犹的发生。瞭望塔将昆廷的个人记忆与犹太民族记忆勾连在一起。借助对往事的追忆,昆廷对人性中的"背叛"因素进行了深刻的思考和批判。同时,密勒也超越了自我,通过凸显瞭望楼的布景使大屠杀记忆成为人类文化记忆的一部分。

在《堕落之后》中,大屠杀不过是个象征性符号,以舞台布景的形式隐喻了人类内心的邪恶。而在随后创作的《维希事件》、《碎玻璃》和《争取时间》中,他更直接地呈现了该事件对人们的影响。密勒以其独特的视角和洞察力,以一种现代悲剧的眼光对大屠杀中犹太人的生存状况进行了深刻的反思和全方位的展示,对人类的同谋之恶进行了批判。

《维希事件》是一部独幕剧。该剧情节并不复杂:一群互不相识的犹太人和一个奥地利贵族在法国维希市街头被捕,被押进一家警察局。他们身处封闭的空间内,惴惴不安地等待接受检查和审讯。密勒并没有在剧里凸显纳粹分子的残忍,而是聚焦于这些受害者,探讨了在面对集权统治时,我们应该如何进行选择,对"同谋之恶"进行了深刻反省。

剧中被抓的犹太人大多胆小怯懦,心里虽然隐隐地知道迎接自己的将是什么命运,但都不愿意承认,自欺欺人地认为这不过是一场街头例行检查。没有谁愿意坦陈自己的犹太身份,不愿提及"犹太人"这个字眼,甚至对德国人也产生了不切实际的幻想。被抓的人中有一个在饭店里上班的侍者,他认识几个纳粹军官。在警察局里他认出了参与审讯的一个少校,并多次跟身边的人说他不是坏人,还夸他"有时候还会弹奏美妙的钢琴曲,自学法语,总能说出几句动听的话"(Miller,2012:141)。在场的还有一位犹太音乐家,他认为德国人并非一个野蛮民族,对高雅音乐有着极高的鉴赏力,"他们充满敬意地坐在音乐厅里,就像是坐在教堂里一样。没有人会像德国人那样欣赏音乐……他们对音乐无比热爱"(149)。与这些犹太人物相比,一位名叫勒迪克(Leduc)的犹太心理学家似乎显得与众不同。他没有对未来抱有任何幻想,对德国人的凶残也有着清醒的认识。他不想束手待毙,而是反复多次鼓动大家奋起反抗,但应者无几,大部分人都试图规避自己的犹太身份,只是消极地对待自己的命运。面对纳粹强大的权力机构,反抗似乎毫无意义,但在密勒看来,毫无反抗的死亡更加没有意义,是一种懦弱而又可悲的行为。

密勒着力刻画的这一组犹太人物群像,大致可以分成两类:存在者和沉沦者。简单地说,存在者是剧中进行主动选择的力量,通过选择来获得自我存在,勒迪克无疑是这种人物类型的代表;而沉沦者则是丧失自我的异化者,缺乏主体意志,常常放弃选择,丧失自我的存在感。剧中大部分犹太人物可以归为这类。在面对德国纳粹在法国的横行,他们选择了不思考和不作为,借用阿伦特的话来说,表现出了"恶的平庸性"(banality of evil),屈服于权威,缺乏正确的判断,与反犹主义意识形态形成了同谋。

而对"同谋之恶"的进一步揭露发生在对一个旁观者的塑造上,而这也正是密勒的深刻之处。被抓的人中除了犹太人之外,还有一位名叫冯·伯格(Von Berg)的人。他不是犹太人,而是一位奥地利贵族。他出身名门,长得不像犹太人,只是因为说话口音古怪而在街头被捕。与其他在场的犹太人相比,他的心情并没有那么沉重,因为不管怎样,纳粹最终总会将他放走。他是个理想主义者,谈了很多自己对德国人、艺术和战争的理解。他虽然对德国纳粹的粗鄙充满贬抑之词,却几乎没有提及纳粹对犹太人的迫害,没有对这些即将遭受灭顶之灾的犹太人表现出足够的同情和怜悯。预见自己终将被纳粹送入熔炉烧死的命运,勒迪克对冯·伯格的麻木和冷漠进行了严厉的谴责:

> 某种意义上,想知道我们是谁,就是知道我们不是谁。"犹太人"不过是我们为那个陌生人起的一个名字而已。我们没有办法感觉到那种痛苦,我们冷酷漠然地看着他们死去。每个人都有他的犹太人,这个犹太人就是他者。犹太人自己也有他们的犹太人。现在重要的一点是,你必须看到你也有你的犹太人——虽然你活得很体面,但他的死去让你庆幸自己不是他。这就是为什么你现在和未来都不会觉得有什么——除非你敢于面对你跟它的同谋……面对你自己的人性。(Miller,2012:179—180)

作者借勒迪克之口,不仅对犹太民族进行了反省式批判,还对那些旁观者的"同谋"行为进行了入木三分的揭露。"犹太人"已经衍化为一种他者性存在,隐喻了人类对异于自我的存在的漠视,这种漠视便衍化为对别人生死不顾的邪恶。

在谈话中,冯·伯格还提到他的一个表兄凯斯勒。此人是个纳粹,曾参与一场屠杀行为,将某医学院里的所有犹太人赶尽杀绝。虽然冯·伯格知道他是个纳粹,也知道他曾犯下的罪行,但因为血缘关系,他一直把他当作自己的亲人,从来没有制止或谴责过他。勒迪克一眼看穿冯·伯格的旁观者逻辑,认为他无视犹太人的苦难,只是沾沾自喜于自己不是犹太人。他虽然对纳粹的罪行表达了不齿,对受难的犹太人表现出一丝愧疚,却没有承担对他人和世界的责任(Miller,2012:180)。

听到勒迪克这一番犀利的分析,冯伯格最终幡然醒悟,认识到了自己的"罪恶"。在拿到通行证之后,他毅然决然地把它送给勒迪克,将生存的机会留给了他,勇敢地承担起他的责任。这位奥地利贵族在戏剧结尾由旁观者到反抗者的转变,也正是作者想要传达给观众的信息。通过冯伯格这个贵族人物的塑造，密勒试图告诉世人：每个人都会发现"他自己与他鄙视的力量之间的同谋"，因此应该采取行动，奋起反抗，制止世间的各种罪恶，这不仅是犹太人所应担负的道德责任，也是每个人都应该承担的，正如勒迪克最后对冯伯格所说的："我要的不是你的愧疚感，而是你的责任。"（Miller，2012：180）在这部剧中，密勒不仅展现了犹太人的生存困境，分析了被迫害的原因，更强调了个人对他人的责任，揭示了人类邪恶内心的本质。

　　密勒是一个具有深刻反省精神的人本主义者，他之所以从二十世纪六十年代开始创作多部以"二战"中纳粹屠杀犹太人为背景的戏剧，并不只是想回顾那段历史，让世人记住纳粹的累累罪行，而是有着深刻的思想内涵。他曾在文章《我们为世界上的邪恶应负的罪责》（*Our Guilt for the World's Evil*）一文中，对邪恶有过深刻的论述。他认为《维希事件》"并非'关于纳粹主义'或者战争时期的恐怖故事……根本上说涉及现在的我们，是与我们个人与非正义和暴力的关系"（2012：744）。他在文中提及当时发生在美国的多起暴力事件。这些悲剧事件之所以发生，一个根本原因是无人制止和谴责。他认为对于邪恶事件，我们不能先想如何对付邪恶，而应该"发现我们自己与邪恶的关系，邪恶如何反映了我们自己"（745）。他进而指出："善与恶并非是完全隔开的两个房间，而是交易的两个要素。"（746）他在《戏剧选集》的序言中也论述过邪恶："世界上有人行凶作恶，没有他们这些负面案例，我们就无法知道善的存在。邪恶不是错误，不过是事实本身。"（1996：158）换言之，善和恶不能孤立地存在，而是相生相克，互相依存，互相转换，正是因为人类具有恶的本性才使道德选择成为可能。密勒读大学时曾创作过一部习作，名叫《没有恶棍》（*No Villains*），这个标题隐含着某种悖论性内涵：如果世间没有谁是"恶棍"，那么也没有谁是"好人"。非善即恶的是非观是一种肤浅认识。在这种善恶观的指导下，人类无法认清世界和人类的真正面目，只有认识到自己内心的邪恶，才有可能做出正确的选择。

　　不难发现，密勒在戏剧中，总是将过去与现在紧密地勾连在一起，每个人物都要承受他自己的选择所带来的后果。在密勒眼里,意识到自己身上存有罪恶十分重要,但这之后的态度和行动更重要。他认为,我们应该积极承担责任,坚定决心与他人的罪恶行为进行对抗,而不是消极面对生活,否则世界仍然有毁灭的可能。

密勒在二十世纪九十年代还创作过一部以大屠杀为背景的家庭剧——《碎玻璃》。该剧算得上是密勒真正意义上的美国犹太戏剧。他少有地在这部剧中以美国犹太人的现实境遇,来表达自己在种族、身份和大屠杀等方面的态度。

密勒起初给该剧起的名字是《黑衣人》(*The Man in Black*),后来又改为《盖尔伯格一家人》(*The Gellburgs*),最后才定为《碎玻璃》。从该剧剧名的嬗变过程,我们可以看到密勒是如何将一个普通美国犹太家庭与整个犹太民族联系在一起的。《碎玻璃》这个标题意指发生在"二战"前夕的一桩纳粹迫害犹太人的历史事件。1938 年 11 月 9 日至 10 日凌晨,在德国政府的鼓动下,纳粹分子肆无忌惮地打碎了多家犹太人所开商店的玻璃,残暴地对待手无寸铁的犹太人,据不完全统计,"超过两百个犹太人遇害,伤者无数;近三百座犹太会堂被焚或被毁,七千五百家犹太商铺被毁"(Dead, 1989:73—74)。暴行之后,街头满地都是碎玻璃,因此这起反犹事件被后世称为"碎玻璃之夜"(亦称"水晶之夜"),该事件也拉开了纳粹屠杀犹太人的序幕。

《碎玻璃》是一部两幕剧,戏剧场景设在 1938 年 11 月末的布鲁克林,故事围绕一个美国犹太中产家庭展开。主人公盖尔博格人到中年,在纽约一家大银行里工作,收入可观,生活体面。妻子西尔维亚聪明能干,但为了家庭,舍弃工作留在家中相夫教子。1938 年德国发生的一场纳粹反犹事件彻底改变了夫妻两人的生活。西尔维亚一日在家读报。德国犹太老人被纳粹分子迫害的照片赫然出现在报纸上,西尔维亚因此受到惊吓,竟然双腿瘫痪无法站立。盖尔伯格找来心理医生海曼给妻子诊断。在海曼的介入下,两人之间许多秘密也随之浮出水面。原来,丈夫盖尔伯格患有阳痿症,二十多年里一直没有与妻子同房,偶尔还会对妻子施以家暴①,夫妻两人过着一种貌合神离的家庭生活。丈夫的冷漠和暴力给她的心理留下了难以抚平的创伤,她甚至每晚都会被噩梦惊醒,在梦中丈夫变成了纳粹暴徒,对她进行残酷迫害,这让她恐惧不已。

她的瘫痪没有病理性原因,而是心理痼疾,这种情节安排颇为耐人寻味。发生于1938年底的纳粹反犹事件是整出戏剧的时代背景,是导致西尔维亚瘫痪的诱因。德国纳粹在欧洲大陆明火执仗地欺凌犹太同胞,让她深刻地感受到某种不安全感和负罪感。西尔维亚的女性身份和犹太身份迅速发生化学反应,胶合在一起,激发出个人和民族的双重危机感。对西尔维亚而言,生存便意味着对自己民族身份的认同,积极抗争外界的压迫。西尔维亚在与丈夫对峙的时候,厉声斥责他数典忘祖,让他正视自己的犹太身份,宣称自己是以"犹太女性的声音说话"(Miller,1994a:127)。不过,她虽然意识到了自己应为欧洲大陆同胞担负责任,却没有拿出实际行动表示支持,结果却陷入了身体瘫痪的困境,这种瘫痪也因此具有了某种象征意义,即象征着美国人民对大洋彼岸犹太人遭受的悲惨命运的消极态度:一味地消极观望或等待,却没有积极地行动起来。

与西尔维亚的瘫痪相似,盖尔伯格的阳痿也具有强烈的象征意义,这种象征意义也与他的民族身份有着必然的联系。作为纽约顶尖信托公司里唯一一名犹太员工,盖尔伯格深得老板器重,为此倍感自豪,甚至还对自己曾被老板邀请登上私人游艇而沾沾自喜。表面上,他似乎对自己的犹太身份感到骄傲和自豪,但细读文本,不难发现,盖尔伯格的内心十分矛盾,他并不喜欢别人将自己当作犹太人。他总是试图割断自己与犹太民族的联系,与身边的犹太人撇清关系。他勤奋工作,并将儿子培养成为美国军队里"唯一一位犹太军官"(Miller,1990:27),只为了证明"犹太人不一定非得是律师、医生或商人"(38),以试图改变主流社会对犹太人的刻板印象。

---

①　借西尔维亚妹妹之口,我们知道盖尔伯格曾经"用牛排打过妻子,还有一次将妻子摔在楼梯上"(Miller,1994a:78)。

盖尔伯格因为社会地位高而有一种天生的优越感,对德国纳粹迫害犹太人事件只作壁上观,没有表现出任何同情心,反而还生出几分厌恶和歧视。对他而言,德国犹太人就是一种他者性存在。他内化了主流价值观,认为从欧洲大陆涌进美国的犹太难民只会使美国失业率更高,而没有设身处地地从犹太同胞的处境考虑。从某种意义上说,他自己也化身为"反犹分子"。

盖尔伯格虽然有着一份光鲜的工作,但他的老板凯斯却是个典型的白人种族主义者,对犹太人充满歧视,经常向盖尔伯格发表反犹言论。也许是为了保住饭碗,盖尔伯格对老板的揶揄和挑衅无动于衷,对其俯首帖耳,唯命是从,潜意识里已经将自己看作二等公民,但他最终还是像威利一样被老板无情抛弃。他的犹太身份如同一个丑陋的胎记,不管怎么努力都也摆脱不掉。在被老板辞退之后,他在家中不由叫道:"为什么做个犹太人这么难?……原来做犹太人是个全职工作。"(Miller,1994a:143)盖尔伯格的痛苦源于自我的迷失,源于没有明确的自我文化定位。他常常自我否定,挣扎在两种文化的边缘,表现出典型的"自我痛恨的犹太人"形象。他的阳痿病症也因此象征了他对自己民族身份的抛弃,从精神上进行了阉割。

作者通过塑造盖尔博格和西尔维亚这一对夫妻提出了这样一个问题:在面对迫害犹太人的暴行时我们能做什么?尽管该戏聚焦于西尔维亚神秘的瘫痪和她失败的婚姻,但剧中人对欧洲大陆发生的屠犹事件的反应和态度是作者意欲表现的一个主题。密勒认为纳粹泯灭人性,这种政治制度应该受到抵制。大屠杀与每一个人都有某种关系,每个人都脱不了干系,而《碎玻璃》中人物的否认、消极或无知等同于"同谋"。不管有什么样的理由,对于人间暴行不采取行动最终都将带来毁灭性结果。

西尔维亚的瘫痪和盖尔伯格的阳痿切断了自我与他人的联系,从某种角度上说,也将"旁观者"主体延伸到了国家层面,隐喻了美国政府对欧洲大陆反犹事件的漠不关心和无动于衷。以迫害德国犹太人的"碎玻璃之夜"为戏剧背景,密勒在提醒美国犹太人的民族文化身份的同时,也深刻地批判了造成美国犹太人具有这种心理的美国社会,批判美国政府和公众在面对欧洲大陆的暴行时所采取的坐视不理、冷漠无情的态度。美国政治这种助纣为虐的冷漠也从另一个意义上使其蜕变成"作恶者",使整个国家背负起无以复加的"同谋的罪名"。而西尔维亚在剧终时站起来则清楚地表明了作者对"责任"的态度：我们既要为自己负责，也要为他人和社会负责。

在这部剧中，除了西尔维亚和盖尔伯格之外，还出场了四个人物，也都对犹太人和大屠杀表明了自己的立场。盖尔伯格的老板凯斯是个根深蒂固的反犹主义者，反犹态度在言行举止中表露无遗；西尔维亚的妹妹哈莉特不理解姐姐为何要如此关注德国新闻，不理解大洋彼岸的犹太人与她们有何关系；犹太心理医生海曼和妻子则毫无保留地接受了主流社会的价值观，将自己的民族身份抛在了脑后。通过对这些犹太和非犹太人物的塑造，作者深刻揭露了每个人都在参与作恶而不自知的同谋情境。

综观密勒的大屠杀主题戏剧，不难发现，不管人物是否经历了大屠杀，但人物之间因为"同谋"主题而形成了一个小小的网状结构。大屠杀事件构成了一个总情境，而剧中人都身处这一情境之中，互有牵连，人物之间的关系不是简单的平面交错，而都因为背负着同谋的罪恶而呈网状结构。借助这种人物结构，作者深刻揭示了这种罪恶的普遍性和深刻性，并鼓励世人应勇于承担道德责任，积极行动起来，反抗世间的各种恶行。

密勒虽然对普遍存在的人类罪恶进行了深刻探讨，但他并没有表现出消极悲观的精神，而是对世界抱有一以贯之的乐观精神。他认为生命是有意义的，世界可以变得完美，这种思想也反映了犹太文化和犹太历史对他的影响。在一次采访中，密勒说：

> 我虽然没有接受整个犹太意识形态，但我确实接受了某种观念，即世界上有悲剧，但世界必须继续下去：现在的世界是未来世界存在的条件。犹太人不能太过沉醉于悲剧之中，因为这也许会击溃他们。因此，在大多数犹太作品中，总会有这样一个警告："在推向深渊的过程中不要做得太过火，因为你很有可能会掉进去。"我想这是一种犹太人的心理，也是我的一种心理。可以说，

在精神层面,我是希望生活能够继续下去。我写不出完全虚无主义的作品。(Roudane,1987:111)

密勒对虚无主义的抵抗最明显地表现在他对荒诞剧的态度上。他曾多次对荒诞剧进行抨击,认为这种荒诞不经的戏剧形式实际上表达了一种虚无主义的消极人生观,是"悬崖边的歌舞剧"(Miller,2000:310)。他不接受这种人生观,因为"如果出售虚无主义,那就会为虚无主义毁灭创造基础,首先遭殃的必然是犹太人……大多数时候,犹太人总是站在文明的裂缝边,用地质学的角度来说这是'切变力'(shearing point)……我对虚无主义的这种对抗充分地表达了我的犹太性"(Roudane,1987:185)。在犹太文化的影响下,密勒认为我们应该直面和接受自己的罪恶,积极地加以应对,只有这样,我们才能超越自己的罪行,赋予生命以意义,获得真正意义上的救赎。换言之,我们应该首先接受罪恶的存在,然后超越它。只有担当起责任,才能打破邪恶对我们的控制,才有希望恢复社会的道德秩序;而消极地接受,不采取任何积极行动,只可能招致毁灭性打击。

第三章　密勒戏剧时空范式

　　任何事物都是时空意义上的存在,时空也是人类感知世界的根本方式。时间和空间是建构叙述文本框架的基本要素。两者并非简单相加,而是水乳交融,密不可分,共同作用产生完整意义,因此不能将两者割裂开来区分对待。对戏剧而言,其情节必然是在特定的时空之内展开的。但相较于小说,戏剧自有其一套独特的时空构建法则,"是一个视听时空复合的开放性的整体性的动态系统"(戴平,1988:56)。戏剧叙述时空最大的特点是当下性。受舞台空间和演出时间的限制,不管叙述时空如何转换,戏剧永远是一种发生在"当下"的艺术。正如普菲斯特所言:"时间连续性和空间同一性是不可更易的,这是戏剧媒介存在的前提,因而也是戏剧交际模式的一个前提。"(2004:7)也就是说,每一场戏或每一幕戏大都表现为一个时空连续体。如果整出戏剧都遵循时间的连续性和空间的一致性,那么这样的戏剧就具有"锁闭式时空结构"。随着叙述者的引入,以及"回忆"、"梦境"和"幻想"等意识流手法的出现,戏剧情节往往不再遵循线性结构,时空连续体也随之被打破,戏剧因此具有了开放式时空结构。在艺术创作上,密勒既有时空有机整一的写实剧,又有时空转换跳跃的回忆剧(memory play)①。这两类戏剧的叙述时空具有迥然不同的范式特征,因此对二者分开加以论述,能够较深入地挖掘密勒戏剧时空的深层内涵。

密勒的写实剧呈现给观众的是现实时空。所谓现实时空,指发生在现实世界中具体可感的物理时空。密勒的写实剧大都按照事件发生的先后顺序来进行排列,时间是单线发展的,具有线性时间结构。现实时空中的空间最直观的表征是舞台布景。传统上,布景被认为是一种无生命的实体,正如其英文单词"setting"所示,其主要功能是用来衬托(set off)人物,增强戏剧的假定性和逼真性。亚里士多德虽然将"场景"(又译"戏景")看作戏剧的六大要素之一,却受当时演出条件所限,认为场景"虽能吸引人,却最少艺术性,和诗艺的关系也最疏"(2012:65)。然而,戏剧中的场景并非随意摆设,不仅仅只是为戏剧人物提供一个具体的活动场所,还常常是剧作家自觉而有意识的选择,因而发挥着重要的叙述功能,是一种结构性存在,具有深刻而又抽象的内涵。正如著名符号学家洛特曼(J. M. Lottman)所言:

> 在为戏剧作品中的角色提供表演环境的事物的表象背后,是一个空间关系系统,即人们常说的结构。这个结构一方面是一种原则,它分布于作品中的各个部分,制约着角色的组织方式;它另一方面的功能是,作为一种语言与表达作品中若干其他的非空间关系。在这一事实中蕴含着作品的审美空间所具有的特殊的模

---

① 虽然密勒在回忆剧这一类戏剧中除了"回忆"之外,还采用了"幻想"和"梦境"等表现主义叙述手法,但"回忆"在其中占据主导,再加上论述密勒此类戏剧的重要著述皆采用了"memory play"这一表述,因此本文使用"回忆剧"这一称谓来加以指代。参见相关代表性著述:Favorini, Attilio. *Memory in Play: From Aeschylus to Sam Shepard*. New York: Palgrave Macmillan, 2008:147—157. Bigsby, Christopher. *Remembering and Imagining the Holocaust: The Chain of Memory*. Cambridge: Cambridge University Press, 2006:176—218.

式形成功能。(转引自普菲斯特,2004:332)

不难发现,戏剧现实时空结构主要通过戏剧叙述空间表现出来,而时间因素则不是一种显性的存在,常常在人物对话、布景和道具等舞美手段上体现。

在密勒的回忆剧中,虽然也存在现实时空,但更多是凸显人物的心理时空。与现实时空相对,心理时空是建立在人类意识深层的心理逻辑之上,是一种虚幻的时空,是人物精神层面的时空,表现的是个人心理体验,展现的是个体的生命体验,带有强烈的个人感情色彩。这种时空结构借助舞台呈现也因此可以被观众所感知。在写实剧中,密勒大多遵循时空整一性,通过人物语言追溯故事缘起和人物矛盾;而回忆剧则打破了这种时空的禁锢,引入了具有较大伸缩性和自由度的心理时空,带有无序、混乱、感性的色彩,有效地拓展了舞台表现力。

可以说,这两类戏剧的时空体系结构迥然相异,各有特点。通过文本细读,不难发现,密勒戏剧中的现实时空具有权力化特征,而心理时空则具有多样化特征。

第一节　权力化的现实时空

时空是人物存在的基本维度。在不同时空里,人物通常有着不同的时空体验,人物关系的形成和发展也必然会受到所处时空的影响。反过来说,人物关系也赋予了相应时空结构以某种特征。家庭是社会的基本构成单位,家庭关系是社会关系的基本表现形式。密勒戏剧大都以家庭为叙述起点,由此生发出父亲与儿子、男人与女人、家内与家外、历史与现实等多方面的内容。

一、父与子的时空关系

在密勒的家庭剧中,父子关系无疑是早中期戏剧的核心人物关系。细读文本,不难发现,父子间的矛盾冲突常常构成戏剧情节发展的主动力,其笔下的父子关系表现出一种相互依存又相互对立的权力关系。而作为故事发生的物理空间背景——家,也自然成为这种矛盾冲突发生的中心场域,这种富有张力的权力关系在其戏剧的叙述时空中得到有力彰显,该范式特征在《都是我儿子》和《代价》等剧中得到了淋漓尽致的表现。

《都是我儿子》虽被誉为现实主义杰作,却带有明显的象征主义特征,突出地表现在"苹果树"这一重要空间意象上。作者先是用写实的手法描述了企业主乔·凯勒的生活环境。凯勒一家身处风景优美的美国郊区,房子是在二十世纪二十年代建成的两层洋楼,整幢房子价格不菲①,内设七个房间,还配有后院和车道,房子外墙粉刷一新,看起来十分养眼。可是,在这优美的居住环境中却掺杂了一些不和谐因素。首先,舞台左右密密麻麻地种着两排高大的白杨树,让院子带有"一种与世隔绝的气氛"(Miller,2006:87)。而且,院子里"各处的花木都过了时令"(87),整个环境略显萧瑟,缺乏生气。院子里最不和谐的景象出现在舞台左前方,那儿有"一棵细长的苹果树,只剩下四英尺高的半截树橛,树干的上半截连枝带叶倒伏在树边,树枝上还结着苹果"(87)。苹果树是凯特夫妇特意为在"二战"中失踪的儿子拉里所种,目的是希望儿子能够平安归来。可偏偏事不凑巧,故事开始的头一天晚上,暴风雨无情地将纤细的果树拦腰折断。这棵十分扎眼的残树成为整出戏剧空间建构的核心物体,其设置建构起丰富而复杂的空间关系。

该剧严格遵守古典戏剧"三一律"原则,人物的所有活动都限定在凯勒家的后院里进行。发生在单一封闭空间的戏剧中,舞台前后、上下、左右等

---

① 为了凸显凯勒一家的富足,作者还在剧本里对房子的实际价值进行了具体描述:"在二十年代初屋子造好的时候,这桩房子约值一万五千美元。"(Miller,2006:87)

几组空间对位具有不同的语义关联,其中前景(foreground)与后景(background)的空间关系尤为重要,常常包含着丰富的意味。通常说来,重要的布景或道具常被置于前景,而后景空间则起到衬托或对比的作用。普菲斯特甚至认为:"由单一地点构成的戏剧,其前台和后台区域的对比往往设计成中心语义的对立。"(2004:333)密勒深谙此道。他巧妙地将形单影只的果树置于前景,隐喻了因坚守理想主义而自杀的儿子拉里,而将凯勒的气派洋楼置于后景,影射了因奉行实用主义而富有的父亲凯勒。这两处布景构成一种空间对峙格局,有力地凸显了父子矛盾的主题。

作为该剧的核心布景,果树具有丰富的意义指向性,负载了多重象征意味,发挥着重要的叙述功能。密勒本人对布景和道具的潜文本价值也有着深刻的认识。在对电影和戏剧进行比较时,他写道:

倘若电话机被拍成照片,独置于桌,只让摄影机不断运转,电话机就变得越来越像它自己——各种细节一览无余……而戏剧舞台则迥然不同。将一部电话机置于桌上,灯光洒在上面,帷幕拉开,剧场一片静谧,几分钟之后,某种东西就会依附其上。各种问题和期待由此产生,我们开始想象它独立存在的意义——一言以蔽之,电话机开始具有某种隐喻意义。这之所以可能,是因为我们无法像电影里看到细节那样清清楚楚,抑或是因为它被更大的空间所包围。电话机开始富有生气,带有各种含蓄的可能性,几乎就成为一种自我意识。(Miller,1990:v—vi)

　　密勒非常擅长发挥布景道具的象征意义①,并以此来建构戏剧情节和塑造人物。《都是我儿子》中的果树自然也不例外,其丰富的隐喻和象征意义赋予了凯勒的家宅多重空间意象。

　　人对空间意象的感知常常是人物心理空间建构的关键来源。布景的功能除了能够反映人物所处的社会环境之外,还可以折射出人物的心理特性,是人物内心世界的外化。果树不仅象征了拉里,隐喻了父子矛盾,还指向了凯勒夫妇内在的心理状态。身处一个封闭的空间,很难感知时间的流淌,而舞台上的布景和道具则能有效地让人感知时间的流逝和历史的存在。借助布景来表征过往时间,是密勒戏剧观的一个重要表现。受古希腊悲剧和易卜生戏剧的影响,密勒十分重视事件之间的"因果关联"(causality),强调过去与现在之间的紧密勾连。他以深刻的洞察力对戏剧结构进行凝练,借用谚语"飞鸟归巢"(birds come home to roost/chicken come home to roost)表达他对戏剧本体的认识。"飞鸟归巢"具有深刻的隐喻内涵。"飞鸟"象征着"诅咒"或"罪恶",指一个人曾经犯下过错或罪恶,这些罪行最终必将与当下的生活发生关联。因此人们应当积极正视过去,勇于承担责任,因为历史并没有真的过去,而是一直存在于现实之中,生存的意义在过去与现在的碰撞中产生。

　　在《都是我儿子》中,密勒巧妙地通过布景将过去的时间凝固在舞台上。果树不仅仅是空间的存在,还成为过去和现在的汇聚点,象征了三年前遇难的拉里,而对于儿子的阵亡,凯勒负有不可推卸的罪责。从某种意义上说,凯勒每次面对果树,就如同是面对过去那场灾难,面对内心的另一个自我,果树也因此象征了他负疚的心理空间。凯勒夫妻其实早已知道拉

----

　　① 例如,在《桥头眺望》中,舞台上设有一个电话亭,电话亭直到第二幕才派上用场:因为嫉妒新来的意大利远亲,埃迪在电话亭里向政府告密,暴露了两个远亲的意大利人身份,导致他们被遣返回国,这一故事转折直接促成埃迪与马克最终的决斗,达到故事高潮。正是这一告密行为导致了埃迪最终被杀的悲惨下场。电话亭的存在暗示了埃迪可能会采取的告密行为,因此,它既在剧中预示了告密事件,也从某种程度上象征了埃迪内心的邪恶。

里已不在人世，为了寻求心理慰藉，通过种树编造了拉里尚在人世的谎言，但从另一方面来说，种树也是为了纪念儿子①，使后院成为一处可以供他们凭吊的墓地，表达自己内心深处无法排遣的愧疚感。

在论述该剧开场时，本文作者曾论述了果树使戏剧具有"坟墓"的空间意象。而除了这一空间意象之外，凯勒家还呈现出"监狱"这一象征性的空间意象。房子四周高大的白杨树如同墙壁一般，将凯勒一家与外界隔绝，或者说，这一家人的生活环境就如同监狱一般封闭。整出戏剧，凯勒夫妇未曾离开家中半步，似乎被禁锢在如监狱一般的封闭空间里。第一幕中有两段小插曲值得我们注意。邻家男孩波特两次找凯勒玩"警察抓坏蛋"的游戏，言语中凯勒多次将他豪宅的地下室与"监狱"联系在一起。有趣的是，凯勒这个英文名"Keller"除了可以理解为"杀手"（killer）之外，还与"地下室"（cellar）的发音相近，仿佛地下室里藏着他内心深深的愧疚。凯特也讲述了她当天在地下室里的经历：差点被什么东西绊倒，"原来是拉里的棒球手套"（Miller，1978：100）。而波特第二次出现的时候，凯特立即呵斥他，骂他口无遮拦，不许他再提"监狱"两字。凯勒无意识的语言流露和和凯特内心的敏感进一步增强了家的监狱空间象征意味。而这部戏剧的时空整一性也更加凸显了两人遭受良心煎熬②、仿佛囚徒一般找不到出路的内心苦境。更重要的是，这一监狱空间意象也表现在凯勒对儿子克里斯生活的禁锢，促使他萌生离开的冲动。

"法庭"是该戏时空表现出的另一重要空间意象。戏剧情节围绕着凯勒三年前的罪恶展开。安妮、乔治、克里斯等人轮番登上舞台，或明或暗地触及凯勒那段罪恶往事。凯勒曾经出庭受审的经历不仅频频被场上人物提及，成为戏剧的核心话题，而且乔治的律师身份及克里斯对父亲的严厉

①　凯特在第一幕的对话中暗示过"坟墓"："咱们匆匆忙忙就种树。大家都这么来不及想埋葬他。"（Miller，1978：101）

②　母亲凯特在第一幕初次登场，便不住地抱怨自己头疼，但这种头疼并不具有病理性，而是与失踪的儿子拉里有着直接的联系。

斥责也使舞台空间颇有几分法庭的象征意味。从某种意义上说,儿子成为父亲命运的审判者。

法庭空间意象随着乔治的到来开始构建。乔治是安妮的弟弟,他的不期而至是一个重要的引发事件,直接促成第二幕小高潮的形成。乔治从父亲史蒂夫那里得知真相之后,火速赶往凯勒家,想要找凯勒算账,为父申冤。尽管凯勒夫妇极力掩饰,但乔治缜密的逻辑思维还是抓住了凯勒言语上的漏洞,揭穿了他的谎言:凯特稳住乔治情绪后,凯勒放松了警惕,说自己过去十几年一直很忙,"没工夫生病"(Miller,1978:141),随即意识到这与他曾经给出的口供矛盾,便立马改口说自己在"二战"期间得过一次流感,工厂出事时自己在家里养病,想要以证清白。乔治当场指出了这一漏洞,但最终还是因为心软没有与凯勒撕破脸皮。

进入第三幕,乔治离开后,母亲仍然极力阻挠克里斯与安妮的婚事,并吐露了真实原因:答应克里斯和安妮的婚事,就等同于说拉里已经不在人世;而拉里要是死了,就无异于承认凯勒就是凶手。这一下子让克里斯明白那二十一个飞行员和弟弟拉里都是父亲害死的。他随后步步紧逼,连珠炮似的向父亲发起了严厉控诉,怒道:"你连畜生都不如,畜生也不害同类,你是什么东西?"(Miller,1978:146—147)克里斯大义灭亲式的道德谴责和父亲的自我申辩活像法庭上控方和辩方针锋相对的场面。戏剧临近结尾,安妮想与克里斯结婚,却没想到遇到如此大的阻挠。无奈之下,她如同证人般掏出了拉里的遗书,将拉里已死的证据摆在凯勒夫妇面前。克里斯如同大法官一般,将信读给凯勒听,对父亲进行了最后的控诉,而父亲羞愧难当,嘴里喃喃"都是我儿子",最终饮弹自尽。

若将该戏的舞台空间看作法庭的话,那么凯勒的身份即是被告,妻子凯特则是他的辩护律师,乔治和克里斯分别担当了律师和法官的角色,安妮和邻居们则是目击者。拉里的遗书成为整场审判中最重要的物证。随着罪恶被揭穿,凯勒的人生也走向终点,一场法庭大戏的帷幕也随之落下。家的法庭空间意象使整出戏剧呈现出"控诉—辩护—宣判"的结构模式,使人物矛盾冲突得到了有效的彰显。法庭空间意象在随后的《推销员之死》、

《炼狱》和《代价》等家庭剧中也频频出现，表现出作者对道德、正义和自由等主题的关注。

果树布景不仅赋予戏剧多重空间意象，还使整出戏剧染上了几分神话色彩。在犹太教和基督教里，苹果常被看作人类原罪的象征。通过设置折断的苹果树，作者使凯勒的家宅具有失乐园①的空间意象。借助这一空间意象，密勒展现了一个荒芜的精神世界，奢华气派的凯勒家宅也因而象征了美国梦的虚妄。

此外，剧中人的名字也带有几分神话色彩，进一步增强了布景的这种意象性。克里斯（Chris）这个名字喻指"耶稣（Christ）"，而拉里（Larry）则喻指"拉撒路（Lazarus）"②。作者有意用克里斯来比附耶稣，用拉里比附圣人拉撒路，隐喻了父亲如同拥有无上权力的上帝③，强调兄弟俩勇于反抗父权、自我牺牲的伟大精神。虽然人物名字具有基督教文化内涵，但从更深层次的意义上来说，这种反叛行为也折射出犹太文化中所蕴含的"父与子"这一深刻的文化母题④，深刻地反映了犹太文化对密勒的影响。

密勒曾在文章《众神的阴影》中表示，父子之间的冲突象征了权力斗争和权力更迭，是"所有人类发展的核心"（Miller，1996：185）。儿子"争夺控制权——是为了获得人的自由，而不是摆脱孩童的屈从状态——这种争夺不仅是推翻权威，也是重建权威"（193）。这种父子权力观的形成与他小时候接受的犹太教育不无关系。他从小生活在犹太社区，经常跟随祖父参加犹太传统宗教仪式，深刻地感受到历史和传统对犹太人的重要性。在儿时

---

①　"苹果"这个原罪意象不仅出现在剧中那株折断的苹果树上面，在剧中还出现过一次：凯勒从凳子下面取出一小盒苹果，将一个苹果掰成两半，递给克里斯和安妮吃。（Miller，2006：126）

②　拉撒路：圣经人物，是玛丽与马萨的弟弟，死后四天被耶稣救活。

③　此外，作者在剧中人物的语言中用圣经神话隐喻了凯勒一家，如邻居苏在跟安妮聊天的时候说："我不喜欢跟这个神圣家族比邻而居。"（Miller，2016：124）

④　犹太民族具有与上帝辩论和对抗的传统，具体内容参见：Laytner, Anson. *Arguing with God: A Jewish Tradition*. Lanham: Jason Aronson Inc., 1990.

记忆的影响下,密勒早期创作的父亲人物虽然族裔身份不明,但大都直接或间接地表现出犹太父亲的特征。在多次观赏《推销员之死》之后,著名犹太学者哈罗德·布鲁姆认为这出戏的名字应该是"犹太父亲之死"。换言之,密勒有意或无意地借鉴了犹太父子之争的古老人物范式[①],来搭建情节框架,有效地唤起了观众的集体无意识。

著名叙述学家米克·巴尔认为:"空间在故事中以两种方式起作用。一方面它只是一个结构,一个行动的地点……不过,在许多情况下,空间常被'主题化':自身就成了描述的对象本身。这样,空间就成为一个'行动着的地点'(acting place),而非'行为的地点'(the place of action)。"(1995:108)凯勒的家宅就是这样一个"行动着的地点"。凯勒家因为果树这一重要布景的存在而具有多种语义内涵,成为一个"复合空间"。换言之,果树有效地将所有人物(在场和不在场的)勾连在一起,使整个家宅具有坟墓、监狱、法庭和失乐园等多重空间意象,这些空间意象或并置或叠加,形象而又立体地表现了"罪恶"和"责任"的主题,凸显了父子之间的矛盾冲突。

在密勒的另一部重要家庭剧《代价》中,父子关系再一次借助舞台时空展现出来。舞台中央放着一把空空的扶手椅,既象征了父亲,也象征了他曾经在家中的核心位置。父亲虽然已经不在人世,但因为扶手椅这一道具的存在而成为舞台上隐性的力量,如同剧中的一个活跃的角色,与登场人物进行着无形的互动,对场上人物关系产生持续的影响。

回到家中,望着堆满房间的家具,维克多和妻子百感交集,两人"仿佛被时光的魔力所控制"(Miller,2012:191)。在这幢旧宅里,时间似乎已经停滞,记忆也已经凝固,满屋子的家具承载着人物年轻时的记忆,将过往那段历史具象化地呈现出来。如前所述,空间可以被看成是人物内心的象征性反映。舞台后景胡乱摆放的家具既指向了大萧条那个混乱年代,更指向

---

① "父子"这一重要人物关系在许多犹太思想家的理论里也有明显的体现。不管是奥地利犹太学者弗洛伊德提出的"弑父娶母"理论还是美国犹太学者哈罗德·布鲁姆的"影响的焦虑"(anxiety of influence),无不反映出犹太人的这种文化思想。

主人公纷繁复杂的内心世界。父亲对维克多的命运产生了消极影响，但父子这一基本的血缘关系让维克多与父亲、与那段历史记忆之间带有了一种"剪不断、理还乱"的意味。

从时空的角度来说，父亲弗朗兹就是过去力量的象征，如同无时不在的阴影一般持续地影响着维克多大半生的生活。在密勒某些戏剧中，父亲不仅象征过去，甚至还象征死亡。如在《冲下摩根山》中，父亲就被塑造成了死神一般的存在，手攥裹尸布想要杀死儿子莱曼。

叙述学家巴尔认为，人物与空间之间具有两种结构关系，分别为"人物位于其中的空间，或正好不位于其中的空间"（1995：107）。空间内外常常形成对立的语义关系。在密勒的家庭剧中，如果从父子关系的角度来说，家并不是温馨的港湾，而是象征了父权的压制，充满了压迫和苦痛。家内和家外构成二元对立空间结构，两者的对立赋予双方各自的意义：家内空间象征了父权的压制和压迫，而外部空间则象征了自由和平等。受父权话语的压迫，密勒笔下的儿子们都竭力想要逃离"家"的束缚，借此向父权势力表示反抗，如克里斯在剧中两次提出离开家搬到外面居住；《推销员之死》中的比夫在发现父亲的秘密之后也一直留在西部，不愿回家，在威利死之前还提出了想要流浪一生的打算；同样，《代价》中的沃尔特也多年没有回家，对父亲的不义之举怀有深深的鄙夷。

从另一方面来说，父子之间虽然充满了矛盾和对立，但血脉上的承继又使两者无法完全割裂相互间的关联，从而呈现出一种辩证的张力关系。在《都是我儿子》中，克里斯虽然对父亲表现出了极大的反叛精神，但他深受传统家庭观影响，在反抗父权的过程中也流露出一些矛盾情绪，表现出他对父亲爱恨交织的复杂心理。克里斯在剧中面临着两难的境地：他既想打破父亲的权威和控制，又似乎不想真的改变这种局面，这让他有些不知如何是好。因为从文化意义上说，推翻父亲的权威地位，就如同割裂历史，摈弃传统。这也是凯勒自杀后，克里斯为何会扑进母亲怀里对自己的行为忏悔。同样，在《代价》中，维克多得知父亲经济大萧条期间并非一贫如洗的真相后，也没有彻底批判父亲的自私行为，与其撇清关系，而是仍然为父亲辩护,强调自己行为的正当性。这一系列的行为也反映出了父子关系之间复杂而微妙的张力关系。

总之,作为一种时空对立的二元结构,儿子象征着社会理想的新生力量,而父亲则代表着抱残守缺的传统势力,两者的对立矛盾始终无法调和,难以解决。父子之间这种复杂的人物关系真实地反映了过去与现在、个人与社会、罪责与责任之间的张力关系。换言之,父子关系抑或说父子间的矛盾成为密勒戏剧中最重要的主题结构,衍化为一种时空关系,构成了一种隐喻,表达了作者对罪恶和权力的抗争,因此具有了形而上的普遍意义。

二、两性的时空关系

在密勒的家庭剧中,父子矛盾是核心人物关系(尤其是在早中期的名作中)。与此同时,两性人物关系也发挥了重要的作用,在后期戏剧中甚至成为核心关系。戏剧中的女性人物与叙述空间常常有着紧密关联。戏剧学者汉娜·斯考尔尼科夫(Hanna Scolnicov)甚至认为:"女性与空间的关系极其密切,舞台上或者剧本中几乎所有的空间表达,都直接显示出女性所处的位置、女性的生活方式和个性。"(转引自胡宝平,2012:12)在密勒戏剧中,两性权力关系也表现出重要的时空范式特征。综览密勒戏剧研究,不难发现,对女性及其与男性关系的论述大都是从情节入手,很少有从时空角度加以论述的。从时空角度切入,有助于我们更深刻地理解其戏剧中两性权力关系,丰富我们对其人其作的认识。下面本文作者分别从"出场方式"和"身体叙述"两方面对两性权力关系在时空中的表征加以论述。

两性权力关系首先体现在人物的出场顺序和出场方式上。普菲斯特认为:"在空间的行动概念这一层面上,角色的上下场可以用来指示某些空间关系,并在虚构的场上空间和虚构的幕后空间之间形成对比。"(2004:347)正如之前在第一章中所论述的那样,开场戏蕴含着十分丰富的信息。除了布景和道具的象征意义之外,开场人物也是一种结构性选择,发挥着重要的叙述功能,暗含了作者的价值取向和思想倾向。在开场人物的选择上,戏剧界有一条不成文的规定:主人公应该在开场出现。英国著名戏剧专家威廉·阿契尔认为,为了在主人公身上制造悬念,可以让主人公晚些出场,但基本上,"当我们要使某一人物具有突出和优越的地位时……我们应使观众在戏里第一眼看到的就是他"(2004:111)。不难发现,从早期的《福星高照的人》到后期的《皮特斯先生的联系》,密勒绝大多数戏剧的开场人物都是男主人公。除了开场人物身份之外,我们还应该关注开场人物的出场方式和空间位置。开场时,男主人公要么从屋外走回家中,如《推销员之死》、《桥头眺望》和《代价》;要么身处公共场合,如《都是我儿子》、《碎玻璃》和《冲下摩根山》。与之相对,女性人物大都在男性之后较晚的场面中出现,活动空间也大都局限在卧室或厨房这样私密的家庭空间范围内。

两性人物这种时空关系在密勒早期戏剧中表现得尤为明显。在《桥头眺望》中,两位女性人物贝特丽丝和凯瑟琳在第一幕中频繁出入于厨房和起居室,为主人公埃迪端茶倒水,无微不至,而埃迪却在戏中从未进入过这两个空间场所。在《都是我儿子》中,开场人物除了男主人公凯勒在他家后院之外,还有两个男性邻居弗兰克和吉姆也在后院,而三人的妻子都在家中忙于家务事①。凯特直到第一幕第五场才出现,她一出场便半开玩笑地与丈夫争论起厨房里的事儿。这除了可以缓解之前凯勒和克里斯争论场面的紧张气氛之外,也表现了厨房是她的主要活动空间。虽然凯勒为了给凯特减负,专门聘请了一个保姆,但凯特还是喜欢在厨房里忙里忙外,因为厨房是她的领地,是她的"专属空间",她有意或无意地将自我局限于家中。《推销员之死》中的琳达是一个深居简出的妇道人家,她在剧中的大部分时间只出现在卧室、厨房和后院②三个地方,将自我封闭在家中。

场所与个人的身份有着千丝万缕的联系,场所空间能够对一个人的身体和心理产生潜移默化的影响。通过以上几例,不难发现,人物出场方式

---

① 凯特在厨房里忙着准备一天的饭菜,弗兰克的妻子正忙着烤面包,吉姆的妻子则在家里接了丈夫客户的电话,上场之后还跟凯勒要了一些香菜,暗示着她马上又要准备午餐。

② 出现在后院的场面大都是威利对她的回忆,在这些回忆的场面中,琳达无一例外都是端着洗衣服的盆子上场。

和出场空间折射出密勒戏剧中两性人物的权力关系：女性处在被动的客体位置，而男性则占据主导的主体位置。公共空间是男性化空间，与之对应，私密的家宅空间则是女性化空间。公共空间与家宅空间的二元对立成为两性人物矛盾对立的空间表征。也就是说，密勒笔下的女性人物大都受制于空间，依附于男性，她们或因妻子的身份被限制在厨房和卧室的狭小空间，或因精神抑郁或心理疾病而选择自我封闭，无法摆脱场所的羁绊。

除了出场方式之外，女性人物的身体也发挥了重要的空间叙述功能。随着二十世纪六十年代空间研究的兴起，批评家开始关注性别、身体和空间之间的关系。人是特定空间中的存在，人的身体也必然受到所处空间的影响，空间性是身体的基本属性。在父权社会中，女性的身体常常成为两性权力交锋的一个重要场域。正如社会学家布尔迪厄所言："身体是个体的文化资本的一部分，所有的身体形象都带有人格，身体是权力的记号。"（转引自王逢振，2004：11）。不同于小说和诗歌，戏剧是一种典型的身体艺术，演员通过动作在舞台上将自己的身体展现在观众面前，表达情感，完成情节。

在密勒剧作中，女性身体常常成为男性人物关注的焦点，而这恰恰反映了两性人物之间的权力关系，因为"女性的身体历来都是权力控制的焦点，社会权力机制对女性的压迫，正是从女性的身体渗入，继而蔓延开来"（谢纳，2010：223）。这种对女性身体的压迫，在密勒笔下男性人物的父权意识中就得以显现。在昆廷眼里，第一任妻子露易丝长着"美腿、乳房、嘴巴、眼睛。真是太棒了——一个完全属于我的女人！真是个奇迹！就在我自己的房子里"（Miller，2012：57）。而第二任妻子麦琪在他眼里也不过是个性感尤物，吸引他的并不是她善良的本性而是诱人的胴体。在《皮特斯先生的联系》中，皮特斯的记忆中出现了他的前女友凯瑟-梅。她被剥夺了言说的权力，在整出剧中只有四句台词，大部分时间展露的都是她性感妖娆的身体，成为一个缺乏独立思考和行动意志的女性的象征。甚至在有的剧中，还出现了静态的女性身体。如在《最后一个扬基人》的第二幕中，自始至终有一个女性人物一直躺在床上一动不动。

著名英国当代地理学家多丽·马西认为："将女性限制在家庭区域的行为，既是一种具体的空间控制，也是借此对其身份进行的社会控制。"（2001：179）在男性话语空间的逼迫下，密勒笔下的女性人物（多为中老年女性）大都缺乏勇气和决心，无意改变生活现状，甘于成为男性生活的附庸，无法像《玩偶之家》中的娜拉那样挣脱家庭的牢笼，大胆追求自己的幸福。在《最后一个扬基人》中，商人约翰思想古板，只懂赚钱，常年将妻子凯伦限于家中，剥夺了她自由和快乐生活的权利。为了打发无聊的时间，凯伦跟人学跳踢踏舞，但约翰对这个爱好并不支持，最终导致妻子患上抑郁症。在戏剧快要结束时，病房里的凯伦突然心血来潮，想要向勒罗伊夫妇一展舞姿，而约翰却倍感尴尬，两人最终不欢而散。约翰的突然离去似乎说明，约翰与妻子之间的关系已经衍化为一种物化的交易行为。妻子的身体属于家庭，是约翰的私有财产，不能暴露在别人的凝视中。从某种意义上说，凯伦通过跳舞间接地表达了她对父权话语的反抗，但最终还是因为性格软弱放弃了反抗。福柯（Michel Foucault）曾言："在任何一个社会里，身体都受到极其严厉的权力的控制，权力强加给它各种历史限制或义务。"（1999：155）不难发现，在父权强势话语的长期熏陶之下，凯伦渐渐内化了父权话语，处于失语状态，缺乏反抗意识，最终迷失了自我，患上了精神疾病。

密勒创作了多个梦露般的女性人物，她们年轻貌美，天真无知，成为男性凝视的对象。在这些人物身上，作者凸显了她们身体的"肉身性"和"物质性"，反映出父权话语对女性的偏见和歧视。但不难发现，密勒笔下的女性人物中也不乏自我觉醒的新女性形象。她们在情节中的性格并非一成不变，而是动态地发展和变化，最终表现出可贵的反叛精神。这一点在《桥头眺望》中表现得尤为明显。剧中，凯瑟琳的身体受到姨父埃迪的严格控制，这种控制主要表现为空间上的限制。戏剧开场时，埃迪走在回家的路上，快到家的时候，凯瑟琳没有出门迎接而只是在窗口探头张望，这一举动已经暗示了她的活动受到空间限制。埃迪回到家中，凯瑟琳向他展示了她新买的裙子。埃迪虽然表示欣赏，却反对她穿裙子出门，生怕她受到其他男人的骚扰。听说她在外面谋得一份差事，他更是流露出几分不快，再次表示了反对，间接地表现了想将其占为己有的潜在欲望。埃迪对凯瑟琳身体的控制可以说达到了无以复加的程度。除了觉得她的裙子太短之外，埃迪还看不惯她的新发型和走路"扭来扭去"的样子，听不惯她的高跟鞋走在街上"咔嗒咔嗒"的响声，甚至不许她跟男性邻居打招呼。

在贝特丽丝的两个意大利表亲马克和鲁道夫从意大利偷渡到美国之后，凯瑟琳的生活发生了巨大的转变。她爱上了年轻的鲁道夫，并换上高跟鞋想跟他出去约会。埃迪发现之后，对她进行了严厉批评。无奈之下，凯瑟琳只好改穿平底鞋，乖乖留在家中。上面这一场面已经清楚地表明：埃迪将凯瑟琳视作"家中玩偶"，试图通过控制她的身体，剥夺她的主体性，从而变相地满足潜伏于内心的肉欲。用妻子贝特丽丝的话说，埃迪是想将凯瑟琳"圈在家里一辈子"（Miller，2006：579）。值得一提的是，他的这种变态心理在鲁道夫演唱的一首歌里也被间接地揭露出来。鲁道夫有一副好嗓子，因偷渡成功而开心地在埃迪家里一展歌喉。他选了一首名为《纸玩偶》的歌，里面有这样几句歌词："我要买个纸玩偶，可以称她是我的，一个别人偷不走的玩偶。"（589）歌只唱了一半，埃迪突然起身朝舞台后方走去，表现出他内心深处似乎受到了某种刺激。

凯瑟琳爱上鲁道夫之后，开始与他交往，而埃迪却对此一直耿耿于怀，成为两人进一步交往的某种障碍。在他看来，外面的世界充满诱惑和危险，超出了他的控制范围，而他无时不在的父权意识激发了凯瑟琳内心巨大的反感和抗拒。凯瑟琳也开始产生强烈的性别意识和自我意识，这种女性意识的萌发主要表现为一种"空间反抗"。一次晚饭后，凯瑟琳将一张名为"纸玩偶"的唱片置于留声机里，当着埃迪的面故意邀请鲁道夫与她共舞，表现出她在家这一空间中对埃迪的父权话语的反抗。后来，马克和鲁道夫因埃迪的告密而被移民官抓了起来，凯瑟琳为此义愤填膺地谴责他道："告密的老鼠！应该在阴沟里待着……只配待在垃圾堆里！"（Miller，2006：632）为了不让鲁道夫被遣返回国，同时也是因为爱情，凯瑟琳最终决定抓紧时间与鲁道夫结婚，开始自己新的生活。凯瑟琳从天真烂漫、情窦初开到寻求独立人格的变化,反映了她在埃迪父权话语压迫下叛逆性地成长,也成为密勒笔下不多的几个具有反抗精神的女性人物之一。

两性矛盾是密勒后期剧作探讨的核心,而女性身体常常成为展现这种矛盾的载体,甚至具有了结构性功能,影响了整出戏剧的情节发展。密勒后期戏剧《碎玻璃》中的女主人公西尔维亚便是一个叛逆的妻子,她对丈夫的反抗主要是通过身体瘫痪表现出来的。读报时了解到欧洲大陆屠犹事件,西尔维亚下肢竟然瘫痪了。身体瘫痪既表达了她对欧洲大陆犹太同胞饱受欺凌的悲惨命运的无助和愧疚,从某种意义上说,也是对冷漠的丈夫的一种反抗和惩罚,是想借此消解丈夫的男性话语霸权。她的瘫痪也因而成为她的主体意识建构过程的开始。她本来有一份十分体面的工作,但与盖尔伯格结婚之后,丈夫强迫她辞职,在家相夫教子。生活在一个父权社会,西尔维亚二十多年苟安于一段无爱无性的婚姻。她之所以没有对盖尔伯格进行反抗,是因为丈夫为她提供了一个舒适的生活环境,而她对婚姻生活的消极态度却换来了丈夫的冷漠和对她多次的家暴。瘫痪之后,两人的角色发生了反转。盖尔伯格不得不承担起家中的许多家务和负担,照顾她的生活起居。而西尔维亚并没有对瘫痪表现出悲观,反倒有些开心。西尔维亚在与丈夫争夺身体的权力时似乎占据了主动。戏剧结尾,西尔维亚神奇地站了起来,而丈夫心脏病发作倒在地上,从某种意义上说,也象征了她反抗父权话语的成功。

综上所述,在密勒的家庭剧中,家宅不仅是一个建筑空间和物理空间,更是一个暗含权力冲突的社会空间。家宅为父子和两性人物之间的权力冲突和斗争提供了空间场域,展现出密勒强调责任、平等和正义等人本主义思想。这种思想也贯穿于他的政治剧创作中,剧中人物的权力关系也生动地体现在戏剧的时空结构上。

三、政治空间与空间政治

密勒常被学界冠以"家庭剧作家"的称号,但他本人其实有着强烈的政治意识,对政治话题的关注可以说是他戏剧创作的一个重要方面,贯穿于他的一生。他创作了多部政治题材的戏剧,如《炼狱》《维希事件》《堕落之后》《争取时间》《大主教的天花板》,充分表达了他对纳粹屠犹、集权统治和国家机器的批判。

这种对政治的关注与他本人的政治经历有着紧密的关联。年轻时代经受了经济大萧条的"洗礼",密勒对资本主义产生了幻灭感,转而对马克思主义表示出浓厚的兴趣,认为"马克思主义者总是备受折磨的受害者,苏联红军才是人类的希望,是人类的拯救者"(Miller,2000:170)。大学毕业后,他积极参加社会活动,与具有左倾倾向的"同仁剧团"(Group Theatre)①中的戏剧工作者交往密切,并多次参加和支持美国共产党②的活动。然而,斯大林在苏联实施的一系列暴政行动让密勒对苏联政权倍感失望。进入二十世纪六十年代,他前往德国访问了集中营遗址,对集权统治和人性罪恶有了更深刻的认识,并创作了多部以大屠杀为主题的作品。1965年,他当选"国际笔会"(又称"世界作家协会")的主席。任职期间,他出访了苏联和多个东欧国家,为受到政治迫害的进步作家奔走呐喊,提供人道主义援助。长时间的政治活动让密勒真切地感受到了国家政治的强大力量,进一步认清了权力的本质。二十世纪八十年代,他以自己的亲身经历为蓝本创作了一部写实政治剧《大主教的天花板》。其深刻不仅在于剧中故事是以他自己在东欧的亲身经历为蓝本完成的,而且巧妙地借助空间对权力机制的运作进行了揭露。

该剧讲述了欧洲某国进步作家受到极权政府压迫的故事。主人公是一位名叫西格蒙德(Sigmund)的进步作家。他是这个东欧国家文学界的一颗耀眼明星,是该国文学的希望和未来。他常常在作品里抨击政府,发表

---

① 在麦卡锡运动时期,该团多名成员受到调查,再加上经费不足和人际关系矛盾等原因,该剧团最终在二十世纪五十年代解散。

② 当时美国戏剧界有很多名人都加入了美国共产党,如与他有过密切合作的导演艾莉亚·卡赞、扮演过威利·洛曼的李·科布,以及女戏剧家里莲·海尔曼(Lillian Hellman,1906—1984)等。他们大部分都是因为反对斯大林施行暴政而退出了美国共产党。

民主和平等的政治理想,也因此登上了政府的黑名单,受到政府格外的"关注"。他殚精竭虑地写出一部可能彪炳史册的新书稿,没承想竟然被秘密警察没收。为了讨回书稿,他找到与政府关系密切的作家马库斯,希望能通过他的社会关系将书稿要回。该戏便围绕着西格蒙德及其书稿的命运而展开。

《大主教的天花板》一开始给出了一段详细的舞台指示,对舞台布景有细致入微的描述。该剧严格遵守时空的整一性。故事发生在"某段时间以前。欧洲某个首都。某位大主教府邸的起居室里"(Miller,2012:509)。作为大主教的府邸,这里曾经是权力的中心,整个起居室"带有一种分量和权力,其内部布置混乱而又富有感官之美"(509)。随着灯光的开启,布景中的物体也依次出现,出现的顺序也表明了物体的重要性。舞台灯光先是缓缓将天花板照亮,露出了整出戏中最重要的布景——天花板:"高凸的四风天使主题浮雕,天使脸颊鼓鼓的,旁边还配有一些小天使,因为年代久远再加上沾染了灰尘已经发黑。"(509)随后灯光又照亮了舞台其他部分。展现在观众面前的是带有巴洛克风格的陈旧家具,"置于地上的画作巨大而又阴暗……一些最近未被抛光的哑青铜制成的物什。两三个颜色深沉配有雕刻的长柜,上面放着配有流苏的玫瑰色靠垫。一个干燥的褐色的长皮沙发……一条波状的躺椅,原先的粉色已经褪去"(509)。不难发现,房间里的家具色调沉重,透着几分庄重和奢华,带有历史的沧桑感和沉重感。如此详细的说明使舞台布景具有了重要的象征意义和叙述意义。高高在上的天花板再配以这些充满历史感的深色家具,使整个舞台空间充盈着权力之感。

根据人物对话,我们知道,天花板很可能被政府安装了窃听器,整个起居室都暴露在政府的规训权力之下。这种上下空间布局,从某种意义上说,有力地诠释了米歇尔·福柯的权力空间思想。在过去,学界多是将空间看作一个物理容器,注重其物理维度,而对其社会、文化、政治和心理等方面的意义鲜有关注。福柯借鉴前人的研究,将空间与权力巧妙地融为一体,有效地拓展了空间研究的维度。可以说,权力是福柯哲学理论的一个核心概念,他尤为关注权力在空间中的表征,以及两者之间的辩证关系。他认为权力是一种空间性存在,空间是权力交锋的场域,是任何权力运作的基础。权力具有极强的空间渗透性,如水银泻地般渗透到社会的各个角落,每个人都无所遁逃。他借鉴边沁(Jeremy Bentham)的"全景敞视监狱"(panopticon),提出"规训社会"(disciplinary society)这一重要概念。在福柯看来,规训是"一种把个人既视为操练对象又视为操练工具的权力的特殊技术……是一种精心计算的、持久的运作机制"(1999:200)。通过分析和阐释"全景敞视监狱"的运行机制,福柯认为权力在空间中通过"凝视"对空间内的人进行操控和制约,"权力应该是可见的但又是无法确知的。所谓'可见的',即被囚禁者应不断地目睹着窥视他的中心瞭望塔的高大轮廓。所谓'无法确知的',即被囚禁者应该在任何时候都不知道自己是否被窥视……在环形边缘,人彻底被观看,但不能观看;在中心瞭望塔,人能观看一切,但不会被看到"(1999:226)。换言之,掌权者仿佛有一双"权力的眼睛",关注着空间里人物的一举一动,而这种凝视是不平等也是不对称的,因为被监控者看不到操控权力之人。在这种制度下,人的身体最终成为驯顺的肉体,规训机制也因此成为一种广义上的惩罚。从这种意义上说,戏剧中大主教的府邸便如同"全景敞视监狱"中的"瞭望塔"。它居高临下,能够俯瞰到整个城市的面貌,虎视眈眈地打望着四周,压迫式地对整个城市产生无形的影响力和控制力。

福柯的权力空间理论有力地说明了现代社会权力运作的方式,而密勒在剧中设置的"天花板"则更加形象地展现了权力的规训力量。戏剧一开场就让观众感受到了"权力"的存在。大幕拉启,美国作家艾德里安坐在起居室里等候旧情人玛雅的到来。他在巴黎参加学术会议,因无聊赶来探望玛雅和其他作家朋友,一是为叙旧情,二是为他下一部小说寻找素材。他舒服惬意地坐在沙发上,但很快便对房间产生怀疑。他四下寻找了一番,还仰头望向天花板,因为他听说,这里的新主人马库斯经常会带一些进步作家到这里,纵情声色,饮酒作乐,通过窃听器录下他们的声音,胁迫他们对政府保持缄默,妥协合作。开场中艾德里安紧张不安地寻找窃听器的行为已经让观众领略到了客厅空间中蕴含的"权力"。随着老情人玛雅的出场，两人谈话中频频出现"权力"一词。在了解了整幢房子的大致情况之后，艾德里安一针见血地指出："你在这个国家没有解药，权力在这里被清楚地加以界定。政府明晰地传达了这样一个观点：你必须向权力套近乎，否则你将永远都不会开心。"（Miller，2012：515）随着两位主人公马库斯和西格蒙德的相继登场，权力的威慑力也逐渐显露了出来。

现实主义戏剧的场景是通过复制现实场景来制造视觉上的幻觉，主要是为了营造虚拟的幻觉时空。但普菲斯特认为，自然主义和现实主义戏剧的舞台布景有时会对角色起到制约作用，"运用特征鲜明的物体来反映影响戏剧角色的社会环境，就可能展示角色赖以生存的当下环境、社会氛围及角色的生理和心理特性——也就是说，角色不再是一个自动采取行动的超验的自我，而是在外部环境的压力下采取行动"（2004：371）。密勒开场不厌其烦地对布景和道具的详述，再加上开场人物在天花板下不安的表现，似乎表明作者意欲强调人物受到了布景环境的制约。随着剧情的发展，不难发现，剧中人的一言一行和一举一动都受到了权力空间的影响。人物之间想要袒露心迹，却常常欲言又止，变得谨小慎微，相互言不由衷地交流着。在说与不说之间，他们遭受着某种煎熬。在权力的渗透下，人物之间也开始缺少信任[①]，真实与虚假之间的界限也随之消弭，这一点在马库斯这个人物身上表现得尤为明显。

马库斯已年过半百，曾经是坚定的反政府作家，也是一个传奇式人物。他的经历颇具讽刺意味。他年轻时曾乘船前往美国参加一场学术讲座，途中，他的国家的政权发生更迭，一夜之间改朝换代，成为社会主义国家，他也因此被美国政府视为间谍而被禁止入境。回国后，他又被误以为是美国间谍而被本国政府抓住坐了六年牢。他不幸地沦为两种政治制度斗争的受害者和牺牲品。出狱后，他似乎服从了权力的规约，至少表面上如此。

---

① 艾德里安听说玛雅和马库斯是政府间谍，他甚至在与玛雅的谈话中进行求证。虽然玛雅矢口否认，但这种猜疑使得剧中的马库斯和玛雅的身份具有了模糊化的效果。

对艾德里安和西格蒙德而言,马库斯究竟是敌是友,似乎很难分辨。一方面,种种迹象表明他很可能已经投靠政府。理由是,这幢大主教的府邸是国家分配给马库斯住的,而且他为了讨回西格蒙德的手稿,积极与女诗人亚历山德拉联系。巧的是,亚历山德拉的父亲是该国的内政部长,专门负责国家安全事务,他与政府之间如此亲近的关系很难不让人生疑。另一方面,在言谈举止中他也表现出了"正义"和"叛逆"的一面。他模糊的身份和态度让艾德里安迷惑不解。连西格蒙德也无法确定马库斯的真实身份,评价他是一个"十分复杂的人物"(Miller,2012:545)。西格蒙德认为他打电话给亚历山德拉是一种告密行为,但同时表示马库斯之所以受到政府的青睐,是因为他不反抗政府,常常将国家美好的一面展示给外国来访作家而已。

不管马库斯的真实身份到底如何,有一点是明确的:在权力的制约下,马库斯表现出了一定的妥协或顺从。但哪里有压迫哪里就有反抗。在如此高压的政治环境中,西格蒙德仍然表现出了无所畏惧的反叛精神。西格蒙德是一位有着真性情的作家,平日里敢说敢言,敢爱敢恨,毫不掩饰内心的真实想法。特工之所以知道他完成了新的书稿,不是因为他无意说漏了嘴,而仅仅是因为他创作之后流露出了快乐的表情而已。他在剧中自始至终都对国家暴政表现出永不驯服的反抗姿态。上场之后,西格蒙德提及自己的书稿,艾德里安连忙提示他房间里可能装有窃听器,他却不屑地朝着天花板喊道:"我不在乎。"(Miller,2012:530)这表现出他要与政府进行破釜沉舟式的抗争的决心。马库斯联系了崇拜西格蒙德的内政部长女儿,但讽刺的是,临近剧终的时候,马库斯接到了政府内政部长的电话,说政府愿意退还西格蒙德的书稿,但前提是西格蒙德必须永远离开这个国家,否则等待他的很可能就是政府的审判,甚至更严厉的惩罚。这种自我流放式的惩罚让西格蒙德无法接受。众人都劝他远走高飞,保存实力,但他执意留下,自诩是一棵"老树",认为自己的根不在纽约而在这里。他喜欢这里的人民和语言,选择离开无异于宣判他的"死亡"。

如同《炼狱》中的普洛克托,西格蒙德十分爱惜羽毛,不想被政府招安,不想受内政部长女儿的胁迫，在电视上忏悔，向政府妥协。他对权力有着深刻的理解，谈论他所生活的环境时，他不无讽刺地说："我们必须撒谎，这是我们唯一的希望……我们国家现在是个剧院，任何人都不许退场，每个人都必须鼓掌。"(Miller,2012:566)他甚至张开双臂，对着天花板明知故问般地喊道："是谁在控制我？这个声音是谁？是谁在跟我讲话？"(580)窃听器代表着无处不在的权力，但面对政治高压，个人仍然有选择的权力，不与权力同谋的西格蒙德为我们展示了反抗集权主义的光辉形象。听到西格蒙德这一连串的问题，玛雅淡淡地答道："是他们。"然后手指着上面，"就在那里"。(580)玛雅用"他们"将粗暴的国家权力他者化对待，也间接地表现出了她身上的反叛精神。虽然她已经不再写诗，转而做起了电台娱乐节目的脱口秀主持人，却一直都很欣赏西格蒙德，内心深处仍然存有一份良知。她表面的沉默其实掩盖了她内心的挣扎和反叛。

这部戏剧的风格虽然十分写实，却存在诸多不确定因素，折射出现实世界的复杂性和在权力影响下人物内心的微妙变化。这些不确定性主要表现为三个方面。首先，天花板是否真的装有窃听器；第二，马库斯是否是政府特工；第三，结尾的不确定性。救助西格蒙德的神秘女性[①]在剧终前及时赶到，但等待他们的到底是什么命运，作者没有给出明确答案。作者似乎是想借这些不确定因素和开放式结尾让观众更好地参悟权力的本质。

密勒在《炼狱》等政治剧中虽然没有刻意营造，却也揭示了权力空间的运作方式。《炼狱》第一幕的舞台指示中已经表示："一切体制组织都是而且必须是建立在排外和禁令的想法上的，正像两个物体不可能相容在同一个空间之内一样。"(Miller,2006:350)在《炼狱》大幕拉开之前，以阿碧盖尔为首的姑娘们在森林里跳舞，该事件成为引发整个戏剧冲突的导火索。森林空间虽然被视为"恶魔般的空间"，但它其实也成为与清教教规相对立的"个人自由空间"。而当这些女孩身处神权统治的权力空间中时，阿碧盖尔

---

① 据马库斯介绍，她是一位普通诗人，特别崇拜西格蒙德，但由于父亲的身份，她的诗歌受到很多作家的追捧，唯独西格蒙德保持中立。(Miller,2012:542)

等人在法庭上歇斯底里症的发作①恰恰是神权统治对人物肉身规训力量的一种表征,正如乔国强教授指出的那样,在《炼狱》中,"密勒有意无意间揭示了人类社会存在的一个'秘密'——权力制造'歇斯底里'"(乔国强,2008:206)。此外,《争取时间》和《维希事件》中多位犹太人在警察局和集中营的权力空间内的不同反应,也都生动地说明了人物与权力空间之间紧密的关系。

空间并非孤立地存在,总是与其他空间相互关联。《大主教的天花板》的主要场景设在天花板下的起居室里,除此之外,作者还借助走廊和窗户这两个相邻空间的过渡地带,将大主教的府邸分割成内外两部分——受权力规约的空间和不受权力规约的空间。走廊将天花板下的起居室与房门连通,走廊空间不受窃听器的控制,几位作家可以在那里自由交流。剧中,西格蒙德因为担心被捕,将艾德里安叫进了走廊,让艾德里安吸引马库斯的注意,掩护他去盗取马库斯行李箱里的手枪,保护自己。枪支无疑是权力的象征,从某种意义上说,在不受权力规约的走廊里谈论盗枪具有向规约空间发起挑战的意味。窗户是连通内外空间的中介,窗户内的人无法逃脱权力的规约和束缚,而窗户外则隐喻地象征着自由。西格蒙德和玛雅多次望向窗外,这一举动似乎也表明了他们不愿与权力同流合污的想法。作者在《维希事件》中也通过舞台指示用很多笔墨描写被纳粹用来审判犹太人的警察局的窗户,隐喻了反抗的必要性和生存的可能性,而主人公勒迪克不断激发在场犹太人反抗纳粹并最终逃离纳粹魔掌的结局也是"窗户之外"的"希望空间"在情节上的实现。

普菲斯特认为,戏剧空间还存有一种关系,"即虚构空间和意指观众的真实空间语境之间的关系"(2004:365)。这一点在密勒的政治剧中体现得尤为明显。《大主教的天花板》虽然设在东欧某座城市里,但实际上,戏剧

---

① 阿碧盖尔带领众女孩上演"歇斯底里"的场面分别出现在第一幕和第三幕。第一幕场景设置在牧师的家里,而第三幕则发生在镇上的法庭外面,这两个场所都象征性地代表了神权统治。

主题并不只是为了揭示东欧的政治现实，而是有着多重指涉。当艾德里安玩笑般地问马库斯，如果他找内政部长闹事的话会有什么结果时，马库斯反问道："如果你试图在越南战争期间与约翰逊或尼克松讲理，又会发生什么呢？"（Miller，2012：565）作者借马库斯之口讽刺了美国政府不顾民意参加越南战争，以及政治监视在美国的普遍存在。回顾冷战时期的美国，密勒曾讽刺地表示："白宫遭人窃听……水门事件和五角大楼文件的发布……这些政治事件表现出，在美国国内间谍活动方面，苏联没有什么经验可以传授给美国总统。"（Miller，2000：100）他认为二十世纪七十年代的美国深深陷入冷战思维，对权力的膜拜让整个国家陷入了不稳定的局面。权力甚至渗透到每个人的无意识中，规训着美国政客和美国公民的言行，致使每个人为了个人安危，最终放弃对社会和正义的责任，而这是他最不希望看到的。

对于权力，密勒曾言简意赅地说："不管是在舞台上还是在白宫里，权力可以改变一切。"（2001：62）他还说："权力的邪恶不仅仅是扭曲现实，而且还让人们相信虚假的是真实的，正在发生的一切只是敌人的发明。"（2000：172）在《大主教的天花板》等政治剧中，作者以具象化的方式真实再现了权力空间的运作机制，展示了无所不在的规训权力，表现了在权力空间下人的自我的迷失、人和人真实交流的困难，以及权力空间如何扭曲现实世界，使观众对权力机制产生深刻的认识。作者似乎想说，在权力空间下，真相似乎难以辨认，权力之下没有真实。但同时，通过对"西格蒙德"这个刚性人物的塑造，以及对走廊和窗户等象征自由的空间的设置，作者还是一如既往地强调了道德责任的重要性，以及对非正义的政治权力的反抗。

第二节　多样化的心理时空

众所周知，不管戏剧故事是发生在过去、现在还是未来，戏剧的叙述时空必然要受到有限的剧场时空的限制,戏剧场面必然是在"此时此地"呈现。线性(linearity)和序列性(sequentiality)是写实剧时间安排的基本原则。密勒在其写实剧中通常按照自然物理时序,采取线性叙述手法,强调过去与现在的因果关联,表现了作者在追求秩序和意义上的努力和意图。但在回忆剧中,密勒则遵循假定性原则,凸显了心理时间的无序性特征,深入挖掘人物内心,艺术地再现了人物复杂的情感世界和本能欲望,从而反映了人物的生存困境。他在多部回忆剧中,依照人物心理逻辑,采用"时空并置"、"时空交错"和"时空复现"等叙述手法,同时借助布景、道具、灯光和音响等舞美手段,将人物回忆、幻想和梦境等心理世界展现在舞台上,构建出超现实的想象性时空,呈现出丰富多维的心理时空。本节以密勒的《推销员之死》、《堕落之后》和《冲下摩根山》等代表性剧作为例,考察密勒如何通过时空的剪裁、衔接、组合及构架,沟通作品形式和内容之间的联系,传达自己独特的时空观和美学思想。

密勒本人具有强烈的时间意识和沉重的历史感,对时间和记忆机制甚为着迷,这一点从他多部作品的剧名[①]上可见一斑。美国戏剧专家比格斯比甚至认为,没有哪一个戏剧家像密勒这样如此关注时间,时间在其戏剧中发挥了多重作用,"时间是历史,时间是记忆,时间是身份的要素,时间能够产生愧疚、怀旧、希望、心理规则和社会规则"(Bigsby,2005a:124)。对密勒而言,每个人都不可避免地生活在过去的阴影之中,因此如何面对过去就决定了你如何应对现在和未来。他曾说过:"过去是一种'形式'(formality),不过是一种较为微弱的现在,因为过去的一切在任何时候都在我们身上体现。戏剧……应该能够让人们通过过去看到现在,通过现在看到过去。"(1987:131)

---

① 例如,《堕落之后》(*After the Fall*)、《两个周一的记忆》(*A Memory of Two Mondays*)、《争取时间》(*Playing for Time*)、《美国时钟》(*The American Clock*)、《我什么也记不起来》(*I Can't Remember Anything*)等,此外他的自传《时移世变》(*Timebends*)的书名也明显表达了作者对时间的态度。

一、时空并置

为此,密勒常常采用"时空并置"的叙述手法来表现人物过去与现在的互动。所谓时空并置,指的是两个时空并行不悖地共同出现在舞台上,构成多层次的时空结构。这种时空结构主要有两种表现形式:一种是现实时空与心理时空的并置,表现为人物行动的物理时空和人物的心理时空的并置;另一种是不同心理时空的并置,表现为身处不同心理时空的人物同时出现在主人公的回忆中。

时空并置手法在《推销员之死》中表现得尤为明显。从场面呈现来说,《推销员之死》中出现了三种场面呈现方式:客观现实场面、主观回忆场面和主客观共时呈现场面。前两种场面分别发生在现实层面和主观层面,而第三种场面则巧妙地将过去与现实时空并置,实现了"共时性"(simultaneity)的时空效果。

时空并置的叙述手段与"戏剧时间"机制有着紧密联系。戏剧时间有三种存在形态,分别为故事时间、叙述时间和观剧时间。简言之,故事时间是指事件按照自然时序排列组合而成的自然物理时间;叙述时间指的是作者按照他的叙述逻辑将事件组织在一起的时间状态;观剧时间则是观众欣赏一部戏剧所要花费的时间,是戏剧演出的物理时间。以《推销员之死》为例,该剧的故事时间跨度很大,是主人公威利大半生的时间,而叙述时间则是威利人生中最后的二十四个小时,观剧时间则是两三个小时。在观剧时间的限制下,作者在《推销员之死》中压缩故事时间,将威利过往生活的一些重要时间片段置于叙述时间中加以展现,从而产生一种时间错觉。也就是说,威利的回忆片段常常闯进现实场面,两个时空场面并置展开,从而遮蔽了时间的流动,使叙述时间具有空间化的效果。而这恰恰反映出心理时间的特点,即它是一种主观体验时间,过去、现在和将来可以相互渗透,成为一个整体。《推销员之死》中这种时空并置的例子并不少见。例如在第一幕,威利回到家中与邻居查理打牌。两人聊到了金钱和工作,威利一下子受到触动,突然想起了哥哥本。随着本这一"幻象人物"的上场,舞台上

出现两种时空并置的景象,下面一段对话便是摘录自这一场面:

威利:我真是累得要死,本。

(响起了本的主题音乐。本向四周端详着一切。)

查理:好啊,继续打你的牌吧;累了能睡个好觉。你刚才怎么管我
　　　叫"本"呢?

(本看了一下手表。)

威利:怪事。刚才有一下子你叫我想起了我哥哥本来了。

本: 　我只能待几分钟。(他踱起步来,打量着这个地方。威利与
　　　查理继续打牌。)

查理:你后来没听说他的消息了,是吧? 就从那一次以后?

威利:琳达没跟你说吗? 十几天以前我们接到他老婆从非洲来的
　　　一封信。他死了。

查理:是这么回事。

本: 　(格格地笑着)原来这就是布鲁克林?

…………

本: 　你们大家都怎么样?

威利:(赢了一盘,笑着)都好,都好。

查理:你今天这牌打得够精的。

本: 　妈妈跟你们住在一起吗?

威利:没有。她早就去世了。

本: 　可惜,她当初是个好样儿的妈妈。

威利:(对查理)你说什么? (Miller,2006:186—187)

在这个场面里,现实时空和心理时空天衣无缝地叠加在一起。威利一
开始似乎还能分辨现实世界和心理世界,但大脑很快就失去了控制,仿佛
身体同时置于两个时空中。他和查理之间的谈话也因此发生了错位,生动
地反映了他恍惚迷离的精神状态。除此之外,在第二幕酒店里发生的场面

也颇具代表性。威利被辞后到酒店赴约与儿子见面,共进晚餐。他天真地以为比夫能给他带来好消息,却发现儿子未能获得任何资助,内心一下子受到强烈的刺激,随即出现了下面一幕:

威利:告诉我都发生了什么!

比夫:(对哈皮)我没法跟他说话!

(一声刺耳的小号声。屋子上出现了绿色的树叶,使它带上夜景和梦幻的色调。年轻时代的伯纳德上,敲门。)

年轻的伯纳德:(六神无主)洛曼太太! 洛曼太太!

哈皮:告诉他是怎么回事嘛!

比夫:(对哈皮)别说了,别逼我了!

威利:不行,不行! 你偏偏要数学不及格!

比夫:什么数学? 你说的是什么?

年轻的伯纳德:洛曼太太! 洛曼太太!

(琳达在屋子中出现,像过去的样子。)

威利:(狂躁地)数学! 数学! 数学!

比夫:静一静,爸!

年轻的伯纳德:洛曼太太!

威利:(怒不可遏)你要不是不及格,早就成家立业了!

比夫:听着,我现在告诉你经过,你好好听我说。

年轻的伯纳德:洛曼太太! (Miller,2006:233)

上面这一场面呈现出两个并置的时空。一个是父子三人在酒店的现实时空,另一个则是威利的心理时空:伯纳德上门向琳达汇报比夫数学不及格的场面。密勒认为,《推销员之死》呈现出"两种叙述逻辑……在那个恐怖的时刻,过去的声音不再遥远,而是和现在的声音一样响亮"(Miller,1996:138)。上面这一幕便有效地展示了这两种叙述逻辑。伯纳德敲门的行为是威利对往事的想象性回忆,而威利严厉批评比夫的举动则表现了过去这段历史对他的内心所造成的巨大伤害。在自己失去工作和儿子重整旗鼓无望的双重刺激下,威利精神近乎恍惚,心理接近崩溃的边缘,已经无法抵挡过去那段往事的侵入,在责备比夫的同时,也陷入了深深的自责中。同时,威利不断强调数学成绩的疯狂举动也为他后面回忆比夫发现他偷情那一场戏做好了铺垫。

对于时空并置这一种别致的叙述手段,孙惠柱教授认为密勒借鉴了电影蒙太奇的表现手法,将多种戏剧结构融为一体,创造出独特的"电影式结构"(孙惠柱,2011:50)。但滑稽的是,这部借鉴了所谓电影技巧的剧作在被搬上银幕之后,却没能获得理想的结果,没能产生同等的艺术震撼力。对此,密勒认为,电影版的《推销员之死》失败的主因在于:

> 电影里让威利真的身临剧本中只是在他想象中的场所,这就破坏了威利回忆时的那种戏剧性紧张的气氛……这部电影的基本失败是形式上的失败。它没有解决,也没有真正试图寻找一种办法解决那种能使往事一直保持鲜明存在的问题,而这出戏的特殊结构的核心,正是往事和现实之间的摩擦、冲突和紧张关系。
> (Miller,1996:139)

电影形式上的失败反衬出密勒在时空叙述手法上的独特性。通过将现实时空和心理时空进行并置,密勒有效地展现出戏剧场面的流动性。整出戏剧场面转换十分流畅,毫无突兀之感,展现了密勒独具匠心的艺术创造。

在他二十世纪六十年代的回忆剧《堕落之后》中,时空并置也是一个主要的时空叙述手法。昆廷开场面向观众完成"自白式"的个人陈述之后,他回忆中的人物开始陆续登场,与他互动。首先登场的是费莉丝。她是昆廷的一位客户,她与前夫的离婚案便是由昆廷负责办理的。费莉丝上场之后,两种时空并置的场面也随之出现:

费莉丝：没什么事儿，我刚才看到你从身旁经过。我刚才还在想，
　　　　你为什么不跟我说话？你还记得我吗？

昆廷：（瞥了一眼费莉丝）例如，我上个月在街头遇到了一个女
　　　孩；几年前，我接手办理了她的离婚案，她刚才在街上认
　　　出了我。我已经很长时间没谈女朋友，她显然是想……

费莉丝：不是这样！我只想你走近看看你。我喜欢你的脸。你长
　　　　得慈眉善目……你是否还记得？在你的办公室里，我丈
　　　　夫拒绝在文件上签字。

昆廷：（对听者）情况是这样的：无论我看什么，我看到的似乎都
　　　是死亡。

　　　（他转向她。）

费莉丝：你知道，我丈夫单独跟我在一起的时候，总是那么孩子
　　　　气。而当你跟他交谈的时候，我觉得他觉得自己像个男
　　　　人，仿佛重获尊严。我也有这种感觉。我感觉自己是一
　　　　个成年女性。我发誓……在我们从你的办公室走出去的
　　　　时候，我……我差一点又爱上了他！那次我们走到街头，
　　　　他向我提出了要求。我要不要告诉你，还是你早已经知
　　　　道了？

昆廷：（有些沮丧）我恐怕这一切都毫无意义，我不知道为什
　　　么我——

　　　（突然停下，仍然面对听者。）

　　　不过是他要求她跟他上床，最后同床一次……

费莉丝：你是怎么知道的！（Miller，2012：6—7）

不难发现，这一段对话中同时出现了昆廷对听者的叙述和他的回忆画面。昆廷在两个意识层面中跳进跳出，自由转换。与威利不同的是，昆廷自始至终头脑都很清醒，似乎没有受到充满感伤的回忆的影响，完全能够辨清现实和回忆之间的界限，条分缕析地对往事进行分析和梳理，表现出

律师特有的理性态度。下面再举一例予以说明。昆廷母亲过世之后,父亲身体不佳住在医院,却还不知道母亲已故的消息。昆廷与丹恩商量是否要将这个坏消息告诉父亲:

> 丹恩:(面露痛苦)伙计,这个女人是他的贤内助,你知道,没了她,他可就不行了——可就垮了。
>
> 昆廷:我不这么看,我认为他经受得起这个打击,他是条硬汉子。(紧接着向听者)这话说得有点玄乎!……嗯,丹恩一向崇拜老头子,这我早就看透了;可是现在就像做游戏的孩子那样,我们俩突然互换了位置,我倒崇拜起老头子来了! 我不知道别人怎样看待我!
>
> 丹恩:(看来像是拿定了主意)好吧,那咱们就进去吧。
>
> 昆廷:你要我跟他说吗? (Miller,2012:10)

昆廷先是与回忆中的丹恩讲话,瞬间又转向所谓的听者,冲着听者讲话,对丹恩和父亲进行理性评价。时空并置的戏剧技巧生动地表现了昆廷纠结的复杂心态,产生了一种别具一格的美学效果。

除了《推销员之死》中人物的行动时空与心理时空并置和《堕落之后》中叙述者的叙述时空与心理时空并置之外,这种共时性还体现在身处不同历史时空的人物同时出现在舞台上。例如,当威利回忆一家过去的悲惨生活时,回忆中的琳达和情人同时出现在舞台上,形成对照,展现出威利负疚的内心世界。在《堕落之后》中,第一任妻子露易丝和第二任妻子麦琪、昆廷母亲和费莉丝等人物组合多次一同登上舞台。这些想象中的人物素未谋面,生活中没有什么交集。她们上场时通常什么也不说,什么也不做,登场之后稍作停留,随即又消失在黑暗之中,表现出昆廷飘忽不定的忏悔心理。在密勒二十世纪九十年代创作的《皮特斯先生的联系》中,这种时空并置结构更为明显。剧中主人公皮特斯与来自不同世界的人物同时出现在舞台上,这些人物有的来自现实世界,有的早已故去,有的则是皮特斯虚构出来的人物，他们同时出现在舞台上，巧妙地营造出梦一般的氛围。

　　戏剧有别于小说和诗歌，是将人物表演与布景道具、音乐和灯光等舞美手段融合在一起的一项综合性艺术。戏剧叙述学家普菲斯特认为，由于叙述者的缺席，戏剧文本缺少了"中间交际系统"，但又因戏剧多媒介的特点，从而得到了补偿。其中之一就是，戏剧文本可以使用非语言代码和渠道（如灯光、布景、道具、音乐等舞美手段），它们可以部分承担起叙述者的功能。（普菲斯特，2004：123）上述观点在戏剧中广泛适用，但无疑更适用于回忆剧。米克·巴尔曾说过，人们在感知文学叙述空间的过程时常常涉及三种感觉，即"视觉、听觉和触觉"（巴尔，1995：106）。在回忆剧中，密勒调用各种舞美手段来呈现主人公的心理时空，巧妙地将这些视觉符号和听觉符号融入剧中，为心理时空营造出别具一格的氛围。

　　在使用时空并置手法展现人物的心理时空时，密勒常常借用灯光和音乐等舞美手段来预示或揭露人物复杂的内心世界。上面列举的《推销员之死》的时空并置场面中，都是先有一段音乐响起，再出现主人公的回忆片段。幻象人物本是伴随着"本的主题音乐"的响起入场的，而在酒店那场戏里，刺耳的小号声则提醒观众，随之而来的将是一场痛苦的回忆。除这两个记忆片段之外，密勒在几乎每一个回忆片段前后，都会引入不同主题的音乐，帮助观众理解威利的心境变化，表现出作者在营造心理时空上的良苦用心。在《推销员之死》中，最重要的音乐应该是"笛乐"。"笛乐"是威利的"主题音乐"，在开场、结尾及剧情发展过程中多次出现，象征了威利对父亲和往昔美好时光的回忆。笛乐还构建了整个叙述框架，奠定了整出戏剧的叙述基调，昭示了在威利心头萦回不去的往事情境。除了笛乐之外，其他风格各异的音乐轮番上场，直接作用于观众的听觉，既渲染了舞台气氛，也有力地反衬出人物的主观心境。美国戏剧专家墨菲认为《推销员之死》中存在四大音乐主题：第一，威利的主题，表现为笛乐；第二，充满活力的本主题，通过小号加以演绎；第三，琳达主题，表现为第一幕结尾处琳达向威利吟唱的催眠曲；第四，儿子主题，表现轻松欢快的音乐。（Murphy，1995：28）这些风格迥异的音乐片段有力地烘托了威利回忆中出现的人物形象，展现了主人公威利丰富多维的心理体验。除此之外,在《美国时钟》、《冲下摩根山》和《克拉拉》等剧中,音乐也都得到了恰当的使用,在展现人物心理时空方面获得了不错的效果。

除音乐之外,舞台灯光也在时空并置的叙述手法中发挥了重要效用。众所周知,舞台灯光有助于营造故事情调和舞台氛围,灯光的明暗对比也发挥了分割时空和转换时空的作用。舞台灯光的妙用可以使故事时空虚实结合,在有限舞台时空里展现无限时空。此外,舞台灯光还具有表现人物心理时空的功能。威利是一个充满矛盾的人物,在凄凉的晚景中纠结于"生存还是毁灭"这一根本性命题,而这种自我矛盾的心理通过灯光有力地揭示了出来。一开场,作者就通过"天上来的蓝光"与"愤怒的橘红色"的对比展现了他脆弱的小家被高大公寓楼包围的尴尬局面,直指人物内心世界,喻示了现代文明对他的生存空间严重挤压的残酷现实。每当他无法面对生活的困境时,他都会不由自主地陷入回忆,回忆过去田园般的生活。这时,公寓大楼会逐渐淡出,隐入黑暗之中。整个房子随之笼罩在"叶子"的绿色灯光之下,引导观众进入他的回忆世界。而象征着春天和生命的绿色灯光效果与他的绝望和无助形成了绝妙的反讽对照。不同颜色的灯光和舞台画面与人物不同时空下的心境交相辉映,相得益彰。

对灯光的妙用使该剧既巧妙地展现了人物心理时空,又使剧作充满诗性味道。最具代表性的例子出现在第一幕结尾处。比夫走进黑暗的厨房,点了一支烟,走到台口处,"进入一圈金色的光中"(Miller,2006:203)。这时威利回忆起儿子读高中时在球场上进攻冲锋的景象,对着琳达夸儿子:"像个朝气蓬勃的天神。希腊的大力神——真是那个意思。还有阳光,他浑身上下都是阳光。"(204)那一团金光既是故事发生时出现的月光,又提醒观众威利又陷入了对儿子"辉煌历史"的回忆,通过记忆的美化使那段过去具有了神话色彩。威利似乎意犹未尽,又高声赞叹道:"像他这么个明星,出类拔萃,绝不会埋没掉的!"(204)接着,讽刺的一幕发生了,打在他身上的光随即暗了下去,暗示他的"美国梦"已经破灭。紧接着,厨房里一道新的光开始发亮,煤气炉上"通红的弯形管下面露出蓝色的光焰"(204),表明威利又一次陷入无尽的绝望,脑海里萌生自杀的念头。这两种灯光效果接续出现,有力地昭示了威利陷入绝望,最终选择自杀的原因。除了《推销员之死》之外,灯光在《堕落之后》也被灵活地加以使用。整个舞台大部分时间都笼罩在黑暗之中,反映了大脑潜意识混沌无序的状态。然而,他头脑中回忆的往事却异彩纷呈。作者借助聚光灯来表现昆廷记忆中人物的出场和消失。在灯光的辅助下,往事可以一闪而过,转瞬即逝,人物的上下场也充满了机动性和随意性,充分展现了记忆的不稳定性、流动性和选择性等特征。

二、时空交错

除时空并置之外,时空交错也是密勒在回忆剧中运用较为频繁的一种叙述范式。所谓时空交错,简单说,就是不同层面的时空交替出现。这种时空范式通常有两种表现形式:一种是从现实时空转到心理时空,再由心理时空转到现实时空;另一种形式是从现实时空转到心理时空,再从心理时空转到另一个心理时空中去,心理时空的表现形式可能是回忆、梦境或幻象等潜意识活动。剧中的叙述者或主人公在不同时空场面之间跳进跳出,不同时空片段交错出现,有效地表现了人物天马行空般的心理活动。这种叙述手法在《堕落之后》、《冲下摩根山》和《美国时钟》等剧中频繁使用,较有代表性。

在《推销员之死》中,过去虽然总是与现在发生着密切的互动,但现实场景还是遵循线性顺时逻辑原则,主人公的回忆和幻想是在受到现实情境强烈的刺激下在心理层面做出的反应。换言之,现实行动是回忆的诱因,回忆片段与现实场面之间存在着明显的因果关联,展现出逻辑上的连续性。而《堕落之后》的时空结构明显表现出非连续性,作者完全遁入人物大脑,消解了戏剧时空的假定性和连贯性,时空段落杂乱地组合在一起,具有一种杂乱无序的状态,回忆真正地实现了碎片化的效果。可以说,《堕落之后》将时空交错的蒙太奇叙述手法运用到了极致。叙述者昆廷有着天马行空般的思维方式,可谓是精骛八极,心游万仞。在他的回忆场面中,人物随时都可以上场,有时候一言不发便退场。回忆成为叙事的轴心,充分演绎了人物飘忽不定的心理世界,展现出人物连绵不绝的心理意识。

　　二十世纪九十年代,密勒的另一部回忆剧力作是《冲下摩根山》。众所周知,回忆剧中着力呈现的不是再现性的幻觉时空,而是表现性的心理时空,而心理时空的呈现依赖于对人物视角的灵活使用。在写实剧中,空间视点通常是固定的,主要通过外聚焦模式①来推进剧情,但回忆剧中的视角则可以灵活转换,时空表现力也因此得到有效提升。在《推销员之死》中,密勒主要采用了内外视角叠加的叙述策略,借助外聚焦模式展现密勒的生活困境,同时频繁借用内聚焦模式②(或人物有限视角)来展现他的心理世界。视角叠加呈现出一个虚实有别的时空世界,现实空间和心理空间互为观照,互相作用,有力地揭示了威利矛盾、自责、愧疚的心理。《堕落之后》则完全遁入人物内心世界,随着主人公昆廷视角的不停转换,呈现在观众眼前的是一个破碎的、拼贴式的心理世界。

　　在《冲下摩根山》中,密勒在艺术手法上更加大胆娴熟,人物视角更加灵活多变,转换自如,叙述时空展现出更大的伸缩性和自由度。作者打破

---

　　① 　外聚焦叙述:指严格地将叙述内容限定于人物的外在行为和外部环境,观众无法探察人物内心世界。从叙述视野和角度而言,即"叙述者＜人物"。外聚焦叙述是戏剧家最常使用的叙述方式,因为观众眼中所见的大都是人物在舞台上的语言和行动,很难透视到人物的内心世界。

　　② 　内聚焦叙述:指借助人物的有限视角进行叙述,观众看到的是人物看到或感知到的世界,用公式来表示就是"叙述者＝人物"。在戏剧艺术中,内聚焦叙述常常被用来展现回忆、梦境、幻觉、潜意识、意识流等人物精神层面的活动。戏剧艺术在引入内聚焦叙述之后,有力地摆脱了传统戏剧叙述方式的羁绊,极大地丰富了戏剧叙事。

了之前戏剧单一人物回忆模式,采用了不定式内聚焦叙述模式①。除莱曼之外,莉亚、西奥和汤姆等人物也都频繁陷入回忆,通过追忆一些关键性的历史事件来更好地理解和把握个人现在的处境。这种叙述策略在第一幕第二场戏中便已有体现。在这场戏中,莉亚向律师汤姆咨询莱曼遗嘱的内容,确定自己是不是他的法定妻子。当汤姆询问莉亚为何决定与莱曼结婚的时候,莉亚迅速陷入了回忆中,回想起九年前与莱曼领结婚证时的场景。莱曼当时骗她已经与西奥离婚,希望尽快与她结婚。随着这段回忆的结束,莉亚这才意识到自己当时太过幼稚,轻信了莱曼的许诺。但她随之又困惑起来,不解莱曼为何一定要与自己结婚,这个疑问又触发了汤姆回忆起九年前与莱曼之间关于重婚的一次谈话。在这个记忆片段中,莱曼向汤姆表示自己已经厌倦与西奥单调乏味的婚姻生活,想追随自己的内心。汤姆这段回忆结束后,莉亚似乎对莱曼有了更深刻的理解,并意识到莱曼之所以与她结婚,是因为九年前她怀上了他的骨肉。戏剧场面随之又跳转到更远的过去。莉亚回忆起她与莱曼未婚先孕后,离家去医院堕胎的情境:莱曼闻讯及时赶到,求她不要堕胎,最终答应她先与西奥离婚,然后娶她为妻。莱曼许下诺言,戏剧场面随即又回到了现实时空。根据对莱曼的三次回忆,两人对莱曼的认识越来越深刻。莉亚认为他太过贪婪,对他的评价是:"就像游乐场上的孩子一样无法餍足。"(Miller,1999:32)借助不同人物交替回忆的叙述手法,密勒让观众对莱曼的人格有了新的认识,使人物探索过去、把握现在成为可能。

---

① 内聚焦叙述的内涵十分丰富。根据视角的位置和聚焦者的形态,可以进一步细分为:固定式内聚焦、不定式内聚焦和多重式内聚焦。(谭君强,2008:90)固定式内聚焦将视角固定于某个人物身上,是运用最为广泛的一种形式,如《推销员之死》和《堕落之后》中的回忆场面。而在不定式内聚焦中,叙述角度则随聚焦人物的变化而变化,各个人物讲述所看到的不同事件,或者是相同的事件,但由不同的聚焦人物从不同的角度来加以叙说。(101)这种聚焦方式要比固定式更全面,能够多角度反映生活现实。多重式内聚焦则是让不同的人物——聚焦者从各自的角度讲述同一事件(102)。这种聚焦方式能够更客观、更立体地反映某个核心事件。

上面一场戏中的时空转换遵循了一定规律,有一定秩序感,时空场面和现实场面错落有致,存在清晰的逻辑关系。但随着剧情的发展,时空转换的速度也随之加快,现实和真实的界限似乎也不再那样清晰明了。而且,密勒在剧中还掺入了一些非理性因素,借用滑稽的表现手法,展现人物荒诞不经的夸张想象,收到了不错的效果。在第一幕第三场戏中,西奥携女儿到病房里看望全身打着石膏的莱曼,质问他是否跟莉亚生有一子。莱曼假装睡着,但西奥不依不饶,继续对他进行质问。莱曼不堪其扰,舞台随即出现了梦幻的一幕。莱曼仿佛灵魂脱壳一般,双手捂着耳朵,爬下了床。伴随着他的动作,灯光一下子黯淡下来,舞台也失去了本来的颜色,具有了某种虚无缥缈的梦幻感。妻子对他厉声斥责的场景也被他带进了想象世界。在这个梦幻般的时空中,他想象着如何与幻想的西奥进行对话,随后他想象出来的莉亚也出现在舞台上,平素沉默寡言的西奥对莉亚发起了言语上的攻击。莱曼不希望看到两人发生争斗,遂命令她俩躺到他的身旁。荒诞的是,两人竟然乖乖地照他说的做了。莱曼左拥右抱,很是享受。在与两位妻子一番打情骂俏之后,莱曼又陷入了更深的回忆。舞台场面迅速转换到他与莉亚在公园里初次见面时的情景:他向莉亚讲述了自己的辉煌往事,向她表达了自己的爱慕之情,他机智幽默的语言给莉亚留下了美好的印象。这一番回忆是他在进入幻想世界之后进行的,这种深度时空转换策略如同套盒一般产生了奇特的空间美学效果,使本来就混沌的叙事变得更加不确定,给观众一种特殊的时空体验。在结束这场回忆之后,身处幻想时空中的莱曼走到病床前,低头望着床上的自己,而西奥母女和莉亚则一动不动乖乖地站在床边。在这一幕戏里,回忆和幻想交替出现,让人有时分不清舞台上出现的是幻想还是回忆,抑或是现实场景。

在第二幕第二场戏里,时空转换场面更是纷繁多变。开场是莱曼躺在病床上睡觉的场景,舞台很快由现实场面转换到莱曼的梦境之中。他在梦里看到西奥和莉亚相聚在厨房里如同闺密一般交流做饭经验,争着说自己做的饭菜香,争着要给莱曼做可口的饭菜,似乎已经与他和解。而紧随其后的却是另外一幕可怕的场景,两个妻子身着性感服装,手持利刃残忍地对他进行砍杀。在这一组场景中,通过引入荒诞①成分,滑稽场面与恐怖场面交错出现,产生了独特的视觉效果。通过这种极端场面对比,密勒将主人公隐秘的内心世界展现出来,扭曲的欲望和真实的恐惧混杂在一起,有效地诠释了主人公矛盾分裂的自我。

　　受到惊吓的莱曼猛地惊醒过来,一下子回到了现实。缓过神的莱曼与在场的护士和汤姆聊起了他的生活哲学。西奥携女儿再次上场看望莱曼。她本想原谅他,却被他傲慢的言语再次激怒。莱曼试图为自己辩护,随即又一次陷入了回忆。他回忆起影响他过去九年生活的一件重要往事:他在非洲与狮子对峙的场面。这个回忆是他人生的一大转折点。莱曼英勇地面对狮子让西奥母女对他刮目相看,而他似乎从这件事上发现了生活的真谛,抛开一切愧疚感,重新寻回男人的雄风。随着灯光的变换,西奥母女消失在黑暗中,舞台上又浮现出护士的幻象。护士只跟他说了一句话:"我唯一不能理解的是,像你这样一个聪明的男人为何要与那个女人结婚。"(Miller,1999:87)话音刚落,怀有身孕的莉亚像第一幕第二场戏那样,穿着毛皮大衣上场。莱曼为了保住孩子,向她许下了娶她为妻的承诺。莱曼这一段回忆与之前莉亚的回忆拼接起来,表现出该事件对两人生活影响之深。在答应莉亚与西奥离婚之后,莱曼随即又进入另一个回忆片段:他本想找西奥摊牌,向她提出离婚的要求,却发现妻子对他充满关爱,让他怎么也说不出口。他此时内心的痛苦在舞台指示中表达了出来。"大脑仿佛堵住一样——过去和现在皆是如此——他深吸了一口气,仰天一声长啸,举

---

　　①　荒诞性是该剧一大特色,在戏剧开场中就已初露端倪。大幕拉启,莱曼从睡梦中醒来,黑人护士告诉他院方已经通知了他的家属,他的妻子正在等候室里等待结果,这使他内心一阵惶恐,迅速陷入幻想。脑海里浮现出他最不想看到的那一幕——两位妻子最终见面的场景。作者不仅生动地将这个场面呈现出来,还让主人公越界进入这个被他聚焦的场景中。在他脑海里虚构出来的等候室里,他看到了两位妻子,但她们对他的存在浑然不觉。他如幽灵一般独守一隅,惴惴不安地望着两位妻子,看着她们从陌生到发现事情真相的全过程,还不时地对她们的各种反应加以评论。这种时空交错手段有效地破坏了模仿性幻觉,产生出某种怪诞的喜剧效果,多层次地展现主人公莱曼的精神危机。

起双臂,向老天寻求安慰。事实上,这个动作将她从他的脑海中抹除——
她在黑暗中消失了,而又一次独自一人。"(90)作者在这里通过人物动作表
现了他内心的纠结和痛苦。而他随后一番痛苦的内心独白更是清楚地表
达了他所遇到的道德困境和对死亡的恐惧。最终,戏剧场面还是回到了现
实。莉亚和护士洛根守在病床前。莉亚想让莱曼承认错误,但莱曼态度并
不好,让本想原谅他的莉亚十分生气,认为他不懂得爱。然后,莉亚又陷入
了对往事的回忆。莉亚回忆起她住在离西奥很近的酒店,然后从莱曼与西
奥住的房子窗下经过。很快,莱曼也陷入了回忆。他回忆起自己当时让西
奥开心并和她亲密的事情。在这一场戏中,出现了多个记忆和幻想片段,
让人有一种目不暇接之感,这种时空交错的叙述手段将主人公所面对的道
德困境淋漓尽致地表现了出来。

在《冲下摩根山》中,作者借助多重人物视角,解读了不同人物对过去
的感知和体悟,展现了后现代世界中不确定性和无中心性的多变特征。频
繁转换的人物视角,使得舞台上发生的一切变得扑朔迷离,变幻莫测,真假
难辨,有效地调动了观众的想象力。这些记忆碎片与莱曼的回忆形成了一
种内在对话性,产生了巴赫金式的复调效果。同时,叙述视角的不停转换
和干扰破坏了观众对戏剧意义的阐释与把握,增强了现实的虚幻性,凸显
了人物内心的真实感。多视角、多声部的戏剧结构也赋予了剧中人物更大
的自主性,使得该剧具有开放性阐释的空间。通过对现实不断进行解构,
作者成功表达了人类在后现代社会中内心的真实感受,呈现出人类生存的
道德困境,喻示了解决现代道德难题的巨大困难。

不难看出,这部戏剧情节发展亦真亦幻,亦虚亦实,充满了各种各样的
不确定性,许多问题似乎悬而未决,如莱曼冲下摩根山是自杀之举还是不
小心从山上滑下?作者似乎并没有给出明确的结论。该剧的时空叙事让
很多批评家都感到困惑不解。密勒在剧本开端提出,读者或观众将在这部
剧中跟随莱曼·菲尔特一道穿过记忆、梦境及现实中的多个场面(Miller,
1999:i)。但许多评论家在细读文本之后,对此表示了质疑。有论者就怀疑
莱曼是否真的跟莉亚生有一子,还怀疑他是否真的与狮子面对面对峙过,

认为后者"不过隐喻了他想永存于心的阳刚气质"（Henry，1991：101）。比格斯比甚至怀疑两位妻子是否真的相遇过："很难对这两位妻子进行明确的评判，因为她们有时似乎带有非常鲜明的极端性，从某种程度上说，她们是莱曼通过不断变换的想象力和记忆呈现出来的。"（Bigsby，1992：123）戏剧专家的观点不尽相同，也反映了这种时空叙述手法的模糊性和多义性。

这种时空模糊性与戏剧开场之间也有着紧密的联系。整出戏剧除了梦境和回忆之外，故事主线似乎发生在现实世界，但开场场景将现实置于某种虚幻的包围中，给人一种强烈的梦境之感，让人怀疑情节主线的真实性。开场场景是主人公莱曼睡在医院病床上，身旁坐着一位黑人护士。护士的黑皮肤带有多重内涵，黑夜的颜色似乎喻示了整出戏都发生在梦中；另外故事发生在十二月份，故事发生的时间再加上护士的黑皮肤也似乎喻示了"死亡"。这场戏共由两幕六场戏构成，其中有三场戏的开场是莱曼睡觉的场景，似乎暗示了剧中大部分场面都出现在他的梦中。整出戏剧没有清楚的开始，也没有意义明确的结尾。作者借用表现主义手段，成功消弭了文学作品中现实与虚构的界限，借用真假难辨的时空场面，探讨主人公所面临的存在主义困境。在《推销员之死》和《堕落之后》中，我们似乎还能分辨出真实场景和心理场景之间的差异；而到了《冲下摩根山》，则产生了明显的不确定性。人物眼花缭乱地穿梭于光怪陆离的时空世界，消解了现实的确定性，现实与虚幻似乎不再泾渭分明，呈现出较明显的后现代主义特征，真实反映了二十世纪八十年代美国人生活的复杂性。

三、时空复现

时空并置和时空交错是密勒戏剧的心理时空的主要表现范式，有力地增强了戏剧场面的内在张力。除此之外，作者还采用了时空复现的手法，来展现人物的心理世界。所谓时空复现，是指在戏剧中多次重复出现特定的心理时空场景或心理映像，展现了沉积在潜意识中的某些记忆印象。虽然戏剧因演出时间限制讲究经济原则，但某些心理场景的反复出现可以起到强调的叙述效果，能有效凸显人物某种特定的心理状态。

在《推销员之死》中,除了悠扬的笛声和森然的高楼在剧中多次出现之外,密勒还再现了琳达缝补旧袜子和抱着洗衣篮上场的场面。这些场面大都出自威利的潜意识,是威利内心情绪和情感的投射。琳达这两个动作既反映了她勤俭持家、无私奉献的精神,又暗示了威利对妻子的愧疚。与之相对,在塑造威利的情妇时,密勒总是让我们先闻其声,再见其人。听到最多的就是她那淫荡的笑声,这个细节颇为值得玩味。在第一幕戏中,威利陷入回忆之后,脑海里不由自主地冒出了她得意而淫荡的笑声,这一波笑声有效地吊起了观众的胃口,产生了悬念,为第二幕威利与比夫在波士顿对峙的场面埋下了伏笔。在第二幕临近高潮处,受到儿子申请投资失败的刺激,他脑海里又一次响起了情妇淫荡的笑声。这两次对笑声的重复回忆直指威利的潜意识深处,折射出他对妻子和儿子的深深愧疚。诚然,作者在这里不断再现情人的淫笑,有将女性抽象化和模式化之嫌,但必须承认,这种叙述手段在表现威利愧疚的心理世界还是颇为有效。从这几个反复出现的场景来看,威利既受困于现实时空,也纠缠于对往事的回忆,巧妙地展现了人物纠结的心理世界。

除了从听觉上重复再现某些回忆场面之外,密勒还借助布景来重复再现某些重要场面,以揭示人物的内心情绪。这一点在《堕落之后》中表现得尤为明显。"背叛"和"否认"是该剧的主题,统摄剧中人背叛行为的是纳粹屠犹这一沉重的历史事件。为了展现这一事件的邪恶,作者借助象征手法,在主人公昆廷大脑里布置了隐喻人心之恶的"瞭望塔",将血淋淋的残酷意象展现在舞台上。舞台上除了孤零零一把椅子之外,没有传统布景和道具,也没有传统家庭剧中用第四堵墙营造的生活假象。舞台上只有高低三层平台,最高的一层平台上矗立着一座纳粹集中营的石头瞭望塔。密勒对该布景进行了细致的描述:这是一座"已被摧毁的德国集中营石塔,主导着整个舞台。塔上用来瞭望的宽大窗户活似双眼,黑洞洞的,瞎掉了一般。弯曲的钢筋从窗户里探了出来,如同折断的触角一样"(Miller,2012:1)。这个布景的设计可谓匠心独运,意蕴深邃。冷冰冰的石塔阴森可怖,毫无生气可言,形成具有强烈感染力的视觉形象,隐喻般地表现了纳粹集权统治对犹太人的冷酷无情和对生命的背叛,深化了该剧的美学意蕴和艺术价值。

阴森森的石塔既代表着权力,也象征着纳粹对犹太人所施加的暴力。"后大屠杀时代"(post-Holocaust era)的人类生存状况成为许多文学家和哲学家讨论的重要命题。作为承载历史和文化的媒介,建筑物能够将过去的历史具象化,把个体的记忆转化为一种共同记忆。瞭望塔是纳粹屠犹那段历史记忆的具象表征,它所象征的集中营虽然只是一个空间性存在,但因其历史特殊性也具有了时间的内涵。法兰克福学派代表人物西奥多·阿多诺(Theodor Adorno)曾言:"奥斯威辛营之后写诗是野蛮的行为。"不难看出,阿多诺将集中营既看作一个空间性存在,也看作人类历史一个重要的时间节点,因此成为一种重要的时空体(chronotope)意象。集中营是人类堕落的象征,该剧标题也与"奥斯维辛营之后"的概念形成了某种呼应。

密勒认为,记忆是作家应该承担的道德责任。他曾在接受一次采访时对大屠杀与记忆的关系发表了一番评论:

> 我从大屠杀中感悟到的是,那一段记忆永远都被摧毁了。尽管大屠杀可怕而又恐怖,影响深远,但假如我们保持一定的距离对其进行审视的话,它不过是更广阔的现象的一部分而已。计算一下二十一世纪的战争中遇害者的数量……想一想随之而去的记忆。我常常会想……也许数以百万的逝者中会有六个人可以拯救整个世界……某位哲学家可以解释整个宇宙的奥秘……某种程度上,也许作家的职责就是记忆,就是成为一名追忆者。
> (Bigsby,2006:335)

在剧中,每每涉及人物的背叛言行时,黑洞洞的瞭望塔就会赫然闪亮,警示主人公和观众舞台上发生的一切。此外,密勒在剧中六次重复再现了昆廷新女友霍尔佳手持鲜花站在集中营瞭望塔旁的静态场面,使人物和布景并置成为剧中一个重要的空间意象。霍尔佳此举除了向昆廷表达爱意之外,也表达了她对人类未来的希望。霍尔佳这个人物在剧中更多的是一种形而上的符号存在,代表着理性和理想,象征了她对人世间各种背叛的反抗。她与石塔的并置凸显了善与恶的语义对比,有力地深化了主题。除此之外,昆廷脑海里还反复再现了出现在他生活中其他女人的画面,如费莉斯高举双手向他表示祝福,艾尔西总是穿着即将滑落的浴袍诱惑他,以及麦琪多次消极地卧于舞台二层高台上,等等。这些反复出现的人物映像凸显了这些人物的性格特征,以及她们与昆廷之间复杂的关系,有力地表现了昆廷生活中的各种背叛和诱惑。

在《冲下摩根山》中,密勒也采取了这种时空叙述手法。作者创造性地在剧中借助人物视角对同一个场面进行多次聚焦,产生了奇特的不确定效果。这一场戏出现在第二幕中,西奥试图通过回忆来分析和把握她与莱曼两人过去的关系。她向律师汤姆回忆起她与莱曼在海边度假时的一个场景:她当时身着泳装向大海冲去,而就在她即将跃向大海的一瞬间,莱曼一把将她拦住,因为海里有鲨鱼潜伏,跳下去后果不堪设想。丈夫救了她一命,她为此对丈夫心存感激。在得知莱曼在别处另有妻室之后,她重新回想起这一段往事,又觉得似乎事实并非如此。随着灯光的变换,她连续多次追忆莱曼拦住她的那个时空场景,想弄清楚丈夫当时的真实动机和想法。多次回忆之后,她断定莱曼并没有高声阻拦她,内心其实是希望她跳进鲨鱼之口,为的是能自由地与莉亚在一起。西奥连续三次的反复回忆展示了记忆的不可靠性和不确定性,同时也将现实一点点消解,表现出对现实真实性的质疑,真实地表达了剧中人后现代的生存状态。作者似乎想要告诉我们:在现实世界中,真实永远是无法触及的。

总而言之,密勒为了呈现过去与现在的互动,借鉴了蒙太奇的叙述手段,引入人物有限视角和叙述者角色,通过时空并置、时空交错和时空复现等范式手法,有效地打破了外在物理时空的局限,增强了戏剧的内在张力,将人物飘忽不定、复杂而微妙的心理世界呈现在舞台上,呈现出一个丰富多维的心理时空。

结　　语

　　本书以叙述学理论为基础，借鉴传统戏剧理论、文化研究和性别研究等理论方法，围绕叙述范式这一核心概念，对密勒戏剧中的情节范式、人物范式和时空范式进行了深入分析。在情节架构上，密勒精心设计了三种情节结构，有效地表现了人物外在行动的戏剧性和内在心理的非理性，并通过设置情境特色鲜明的开场和结尾，来获得最有震撼力的叙述效果。在人物设置上，他深入挖掘人物的罪恶本性，借助多元的人物关系结构，塑造了一系列罪者形象。在时空结构上，他既关注戏剧现实时空所蕴含的权力关系，也注重人物心理时空的营造，借助多种表现手法，挖掘人物隐秘而复杂的内心世界，生动再现了人物过去与现实的交汇共融。

　　具体而言，本书首先考察了密勒戏剧的情节结构范式。通过研究发现，密勒戏剧主要包含了三种情节结构，分别为回溯式结构、意识流式结构和片段式结构。回溯式结构是一种传统戏剧结构范式，能在短时间内集中展现人物冲突，凸显具体而尖锐的美国社会问题。该结构背后蕴含着明确而深刻的道德教谕，能较快地达到理性的宣传效果，产生强大的道德感召力，是密勒较为擅长的一种结构范式。意识流式结构是密勒在戏剧艺术上的创新。这种情节结构不依靠外在人物冲突而推进，而是通过挖掘人物内心世界，将人物过去和现在进行比照，形成某种对话关系，为情节发展提供叙述动力。借助这种结构，密勒生动地揭示了人物的思想轨迹和心理结构，并通过人物内心冲突折射出个人与社会的矛盾。片段式结构不再遵循情节整一性原则，而是弱化了戏剧故事的情节性，凸显了情绪的整一性。通过这种情节结构，密勒生动地摹写了经济大萧条期间普通美国人庸常的生活画面,展现了身处社会边缘的孤独人群的生存状态,以小见大地呈现出大时代特征。此外,这种结构还出现在密勒中后期的一些独幕剧中。戏剧呈现的是普通人的生活或意识片段,平淡的人物对话中常常包含着无尽的人生况味,表达了作者对生活的哲理性思考。

在戏剧情节结构中,开场和结尾发挥了十分重要的作用。密勒十分重视戏剧开场,主要采用了三种开场范式。在历史剧中,他会凸显开场情境中的事件要素,借助危机情境引发某种情势和动力,让人物面临影响他们命运乃至生死的关键选择。而开场人物的不明就里和孤独无助表现出了诸多不确定性,有效地制造出悬念,有力地表现了"政治迫害"主题,表达了作者对善恶、生死和民族命运的深刻思考。在早中期现代剧的开场情境中,密勒会凸显家的时空环境,借助布景和道具使人物的过去和现在的冲突得以前景化处理。布景因此对开场人物构成了某种心理压迫关系或威胁关系,为推动情节发展提供了重要的动力。此外,布景和道具也常常折射出出场人物的复杂心理,隐晦地展现了主人公内心的不满、懊恼和愧疚等复杂情绪,间接地折射出人物的个性特征。到了后期,开场地点从"家"这一空间转变成医院和精神病院等具有隐喻性的公共场所,凸显了美国存在的社会问题的严重性和紧迫性。通过对比式开场人物配置,凸显现代人之间的冷漠、隔膜和潜在的敌意,有力地对物质主义、享乐主义和种族歧视等具有时代特征的社会弊端进行了批判。与开场相似,密勒戏剧结尾场面形式多样,但整体表现出从封闭式结尾到开放式结尾的发展态势。密勒早期戏剧情节大都以主人公的死亡而宣告结束,反映了时代变迁和经济环境对美国社会与个人思想所造成的深刻的影响。虽然部分早期戏剧结尾存在一定不确定性,但整体而言,人物冲突一般都化解于结尾里,表现出较明确的意义,有力地揭示了主题意旨。进入创作中期,死亡不再是人物不可避免的悲剧结局,但结尾场面依然传达出十分明晰的信息,反映了作者传统的道德意识。而在后期创作中,受当时社会语境和文化思潮的影响,密勒戏剧结尾更具多义性和不确定性。结尾似乎不再那么震撼人心,不再产生一种万事皆休的"完结感",而是留下了很多空白,消弭了传统结尾的"终结感",将评判主人公的权力交给读者,从而激发观众主动思考,象征性地展现了后现代主义世界的混乱性和不确定性。

　　人物是一个重要叙事要素,是密勒戏剧中的核心力量。密勒对人性之恶洞若观火,"邪恶"和"罪感"是贯穿他戏剧创作始终的核心母题。罪恶在他剧中有多种表现形态,从人物范式的角度来说,可以大致分成三种类型,分别为拜物者、色欲者和同谋者。这三种人物范式深刻地表达了密勒对人类和堕落世界的思考,亦体现出传统犹太文化和思维方式对他的深刻影响。在密勒早期家庭剧中,拜物者通常是父亲形象,人物设置上呈现出"天真之子"和"负罪之父"二元对立的人物关系,凸显了父亲对金钱的非理性追求及由此引发的罪恶。从中期创作开始,这种罪者形象的范围有所扩大,深刻地揭露了拜物主义对美国人心灵的毒害,批判了资本主义虚伪的面目。同时,密勒也塑造了一些圣者般的父亲人物,与拜物者形成了有力的对照,表达了作者对人类美好未来的希望。在塑造色欲者形象时,三角人物关系是他常用的搭配结构。通常而言,一男两女构成了三角人物关系,占据三角两端的女性人物特征鲜明,构成对照或对立关系。在这种三角关系中,男性人物通常是已婚中年男性,受到一位天真烂漫却富有魅惑力的女性的诱惑,屈服于肉体欲望,背叛妻子,而妻子则如同圣母一般被塑造成忍辱负重、具有自我牺牲精神的女性,构成家庭中的稳定要素和道德中心,担负起修补、支撑甚至是拯救男性世界的责任。历时地看,早期屈服于肉体欲望的男性大都背负着沉重的罪感,不断受到良心谴责,最终通过自杀来获得自我救赎。而到了后期,这类罪者最终不知悔改,命途未卜,反映了后现代语境下的道德秩序缺失的困境。同谋者是密勒戏剧中颇具特色的一种人物范式。这一类人物的塑造主要与大屠杀事件结合在一起。作者打破了正邪对立的二元模式,将人物置于一种网状结构中,表现了人物在面对外在邪恶势力和个人背叛行为时的立场和反应,令人信服地揭示了人物身上潜伏的同谋之恶,由此强调个人对他人的责任,并通过主人公的积极转变表达他建构式的道德伦理观。

　　密勒的罪者人物的塑造,从某种意义上,也反映了传统犹太文化对他的影响。根据犹太教典籍,人类始祖亚当、夏娃原本与耶和华同在,堕落后来到世上,但耶和华仍然派弥赛亚来拯救世人,所以在世上的罪人就有悔罪而被拯救的机会。一方面,密勒认识到人堕落后的罪性在复杂的现代社会的各种表现,并对其加以深刻的剖析;但另一方面,密勒也知道,人毕竟是神照着神的形象所造,所以具有神性和良心,这两种力量可以使人成为道德圣者,也可以使罪人勇于悔罪。这几种人物在密勒作品中的分量比重不同,明显是罪者人物居多,这是密勒对世界堕落的强烈批判;但通过对道德上的圣者和积极悔罪者形象的塑造,密勒在强烈批判人类的罪恶的同时,也表达了对人类的希望和祝福。应该说,这样的思考是平衡而全面的,是尖锐而又充满希望的。

　　时空是戏剧的基本存在形式,也是具有深刻意蕴的叙述要素。密勒戏剧的时空结构可以大致分成现实时空和心理时空两种类别。密勒作品中的现实时空带有权力化特征,主要表现在父子、男女和个人与国家之间的关系上。密勒巧妙地借助布景、道具隐喻了父子对立关系。作为一种时空对立的二元结构,儿子代表了社会理想的新生力量,父亲则代表了抱残守缺的传统势力,两者的对立矛盾难以调和。这种人物关系有力地反映了过去与现在、个人与社会、罪恶与责任之间的矛盾,表达了作者对罪恶和权力的抗争,具有形而上的普遍意义。在密勒戏剧的现实时空中,两性权力关系也得到了较好的体现。从出场顺序和出场方式上,可以看出,女性人物处在被动的客体位置,而男性人物则占据主导的主体位置。剧中的公共空间成为男性化空间,与之对应,家的私密空间则是女性化空间,公共空间与私密空间的对立成为两性人物矛盾对立的空间表征。但不难发现,密勒笔下也存在自我觉醒的新女性形象,利用身体在封闭的家这一空间中对男性霸权话语进行积极反抗。在以《大主教的天花板》为代表的多部政治剧中,作者以具象化的方式再现了政治权力空间的运作机制,展示了无所不在的规训权力,表现了在权力空间下人的自我的迷失、人与人之间真实交流的困难,以及权力空间如何扭曲现实世界,促使观众对权力机制产生深刻的认识。但同时,通过对《大主教的天花板》中"西格蒙德"这一人物的塑造,以及对走廊和窗户等象征着自由空间的布景设置,作者还是一如既往地强调了道德责任感的重要性,以及对非正义的政治权力的反抗。

除写实剧之外,密勒也创作了多部回忆剧,通过时空并置、时空交错和时空复现等叙述手法,有效地打破了外在物理时空的局限,展现出丰富多变的心理时空。通过时空并置手法,密勒戏剧展现出多层次的时空结构。这种时空结构主要有两种呈现形式:一种是现实时空与心理时空的并置,表现在主人公行动时空和心理时空或叙述者所在的时空与被他叙述的时空的并置;另一种是不同心理时空的并置,表现为身处不同心理时空的人物同时出现在主人公的脑海中,产生奇特的蒙太奇效果。通过将过去与现实时空的并置,密勒戏剧实现了共时性的时空效果,表现出密勒独特的时空意识。在运用这种手法时,密勒还巧妙地借用灯光和音乐等舞美手段来预示或揭露人物复杂的内心世界,使舞台时空层次分明,表现形式意蕴深远。时空交错也是密勒在回忆剧中频繁使用的一种叙述手法。叙述者或主人公在不同时空场景之间跳进跳出,不同时空片段随之交错出现,有效地表现了人物意识流式的自由联想。这种时空手法有效地消解了戏剧时空的整体性和连贯性,时空段落杂乱地组合在一起,显示出一种混乱无序的状态,真实地呈现了回忆的碎片化。此外,作者在《冲下摩根山》等剧中打破了之前戏剧单一人物回忆模式,采用不定式内聚焦叙述模式,使人物视角灵活多变,转换自如,叙述时空展现出更大的伸缩性和自由度。不同人物的回忆、幻想和梦境交错出现,形成了一种内在对话,产生了巴赫金式的复调效果,有效地调动了观众的想象力。时空并置和时空交错是密勒戏剧的心理时空主要叙述范式。除此之外,作者还采用了时空复现的手法,有效地凸显人物某种特定的心理状态。《推销员之死》和《堕落之后》重复再现了某些重要回忆场面和人物映像,并借助特定声音的反复出现,对观众不断进行冲击,凸显人物的内心情绪。作者还创造性地在《冲下摩根山》中从人物有限视角出发,对同一个场面进行多次聚焦,产生了奇特的不确定效果,展示了记忆的不可靠性,表现了对现实真实性的质疑。

戏剧结构是一个由种种转换规律组成的体系。在转换的过程中,叙述要素内部和要素之间会相应进行结构自调,使结构维持某种守恒,保持其有机整体性。戏剧要素本身并无意义,其意义在于它和其他要素在既定情境中所发生的关系。在密勒戏剧中,情节、人物和时空这三大叙述要素并非孤立存在,而是交叉融合,构成了相得益彰的整体。密勒的不同题材、不同风格的戏剧的成功得益于他巧妙地将戏剧叙述要素根据戏剧情境的不同而进行转换和调整,最终呈现鲜明而富有表现力的戏剧形式。

在创作历史题材戏剧时,密勒通常采用传统的回溯式情节结构,将网状的同谋者人物置于封闭的时空中,表现了大历史时代情境下人物在面对集体恶行时的反应和行动,讴歌了无畏强权和邪恶,争取正义和自由的精神,表达了他对犹太民族及全人类命运的深刻关切。在密勒现代剧中,密勒不囿于某种叙述范式,而是根据主题需要,灵活多变,或采用古希腊和易卜生戏剧传统,通过展现现实时空下家庭成员之间的人物冲突来表达他强烈的集体道德观;或借鉴现代主义叙述技巧,通过探索人物心理时空,展现不同时代美国人的心理危机。通过采用不同的情节范式和时空范式,密勒深刻地揭示了世人如何屈服于无法餍足的情欲和物欲,以及相关罪行所带来的罪果。

密勒在叙述范式上所进行的探索和实验,并非出于形式主义的追求,而是为了更准确地反映戏剧作品的主题,使内容和形式成为有机统一的整体。在他多变的艺术表现形式之中,承载的是他强烈的道德意识和不变的人文关怀。他以深刻的洞察力和感悟力,对善与恶、个人与社会、过去与现在、现实与真实等对立母题进行了多角度的探讨,记录并揭示了美国社会的变迁,表达了他对犹太人、美国人乃至全人类命运的哲学思考和深切关怀。

参考文献

Primary Sources

MILLER A，1971. The Portable Arthur Miller[M]. New York：Viking.

MILLER A，1984. Salesman in Beijing[M]. New York：Viking.

MILLER A，1985. Playing for Time [M]. Chicago：The Dramatic Publishing Company.

MILLER A，1987. Timebends：A Life[M]. New York：Grove Press.

MILLER A，1990. Everybody Wins[M]. New York：Grove Press.

MILLER A，1994a. Broken Glass[M]. New York：Penguin Books.

MILLER A，1994b. The Last Yankee[M]. New York：Penguin Books.

MILLER A，1996. The Theater Essays of Arthur Miller [M]. New York：Da Capo Press.

MILLER A，1999. The Ride Down Mt. Morgan [M]. New York：Penguin Books.

MILLER A，2000. Echoes Down the Corridor[M]. New York：Viking.

MILLER A，2001. On politics and the art of acting[M]. New York：Viking.

MILLER A，2006. Arthur Miller：collected plays 1944—1961[M]. New York：The Library of America.

MILLER A，2009. A View From the Bridge[M]. New York：Penguin Books.

MILLER A，2012. Arthur Miller：collected plays 1964—1982[M]. New

York：The Library of America.

MILLER A，2015. The penguin Arthur Miller：collected plays[M]. New York：Penguin Classics.

阿瑟·密勒，1987. 阿瑟·密勒戏剧散文[M]. 陈瑞兰，扬淮生，译. 北京：生活·读书·新知三联书店.

阿瑟·密勒，1988. 阿瑟·密勒论戏剧[M]. 郭继德，译. 北京：文化艺术出版社.

阿瑟·密勒，1992. 外国当代剧作选4[M]. 梅绍武，编译. 北京：中国戏剧出版社.

阿瑟·米勒，2010. 阿瑟·米勒手记："推销员"在北京[M]. 汪小英，译. 北京：新星出版社.

阿瑟·米勒，2011. 都是我儿子[M]. 陈良廷，译. 上海：上海译文出版社.

阿瑟·米勒，2011. 萨勒姆的女巫[M]. 梅绍武，译. 上海：上海译文出版社.

阿瑟·米勒，2011. 推销员之死[M]. 英若诚，译. 上海：上海译文出版社.

Secondary Sources

ABBOTSON S C W，2000. Student companion to Arthur Miller[M]. Westport：Greenwood Press，2000.

ABBOTSON S C W，2007. Critical companion to Arthur Miller：a literary reference to his life and work[M]. New York：Infobase Publishing.

ABBOTT H P，2005. Closure[M]// HERMAN D，JAHN M，RYAN M. Routledge encyclopedia of narrative theory. New York：Routledge：65—66.

ABRAMS N，2003. Arthur Miller[G]// KERBEL S. Jewish writers of the twentieth century. New York：Fitzroy Dearborn：705—709.

ATKINSON B，2006. Death of a Salesman：Arthur Miller's tragedy of an ordinary man[M]// CENTOLA S R and MICHELLE C. The Critical

Response to Arthur Miller. Westport：Praeger：27—29.

BALAKIAN J，1995. Beyond the Male Locker Room：Death of a Salesman from a feminist perspective［M］// ROUNDANE M C. Approaches to teaching Miller's Death of a Salesman. New York：Modern Language Association：115—124.

BECKERMAN B，1985. Shakespeare closing［J］. Kenyon review（3）：79—95.

BIGSBY C，1990. Arthur Miller and company［M］. London：Methuen.

BIGSBY C，1992. Modern American drama 1945—1990［M］. Cambridge：Cambridge University Press.

BIGSBY C，1997. The Cambridge companion to Arthur Miller［M］. Cambridge：Cambridge University Press.

BIGSBY C，1999. Contemporary American playwrights［M］. Cambridge：Cambridge University Press.

BIGSBY C，2005a. Arthur Miller：a critical study［M］. Cambridge：Cambridge University Press.

BIGSBY C，2005b. Remembering Arthur Miller ［M］. London：Methuen.

BIGSBY C，2006. Arthur Miller：Un-American［J］. Arthur Miller journal（spring）：1.

BIGSBY C，2006. Remembering and imagining the Holocaust：the chain of memory［M］. New York：Cambridge University Press.

BIGSBY C，2010. Arthur Miller：1951—1962［M］. Cambridge：Harvard University Press.

BIGSBY C，2011. Arthur Miller：1962—2005［M］. Ann Arbor：The University of Michigan Press.

BLIQUEZ G，2006. Linda's role in Death of a Salesman［M］//Centola，Steven R，MICHELLE C，2006. The critical response to Arthur

Miller. Westport: Praeger: 122—124.

BLOOM H, 1991. Willy Loman[M]. New York: Chelsea House.

BLOOM H, 2007. Arthur Miller[M]. New York: Chelsea House.

BLOOM H, 2010. Arthur Miller's The Crucible [M]. New York: Infobase Publishing.

BRATER E, 2005. Arthur Miller's America: theater and culture in a time of change[M]. Ann Arbor: University of Michigan Press.

BRATER E, 2005b. Arthur Miller: A playwright's life and works[M]. London: Thames & Hudson.

BRATER E, 2007. Arthur Miller's global theater [M]. Ann Arbor: University of Michigan Press.

BRIDGEMAN T, 2007. Time and space [M]//HERMAN D. The Cambridge companion to narrative. Cambridge: Cambridge University Press: 52—65.

BROOKS P, 1992. Reading for the plot [M]. Cambridge: Harvard University Press, 1992.

BURGARD P, 1988. Two parts Ibsen, one part American dream: on derivation and originality in Arthur Miller's Death of a Salesman[J]. Orbis Litterarum(43): 336—353.

CENTOLA S R, CIRULLI M, 2006. The Critical response to Arthur Miller[M]. Westport: Praeger.

CENTOLA S R, 2007. Arthur Miller and the art of possibility [M]// BLOOM H. Arthur Miller. New York: Chelsea House.

CHEKHOV A, 1973. Letters of Anton Chekhov [M]. New York: Viking.

CRONIN G L, ALAN L B, 2009. Enclyopedia of Jewish-American literature[M]. New York: Infobase Publishing.

DEAD A, 1989. Kristallnacht: unleashing the Holocaust[M]. London:

Michael Joseph.

ELAM K, 1980. The semiotics of theater and drama［M］. London：
Routledg.

FAVORINI A, 2008. Memory in play：from Aeschylus to Sam Shepard
［M］. New York：Palgrave Macmillan.

FELSKI R, 1989. Beyond feminist aesthetics：feminist literature and
social change［M］. Cambridge：Harvard University Press.

FIEDLER L A, 1964. Waiting for the end［M］. New York：Stein
and Day.

FREYTAG G, 1896. Freytag's technique of the drama［M］. Chicago：S.
C. Griggs.

GILMAN R, 1999. The making of modern drama［M］. New Haven：Yale
University Press.

GOLDSTEIN L, 2007. Finishing the picture：Arthur Miller, 1915—2005
［M］//BLOOM H. Arthur Miller. New York：Chelsea House：
185—190.

GOSIZK G, 2018. The banality of Addiction：Arthur Miller and
complicity［J］. Modern drama(2)：171—191.

GOTTFRIED M, 2003. Arthur Miller：a life［M］. Cambridge：Da Capo
Press.

GRIFFIN A, 1996. Understanding Arthur Miller［M］. Columbia：
University of South Carolina Press.

GRUBER W, 2010. Offstage space, narrative, and the theatre of the
Imagination［M］. New York：Palgrave Macmillan.

GUSSOW M, 2002. Conversations with Miller［M］. New York：
Applause Theatre & Cinema Books.

GUTTMAN A, 1971. The Jewish writer in America：assimilation and
the crisis of identity［M］. New York：Oxford University Press.

HARSHBARGER K, 1979. The burning jungle: an analysis of Arthur Miller's Death of a Salesman [M]. Lanham: University Press of America.

HENRY W A, 1991. Arthur Miller, old hat at home, is a London hit [N]. Time: 100—101.

HERMAN D, JAHN M, RYAN M, 2005. Routledge encyclopedia of narrative theory[G]. New York: Routledge.

ISSER E R, 1992. Arthur Miller and the Holocaust [J]. Essays in Theatre(10): 155—64.

ISER W, 1978. The act of reading: a theory of aesthetic response[M]. Baltimore: The Johns Hopkins University Press.

KOOREY S, 2000. Arthur Miller's life and literature: an annotated and comprehensive guide[M]. Boston: The Scarecrow Press.

LANGTEAU P T, 2007. Miller and Middle America: essays on Arthur Miller and the American experience[M]. Lanham: University Press of America.

MARINO S, 2000. Arthur Miller appears at Queens College with Joyce Carol Oates and E. L. Doctorow [J]. The Arthur Miller society newsletter(2): 5—6.

MARINO S, 2002. A language study of Arthur Miller's plays: the poetic in the colloquial[M]. New York: Mellen.

MAMET D, 1986. Writing in restaurants [M]. New York: Penguin Books.

MASON J, 2008. Stone tower: the political theater of Arthur Miller [M]. Ann Arbor: University of Michigan Press.

MASSEY D, 2001. Space, place and gender [M]. Minneapolis: University of Minnesota Press.

MEYERS J, 2009. The genius and the goddess: Arthur Miller and

Marilyn Monroe[M]. London：Hutchinson.

MOSS L，1980. Arthur Miller[M]. Boston：Twayne Publishers.

MURPHY B，1995. Miller：Death of a Salesman [M]. Cambridge：
Cambridge University Press.

MURPHY B，1996. Arthur Miller：revisioning realism [M]//
DEMASTES W W. Realism and the American dramatic tradition.
Tuscaloosa and London：The University of Alabama Press：189—202.

MURPHY B，2010. Critical insights：Arthur Miller[M]. Hackensack：
Salem Press.

NELSON B，1970. Arthur Miller：portrait of a playwright[M]. London：
Peter Owen.

NOTTAGE L，2015. Foreword：letter to a young playwright [M]//
MILLER A. The penguin Arthur Miller. New York：Penguin Books.

NOVICK J，2008. Beyond the golden door：Jewish American drama and
Jewish American experience[M]. New York：Palgrave Macmillan.

OBERG A，1967. Death of a Salesman and Arthur Miller's search for
style[J]. Criticism(9)：303—11.

OTTEN T，2002. The temptation of innocence in the dramas of Arthur
Miller[M]. Columbia：University of Missouri Press.

OVERLAND O，1982. The action and its significance：Arthur Miller's
struggle with dramatic form[M]//MARTIN R A. Arthur Miller：new
perspectives. New Jersey：Prentice-Hall，Inc：33—47.

PATTERSON D and DAVID A L，2002. Encyclopedia of Holocaust
Literature[G]. Westport：Oryx Press.

PLUNKA G A，2009. Holocaust drama：the theater of atrocity[M].
Cambridge：Cambridge University Press.

POLSTER J，2010. Reinterpreting the plays of Arthur Miller [M].
Lewiston：Mellen.

PRINCE G，1982. Narraology: the form and functioning of narrative [M]. Amesterdam: Mouton.

RICHARDSON B, 1988. Point of view in drama: diegetic monologue, unreliable narrators, and the author's voice on Stage[J]. Comparative drama, 22(3): 193—214.

RICHARDSON B, 2001. Voice and narration in postmodern drama[J]. New literary history, 32(3): 681—694.

RICHARDSON B, 2007. Drama and narrative[M]//HERMAN D. The cambridge companion to narrative. Cambridge: Cambridge University Press: 142—55.

RICHARDSON B, 2008. Narrative beginnings[M]. Lincoln and London: University of Nebraska Press.

RICHARDSON B, 2011. Endings in drama and performance: a theoretical model[M]//OLSON G. Current trends in narratology. Berlin: De Gruyter: 181—199.

ROBINSON J A, 2007. All My Sons and paternal authority [M]// BLOOM H. Arthur Miller. New York: Chelsea House.

ROSENFELD A H, 2008. The Americanization of the Holocaust[M]// MOORE D D. American Jewish identity politics. Ann Arbor: The University of Michigan Press: 45—82.

ROUDANE M C, 1987. Conversations with Arthur Miller[M]. Jackson and London: University Press of Mississippi.

ROUDANE M C, 1995. Approaches to teaching Miller's Death of a Salesman[M]. New York: Modern Language Association.

ROUDANE M C, 2006. Arthur Miller and his influence on contemporary American drama[M]// CENTOLA S R, CIRULLI M. The critical response to Arthur Miller. Westport: Praeger: 366—373.

SAID E, 1975. Beginning: intention and method[M]. New York: Basic

Books.

SAVRAN D, 1992. Communists, cowboys, and queers: the politics of masculinity in the work of Arthur Miller and Tennessee Williams[M]. Minneapolis: University of Minnesota Press.

SCHLUETER J, 1995. Dramatic closure: reading the end [M]. Cranbury: Associated University Presses.

SCHROEDER P, 1989. The presence of the past in Modern American drama[M]. Rutherford: Associated University Press.

SCHUMIDT H J, 1992. How dramas end[M]. Ann Arbor: University of Michigan Press.

SPINDLER M, 1983. American literature and social change: William Dean Howells to Arthur Miller[M]. Bloomington: Indiana University Press.

STERLING E, 2002. Arthur Miller[M]// PATTERSON D and DAVID A L. Encyclopedia of holocaust literature. Westport: Oryx Press.

TORGOVINICK M, 1981. Closure in the novel [M]. Princeton: Princeton University Press.

WATTS J, 1991-11-3. The ride down mount Miller [M]. The Observer: 9.

WEALES G, 1996a. Death of a Salesman: text and criticism[M]. New York: Viking Critical Library.

WEALES G, 1996b. The Crucible: text and criticism[M]. New York: Viking Critical Library.

WILLIAMS R, 2006. The realism of Arthur Miller[M]// CENTOLA S R and CIRULLI M: The critical response to Arthur Miller. Westport: Praeger: 36—44.

WHITLEY A, 1953. Arthur Miller: an attempt at modern tragedy[G]// DICKE R J. Transactions of the Wisconsin Academy of sciences, arts and letters（XLII）：257—262.

安托南·阿尔托，2006. 残酷戏剧及其重影［M］. 桂裕芳，译. 北京：中国戏剧出版社.

贝克，2004. 戏剧技巧［M］. 余上沅，译. 北京：中国戏剧出版社.

贝斯菲尔德，2004. 戏剧符号学［M］. 宫宝荣，译. 北京：中国戏剧出版社.

彼得·布鲁克，2006. 空的空间［M］. 邢厉，等，译. 北京：中国戏剧出版社.

彼得·斯丛狄，2009. 现代戏剧理论（1880—1950）［M］. 王建，译. 北京：北京大学出版社.

辞海编辑委员会，2010. 辞海［Z］.6 版缩印本. 上海：上海辞书出版社.

戴平，1988. 戏剧：综合的美学工程［M］. 上海：上海人民出版社.

戴维·赫尔曼，2002. 新叙述学［M］. 马海良，译. 北京：北京大学出版社.

方英，2012. 论叙事反讽［J］. 江西社会科学（1）：39—43.

弗兰克·克默德，2000. 结尾的意义：虚构理论研究［M］. 刘建华，译. 沈阳：辽宁教育出版社.

古斯塔夫·弗赖塔格，1981. 论戏剧情节［M］. 张玉书，译. 上海：上海译文出版社.

郭勤，2003. 辉煌的舞台，黯淡的银幕——"推销员"的不同命运［J］. 解放军外国语学院学报（2）：88—91.

何辉斌，2001. 否定之否定与反者道之动——论中西戏剧的结尾方式［J］. 文艺理论研究（4）：15—23.

贺拉斯，1962. 诗艺［M］. 杨周翰，译. 北京：人民文学出版社.

黑格尔，1982. 美学（第一卷）［M］. 朱光潜，译. 北京：商务印书馆.

胡宝平，2012. 当代西方戏剧空间研究小览［J］. 新世纪剧坛（6）：9—13.

胡润森，2000. 各戏剧元素之结构关系［J］. 西南师范大学学报（人文社会科学版）（1）：82—87.

胡志毅，2001. 神话与仪式：戏剧的原型阐释［M］. 上海：学林出版社.

黄卓越，1988. 艺术范式——形象的抽象框架［J］. 文艺研究（6）：47—56.

霍洛道夫，1981. 戏剧结构[M]. 李明琨，高士彦，译. 上海：华东师范大学出版社.

加斯东·巴什拉，2013. 空间的诗学[M]. 张逸婧，译. 上海译文出版社.

詹姆斯·费伦，2002. 作为修辞的叙事：技巧、读者、伦理、意识形态[M]. 陈永国，译. 北京：北京大学出版社.

杰拉德·普林斯，2011. 叙述学词典[M]. 乔国强，李孝弟，译. 上海：上海译文出版社.

雷蒙·威廉斯，2007. 现代悲剧[M]. 丁尔苏，译. 南京：译林出版社.

刘荣新，1980. 推销员为什么死？[J]. 外国文学研究(1)：21—23.

刘再复,林岗，2002. 罪与文学[M]. 香港：牛津大学出版社.

伦纳德·莫斯，1991. 阿瑟·密勒评传[M]. 田路一，王春丽，译. 北京：中国戏剧出版社.

罗伯特·休斯，1988. 文学结构主义[M]. 刘豫，译. 北京：生活·读书·新知三联书店.

曼弗雷德·普菲斯特，2004. 戏剧理论与戏剧分析[M]. 周婧，李安定，译. 北京：北京广播学院出版社.

米克·巴尔，1995. 叙述学：叙事理论导论[M]. 谭君强，译. 北京：中国社会科学出版社.

米歇尔·布吕内，2017. 戏剧文本分析[M]. 刘静，译. 天津：天津人民出版社.

米歇尔·福柯，1999. 规训与惩罚[M]. 刘北成，杨远婴，译. 北京：生活·读书·新知三联书店.

诺思罗普·弗莱，1992. 秋天的神话：悲剧,[C]//悲剧：秋天的神话. 程朝翔,傅正明，译. 北京：中国戏剧出版社.

皮亚杰，2012. 结构主义[M]. 倪连生，王琳，译. 北京：商务印书馆.

乔国强，2008. 美国犹太文学[M]. 北京：商务印书馆.

乔国强，2013. 美国犹太小说中的时间与空间[J]. 国外文学(4)：46—52.

乔国强，2014. 叙述学有“经典”与“后经典”之分吗？[J]. 江西社会科学

（9）：208—215.

乔纳森·卡勒，1991. 结构主义诗学［M］. 盛宁，译. 北京：中国社会科学
　　出版社.

热奈特，1989. 叙事话语新叙事话语［C］//叙述学研究. 张寅德，编. 北
　　京：中国社会科学出版社.

撒母耳·S.科亨，2008. 犹太教——一种生活之道［M］. 徐新，张利伟，
　　译.成都：四川人民出版社.

申丹，2001. 叙述学与小说文体学［M］. 北京：北京大学出版社.

什克洛夫斯基等，1989. 俄国形式主义文论选［M］. 方珊，译. 北京：三联
　　书店.

施清婧，2012.《推销员之死》中的自然想象［J］. 解放军外国语学院学报
　　（2）：97—100.

斯拉沃热·齐泽克，2002. 意识形态的崇高客体［M］. 季广茂，译. 北京：
　　中央编译出版社.

孙惠柱，2011. 第四堵墙：戏剧的结构与解构［M］. 上海：上海书店出版社.

索伦·克尔凯郭尔等，1992. 悲剧：秋天的神话［M］. 程朝翔，傅正明，译.
　　北京：中国戏剧出版社.

谭君强，2008. 叙述学导论［M］. 北京：高等教育出版社.

谭霈生，2009. 论戏剧性［M］. 北京：北京大学出版社.

特里·伊格尔顿，2014. 论邪恶［M］. 林雅华，译. 长沙：湖南人民出版社.

托马斯·库恩，2012. 科学革命的结构［M］. 金吾伦，胡新和，译. 北京：北
　　京大学出版社.

王逢振，2004. 西方文论选［M］. 桂林：漓江出版社.

威廉·阿契尔，2004. 剧作法［M］. 吴钧燮，聂文杞，译. 北京：中国戏剧出
　　版社.

西摩·查特曼，2013. 故事与话语：小说和电影的叙事结构［M］. 徐强，
　　译. 北京：中国人民大学出版社.

谢纳，2010. 空间生产与文化表征——空间转向视阈中的文学研究［M］.

北京：中国人民大学出版社．

徐岱，1997．小说形态学［M］．杭州：杭州大学出版社．

吾文泉，2014．阿瑟·密勒戏剧的犹太写作［J］．外国文学研究（2）：66—72．

亚里士多德，2012．诗学［M］．陈中梅，译注．北京：商务印书馆．

杨义，1997．中国叙述学［M］．北京：人民出版社．

俞建村，2008．威利·娄曼与他的社会表演［J］．上海大学学报（社会科学版）（1）：70—74．

张兰阁，2009．戏剧范型［M］．北京：北京大学出版社．

赵毅衡，1998．当说者被说着的时候——比较叙述学导论［M］．北京：中国人民大学出版社．

赵毅衡，2013．苦恼的叙述者［M］．成都：四川文艺出版社．

赵永健，2014．21世纪阿瑟·密勒在美国的研究［J］．戏剧艺术（5）：61—69．

赵永健，2014．回顾·反思·展望——阿瑟·密勒研究在中国［J］．戏剧文学（7）：49—56．

赵永健，2014．阿瑟·密勒戏剧标题艺术研究［J］．四川戏剧（10）：112—116．

朱立元，2002．当代西方文艺理论［M］．上海：华东师范大学出版社．

附录：阿瑟·密勒生平及著作年表

1915 年　10 月 17 日，出生于纽约市哈莱姆区。

1921 年　妹妹琼出生。

1923 年　在舒伯特剧院看了一场情节剧，这是他平生第一次接触戏剧。

1928 年　行犹太受诫礼。父亲的制衣厂萎靡不振，举家迁往布鲁克林。

1932 年　从亚伯拉罕·林肯高中毕业。以父亲公司里一位年迈的推销员为原型，创作了他第一个短篇小说《纪念》。大学在读的哥哥克米特中途辍学，留在家中协助父亲打理生意。

1934 年　秋，就读于密歇根大学。最初的专业是新闻学，兼职担任《密歇根日报》的记者。

1935 年　结识同学玛丽·斯莱特里，两人开始约会；用六天时间创作了第一部剧本《没有恶棍》。

1936 年　《没有恶棍》获霍普伍德二等奖。转为英语专业。父亲的公司最终倒闭。

1937 年　创作第二部戏剧《他们也崛起》，在安阿伯和底特律上演。参加肯尼斯·罗伊的戏剧创作研讨班。创作戏剧《清晨的荣誉》。大学毕业。加入"联邦戏剧项目"。拒绝好莱坞创作电影剧本的邀请。

1939—1943 年　"联邦戏剧项目"被政府取消。与玛丽·斯莱特里结婚。为多家电台创作了十几部广播剧。

1944 年　9 月，女儿简出生。出版报告文学《局势正常》。第一部商业剧《福星高照的人》在百老汇首演，获"戏剧协会国家奖"。

1945 年　长篇小说《聚焦》出版。又连续创作了多部广播剧。

1947 年　5 月,儿子罗伯特出生。《都是我儿子》首演,由卡赞执导,大获成功。

1949 年　《推销员之死》首演,继续由卡赞执导,李·科布担任主演,荣获普
　　　　利策奖等多个奖项。该剧也登陆伦敦,在凤凰剧院上演。

1950 年　改编易卜生的《全民公敌》。

1951 年　在好莱坞初遇玛丽莲·梦露。推出《推销员之死》的意第绪语版
　　　　和电影版。

1952 年　导演卡赞和犹太剧作家奥德兹在被"非美活动委员会"(HUAC)
　　　　传票。

1953 年　《炼狱》首演。

1954 年　美国护照被剥夺,因此无法参加《炼狱》在比利时的首演。

1955 年　独幕剧版的《桥头眺望》和《两个周一的记忆》首演。梦露搬到纽
　　　　约,两人开始约会。

1956 年　与斯莱特里离婚。6 月,与梦露结婚,梦露为此皈依犹太教。被
　　　　传票到国会作证,拒绝供出共产党人的名字。将《桥头眺望》扩充
　　　　为两幕剧,由彼得·布鲁克执导,在伦敦上演。

1957 年　《阿瑟·密勒戏剧集》出版。联邦法院以"藐视国会罪"之罪名对
　　　　他起诉。

1958 年　美国上诉法院推翻了这一起诉。

1961 年　与梦露离婚。母亲过世。

1962 年　2 月,与英奇·莫拉斯结婚。在欧洲参观了毛特豪森集中营。梦
　　　　露去世。

1963 年　儿童小说《简的毯子》出版。女儿丽贝卡出生。

1964 年　在法兰克福为《纽约先驱论坛报》报道对纳粹战犯的审判。戏剧
　　　　《堕落之后》和《维希事件》首演。

1965 年　当选"国际笔会"主席。

1967 年　短篇小说集《我不再需要你》出版。

1968 年　《代价》在纽约首演。

1969 年　游记《在俄国》出版。

1970 年　　独幕剧《名声》和《原因》上演。

1972 年　　《创世纪及其他》在纽约上演。以代表的身份参加了民主党全国代表大会。

1977 年　　游记《乡村生活》出版。《大主教的天花板》首演。

1978 年　　《阿瑟·密勒戏剧散文集》出版。

1979 年　　《遭遇中国》出版。

1980 年　　电影《争取时间》上演。《美国时钟》首演。

1982 年　　独幕剧《女士哀歌》和《某种爱情故事》首演。

1983 年　　在北京人民剧院执导《推销员之死》，获得巨大成功。

1984 年　　《推销员在北京》出版。

1987 年　　独幕剧《我什么也记不起来》和《克拉拉》上演，并以《危险：记忆！》为名出版。出版自传《时移世变》。

1991 年　　独幕剧版的《最后一个扬基人》首演。《冲下摩根山》在伦敦首演。

1992 年　　中篇小说《普通女孩》出版。

1993 年　　两幕剧《最后一个扬基人》首演。

1994 年　　《碎玻璃》首演。

1998 年　　《彼得斯先生的联系》首演。

2001 年　　散文集《论政治和表演艺术》出版。

2002 年　　《反抗布鲁斯》首演。

2003 年　　荣获耶路撒冷文学奖。10 月，哥哥克米特过世。

2004 年　　最后一部戏剧《完成电影》首演。

2005 年　　2 月，因心力衰竭死在罗克斯伯里的家中，享年 89 岁。

2007 年　　短篇小说集《存在》出版。

后　记

　　本书是在我的博士论文基础上补充、修订完成的。在本书即将出版之际，我要感谢在我的人生路上影响和帮助过我的师长、朋友和家人。

　　首先，要感谢我的授业恩师乔国强先生。先生在学术方面的博学广识、谈吐上的儒雅风范、生活中的平易近人令人仰慕，他身体力行地诠释了何为静水流深和慎独慎微。在上海外国语大学的求学路上，先生一次又一次用他宽阔的视野和深厚的学养为我打开思路，给予我莫大的帮助。在博士论文写作过程中，从论文选题到框架搭建，从撰写、修改到最终定稿，每一步都是在先生的精心指导下完成的，倾注了先生的大量心血。在此，向先生表示深切的敬意和衷心的感谢！师恩如海，衔草难报。对于先生的教诲和指导，我将终生铭记。

　　在上海外国语大学读博期间，我有幸聆听了李维屏教授、虞建华教授、张定铨教授和张和龙教授的课程和讲座，受益匪浅。他们在课堂上侃侃而谈，幽默睿智，让我如沐春风。在我博士论文开题、撰写和答辩过程中，也都给予我许多帮助。在此，对诸位教授一并表示感谢！回想我的学术之路，我还要感谢我的硕士生导师朱振武教授，是他引导我走上了美国文学的求学之路，而且在我硕士毕业之后，朱教授依然关心我的学习，给予我许多切实的帮助。还要感谢山东大学郭继德教授、上海戏剧学院的俞建村教授、同济大学的李杨教授、华东师范大学王改娣教授和上海外国语大学的陈雷教授，他们都曾对本研究给予关心和支持。

　　感谢薛春霞、高稳、于杰、单建国、高莉敏、张剑锋、石艳玲、张淮海、李栋、王冰等同门师友，感谢他们在博士三年期间对我的支持和帮助，这沉甸甸的友谊温暖着我走过了那段艰难的日子。感谢我的同事申屠云峰,我们同年考上了上海外国语大学的博士研究生,还有缘成为室友。三年的博士学习生涯见证了我们相处的很多趣事和美好记忆,更见证了他对我的诸多鼓励和支持。

我尤其要感谢我的爱人余美女士,她是我前进的动力源泉。她也是一位充满上进心的有志青年,读博深造一直是她的一个梦想。但为了爱情,她搁置梦想,全身心支持我求学,一人扛起了家庭重担。在上海外国语大学求学的日子里,她不仅要承担大量的教学任务,还要负责女儿的生活起居,辅导女儿的学习。她将家里家外、大小事情都管理得井井有条,不用我操一份心。她更是我的知心朋友和心理咨询师,当我在学术路上遇到瓶颈、彷徨无助的时候,我总是找她倾诉,她会放下手上一切事情,耐心倾听,积极安抚,帮我化解"负能量"。我在博士学习期间的每一份成绩、每一点收获都凝聚着她的支持和奉献,凝聚着她温馨的爱。还要感谢我可爱的女儿赵艺沁和我的父母,感谢他们对我的激励与期待。没有他们的默默支持和鼓励,我是无法心无旁骛地一心向学,攀爬学术高峰。

浙江工商大学出版社的编辑王英女士认真审校了本书并提出宝贵的修改意见,为本书的编辑付出了辛勤的汗水,在此表示衷心的感谢。本书的部分章节内容曾在《戏剧艺术》《戏剧文学》《浙江师范大学学报》等学术刊物上发表过,对他们的指导、支持和关怀,本人表示诚挚的谢意。

由于本人水平和学识所限,书中疏漏之处在所难免,敬请学界前辈、同仁以及广大读者批评指正。

赵永健

2019 年秋于杭州